Opprimés

Les enfants des dieux

Opprimés

Jessica Therrien

Traduit de l'anglais
par Emmanuelle Pingault

Éditeur : François Doucet

Traduction : Emmanuelle Pingault

Révision : Nancy Coulombe, Katherine Lacombe

Conception de la couverture : Matthieu Fortin

Photo de la couverture : © Daniel Pearson

Mise en pages : Sébastien Michaud

ISBN papier 978-2-89733-620-2

ISBN PDF numérique 978-2-89733-621-9

ISBN ePub 978-2-89733-622-6

Première impression : 2014

Dépôt légal : 2014

Bibliothèque et Archives nationales du Québec

Bibliothèque Nationale du Canada

Éditions AdA Inc.

1385, boul. Lionel-Boulet

Varennes, Québec, Canada, J3X 1P7

Téléphone : 450-929-0296

Télécopieur : 450-929-0220

www.ada-inc.com

info@ada-inc.com

Diffusion

Canada :	Éditions AdA Inc.
France :	D.G. Diffusion
	Z.I. des Bogues
	31750 Escalquens — France
	Téléphone : 05.61.00.09.99
Suisse :	Transat — 23.42.77.40
Belgique :	D.G. Diffusion — 05.61.00.09.99

Imprimé au Canada

Participation de la SODEC.

Nous reconnaissons l'aide financière du gouvernement du Canada par l'entremise du Fonds du livre du Canada (FLC) pour nos activités d'édition.

Gouvernement du Québec — Programme de crédit d'impôt pour l'édition de livres — Gestion SODEC.

*À ma mère et ma sœur, pour m'avoir accompagnée
et soutenue tout le long du chemin.
Et à mon mari, pour l'inspiration qu'il m'a apportée.*

1

C'était le 12 décembre 1973. Je m'en souviens parce que c'était mon cinquantième anniversaire; Noël approchait et la neige n'allait pas tarder à tomber. Dans cette région du nord de la Californie, il était rare que Noël ne soit pas blanc. Chilcoot était niché au sommet des montagnes de la Sierra Nevada. Un panneau rectangulaire était le seul indice de l'existence de cette petite ville : *Chilcoot, Californie, altitude : 1 520 m, 58 habitants.* Un automobiliste distrait n'aurait eu aucun mal à parcourir les trois kilomètres de route qui la longeaient sans se douter de rien.

Nous allions en ville, la plus proche étant à plus d'une heure de chez nous. Papa, la bouche fendue jusqu'aux oreilles, conduisait sa nouvelle Cadillac Coupé DeVille vert sapin, filant droit vers la cité trépidante. Il adorait cette voiture.

— Tu choisiras un sapin solide, Elyse, à la fois beau et grand, avait-il dit.

— Je sais, papa. Je crois que j'en ai déjà acheté assez dans ma vie pour savoir trouver le bon. De toute façon, tu n'achètes jamais celui que je veux, alors… avais-je marmonné.

J'avais vu les joues de ma mère remonter sous l'effet d'un sourire. Elle m'avait probablement entendue, et elle savait que je disais vrai. Nous suivions la même tradition à chaque anniversaire depuis 20 ans. J'étais censée être celle qui choisissait le sapin de Noël, mais mon choix résistait rarement à l'inspection finale de papa.

— Il ne te plaît pas, celui-là ? demandait-il. Le tien est un peu mince à la base. Celui-ci est nettement mieux, pas vrai ?

— Si, si, répondais-je chaque fois machinalement.

— Tu as vu, Sarah ? Elle est bonne joueuse, elle sait écouter les autres.

Ma mère ne discutait jamais. Mon père était trop perfectionniste pour laisser quelqu'un prendre ce genre de décision à sa place. C'était plutôt amusant, à vrai dire ; une petite excentricité parmi d'autres, sur laquelle je fermais les yeux quand j'étais jeune.

Il était 14 h, mais il faisait sombre. Le soleil avait été avalé par le blanc. Quand c'est arrivé, j'étais en train de regarder par la fenêtre arrière, cherchant à estimer le niveau de visibilité. Ma vue ne portait pas bien loin, à peine au-delà de la barrière parallèle à la route.

— Richard, ralentis ! avait crié ma mère.

Les mots avaient déclenché l'accident, comme si elle l'avait vu venir. La voiture avait dérapé vers la voie d'à côté, et j'avais senti la perte d'adhérance au moment où la route s'était transformée en glace lisse et dure. Mon corps s'était raidi, en réaction à une étrange sensation de glissement, et je m'étais arc-boutée en attendant l'impact. Chaque seconde de cette chute au ralenti avait duré une éternité et je m'étais préparée à vivre mes derniers instants. Je m'étais agrippée à ces secondes, accueillant les dernières images que mes yeux verraient, écoutant les dernières répliques avant la fin.

— Ellie !

Le cri de panique de ma mère s'était élevé dans le silence creux du véhicule, exprimant une sorte de doute lucide, juste avant le choc.

* * *

Trente-neuf ans s'étaient écoulés depuis l'accident, mais les photos ravivaient toujours le dernier souvenir que j'avais d'eux. Je me penchai sur les images décolorées, le papier usé sur les bords. Je ne pourrai jamais oublier. Les ultimes paroles de mes parents, l'image tremblante d'une ligne rouge sombre qui tache la neige comme une plaie ouverte sur la peau de la terre, et la Cadillac plissée et renversée sur le talus.

Les photos étaient anciennes, trop anciennes pour que j'y figure, mais j'y étais pourtant. Les cheveux châtains et soyeux de ma mère lui tombaient en boucles sur les épaules, et j'étais heureuse de me souvenir de leur riche couleur chocolat, car l'image en gris et blanc ne leur rendait pas justice. La monochromie trahissait ses yeux marron doré et ses joues roses. Elle était superbe. Mon père, à sa gauche, semblait trop concentré sur l'appareil photo, les sourcils froncés et la bouche fermée. Sa peau, colorée par des heures de travail au soleil, contrastait joliment avec ses cheveux blonds et courts, qu'il coiffait en faisant une raie. J'étais à ses pieds, et nous posions tous les trois devant un arbre, comme une bonne famille typique. C'était en 1939, à Noël. J'avais l'air d'avoir trois ans, mais en vérité, j'étais beaucoup plus âgée.

J'ai vu le jour en 1923, porteuse d'une rare anomalie génétique. Comme mon père et ma mère, j'ai vieilli cinq fois moins vite que les gens normaux. Je suis venue au monde il y a 89 ans, mais aux yeux du reste du monde, je frôle les 18 ans, et d'ailleurs je me sens jeune. Je vis maintenant à San Francisco, où j'ai beaucoup moins de mal à me cacher que dans les petites villes où j'ai emménagé à peu près tous les cinq ans depuis leur décès. Ici, je ne suis qu'un visage parmi d'autres, un corps dans la foule, parfaitement invisible au milieu de la masse.

— Nous nous sommes donné beaucoup de mal pour vivre ainsi, Ellie. Pour que tu restes en sécurité, rappelait toujours mon père avec insistance. Le fait que notre corps soit résistant et fort est à la fois une bénédiction et une malédiction. Il est crucial que notre identité reste secrète, car il est impossible de prédire ce qui se passerait si elle était découverte. Nous ne pourrions pas vivre normalement si nous étions démasqués.

Jamais on ne m'en a dit davantage sur moi-même et mes différences, ni sur la raison pour laquelle je devais vivre cachée. J'avais alors envie d'en savoir beaucoup plus, mais mes questions restaient sans réponse. Qu'en était-il de mes grands-parents ? Quel était mon avenir ? Étais-je destinée à rester seule ? Comment mes parents s'étaient-ils rencontrés ? Y avait-il d'autres gens comme nous ? Mon père ne précisait jamais rien. Loin de là, il fuyait mes questions et se débrouillait toujours pour détourner mon attention.

— Avec le temps, tu apprendras à être transparente, comme nous. Pour l'instant, on pourrait adopter un petit chien, tu veux ?

Ils m'ont offert une border collie. Elle était noire tachée de blanc, les pattes blanches. Je l'ai nommée Sweetie, et je l'aimais plus que tout. Elle m'accompagnait partout et, dans mon univers sans relations, elle est devenue ma meilleure amie. Notre attachement me semblait inébranlable mais, selon les lois de la nature, Sweetie est morte quand j'avais neuf ans. Ce jour-là, j'ai compris pleinement pourquoi mes parents ne voulaient pas que j'aie des amis — des amis que j'aurais aimés, qui auraient vieilli, déménagé et rendu l'âme.

Le téléphone sonna, aussi fort que soudain, me tirant de ma nostalgie. Je glissai les vieilles photos dans le petit coffre doré où je les range et je marchai tant bien que mal entre les boîtes encore fermées pour m'approcher de l'appareil. J'avais emménagé deux semaines plus tôt, et le salon nu, vide du moindre meuble, était en désordre. Je décrochai à la troisième sonnerie, encore à moitié perdue dans mes pensées.

— Allô ? répondis-je, consciente qu'une seule personne avait mon numéro.

— Ellie ?

— Salut, dis-je, heureuse de l'entendre. Je sais, je ne t'ai pas appelée. Désolée.

Dans le miroir du couloir, j'aperçus mon reflet, encore très jeune. Mes cheveux bruns pendaient mollement en queue-de-cheval, mes joues sans rides étaient roses. J'en eus mauvaise conscience en écoutant la voix plus âgée d'Anna. Au fil du temps, elle avait atteint l'âge de 48 ans, et moi, j'avais à peine changé.

— Tu es bien installée, ça y est ? demanda-t-elle, tout excitée.

Je soupirai en regardant le désordre alentour.

— Ça avance.

— Comment vas-tu ?

— Très bien, mentis-je.

Elle me connaissait trop bien.

— Tu veux venir me voir ? proposa-t-elle.

— Je ne sais pas trop. Pas tout de suite. Ça fait un bout de temps, je sais, mais…

— Je suis navrée, dit-elle.

Que dire d'autre à quelqu'un qui vient de perdre sa deuxième mère ?

— J'en suis encore à me réveiller en pensant que ce n'était qu'un cauchemar.

— Elle a eu une vie longue et heureuse, Elyse. Quatre-vingt-neuf ans, c'est plus que la plupart d'entre nous.

— C'est aussi mon âge, tu sais ?

— Je sais.

Je sentis ma gorge se raidir et les larmes me monter aux yeux. J'étais incapable d'arrêter. N'avais-je donc pas assez pleuré ?

— Et toi, comment vas-tu ? demandai-je pour détourner la conversation et oublier l'âge de Betsy. Comment va Chloé ?

— Pas mal, répondit-elle. Oui, je vais bien.

Je perçus de la peine dans sa voix, de la peur et de l'inquiétude.

— Tu manques à Chloé, reprit-elle. Elle s'inquiète pour toi. Comme moi.

Ses mots flottèrent un instant. Parler de ça, c'était trop dur.

— Je... euh, je te rappelle, Anna.

Il fallait que je sorte. Bouder dans mon coin n'allait pas me soulager. J'allai faire mes courses. Il me fallait de quoi manger. Des cartons de crème glacée pour retrouver un poids normal. Betsy se serait fâchée : « Tu n'as que la peau et les os ! C'est malsain, Elyse. » J'imaginais ses sourcils âgés, froncés au milieu de son front, ses lèvres serrées en signe de désaccord. Ce regard me manquait. Il y avait tant d'amour derrière, tant d'attention maternelle.

Toute la journée, je m'efforçai de ne pas penser à Betsy. Je regardai des films, nettoyai l'appartement, déballai mes affaires, fis des mots croisés. Et soudain, je retombai dans mes souvenirs. Comme s'il ne me restait rien d'autre à faire. Au bout d'un moment, je cédai à la tentation et cessai de résister à ma mémoire. Elle s'abattit sur moi de tout son poids — une avalanche de douleur nostalgique m'ensevelit dans les tréfonds de mon esprit.

La lueur du jour, s'infiltrant entre les lamelles du store de ma chambre, me tira de mon sommeil avant mon réveil. Je regardai l'heure en soupirant : 7 h 22. Les souvenirs de ma vie aux côtés de Betsy s'étaient écoulés toute la nuit, tricotant et détricotant mes rêves. J'aurais dû m'y attendre, probablement. Elle avait tout prévu pour moi : un nouveau numéro de sécurité sociale, un permis de conduire, un logement. Elle m'avait préparée à cette nouvelle vie, préparée à sa mort, en un sens. C'était à elle que je devais ces souvenirs.

Ce jour-là, je devais chercher un emploi pour passer le temps. Je n'avais pas besoin d'argent. Mes parents et Betsy m'avaient transmis une somme rondelette. Je voulais juste faire mon deuil. J'avais l'impression que, quoi que je fasse, jamais je ne vaincrais ma honte d'avoir encore tant de vie devant moi. Je devrais, un jour ou l'autre, apprendre à maîtriser mes émotions — regarder mourir les autres faisait partie de mon existence –, mais pour le moment, c'était hors de portée.

Même si j'y avais déjà passé deux semaines, je n'étais pas habituée à mon nouveau logement. Je ne m'y sentais pas chez moi. C'était l'un des trois appartements aménagés au-dessus d'un café du quartier de Lower Haight, au coin de Waller Street et Steiner Street. L'immeuble était d'apparence classique, avec une façade typique de son époque. Chaque appartement avait sa porte sur rue, qui débouchait sur un escalier étroit menant à l'étage. Ma porte d'entrée donnait sur le côté gauche de la cuisine, décorée d'un revêtement de sol en plastique bleu et blanc et de rangements en érable, qui débouchait elle-même sur le salon, une marche plus bas. On passait du linoléum à une moquette gris-bleu, tissée serré. À droite du salon, un petit couloir donnait sur la salle de bain, à gauche, et une chambre isolée, à droite.

Mes habits étaient restés dans mes valises. Comme je n'étais pas une fille compliquée, cela n'influait pas trop sur mon allure. Je mettais ce qui me tombait sous la main, généralement un jean et un vieux maillot de baseball. Je n'essayais d'impressionner personne. En vérité, je visais même l'effet inverse, et peu importaient les vêtements que je portais au moment de franchir la porte.

Je connaissais mal les transports en commun, mais le quartier de la Baie était desservi par un métro souterrain auquel je m'habituais lentement. Sans aller jusqu'à y entrer, j'avais hâte de passer devant le café d'en bas de chez moi, ce matin-là. Pour une raison idiote, que je n'aurais probablement avouée à personne. Parfois, il était là : l'un des serveurs. Je ne connaissais pas son nom; il semblait souvent traîner dehors, pour nettoyer les tables ou faire une pause.

Nous n'avions jamais échangé le moindre mot, verbalement du moins. La plupart du temps, c'étaient nos yeux qui s'exprimaient. Un léger sourire en disait déjà beaucoup. C'était un échange innocent, sans risque, et pourtant excitant.

Dans l'escalier, consciente de ma sottise et de ma légèreté, j'espérai qu'il serait là. La dernière fois que je l'avais vu, adossé au mur, il grattait le trottoir avec sa chaussure en attendant quelqu'un. Les bras croisés, la tête penchée, ses cheveux rabattus suivaient son regard vers le sol. Il ne m'avait pas remarquée tout de suite mais, quand j'avais marché devant lui, il avait levé les yeux. Il avait semblé content, comme si c'était moi qu'il avait attendue. Quand nos regards s'étaient croisés, j'avais eu l'impression qu'il me connaissait depuis des années et que nous partagions déjà mille petits secrets. Ou bien c'était peut-être comme ça que se regardaient deux amoureux. Je n'aurais pas dû penser ça, m'étais-je dit, et je m'étais réprimandée d'avoir seulement laissé venir cette idée-là.

Quand je passai la porte pour constater qu'il n'était pas là, je soupirai, déçue. Je pris le temps de fouiller dans mon sac et de tourner la clé dans la serrure. Malgré ce petit sursis, il n'apparut pas. Cela ne me ressemblait pas de prêter tant d'attention à ces choses-là. Jamais je ne me permettais de m'attacher aux gens.

J'aurais dû interpréter son absence comme une bonne nouvelle, un recul de la tentation. Pourtant, je me surpris à examiner bien trop longtemps l'enseigne *Cearno's*. En un moment d'égarement, je décidai d'y entrer. Je n'avais pas déjeuné ce matin-là. Cela me servit de prétexte.

C'était la première fois. Même en plein jour, le local n'était pas très lumineux. Les seules fenêtres, sur la façade, étaient doublées de longs rideaux bruns. Malgré cela, c'était un refuge confortable, comme un recoin familier dans la maison d'un vieil ami. Contre les murs étaient plaqués des sièges couverts de coussins, et un jukebox était installé près d'une table de billard, au coin à droite.

— Qu'est-ce que je vous sers ? me demanda un jeune homme derrière le comptoir.

C'était lui.

Quand nos yeux se rencontrèrent, je me trouvai incapable de parler. Il était si beau que j'en fus intimidée. Qu'est-ce qu'il m'avait demandé, là ? J'étais perdue dans mes efforts pour comprendre ce qui me troublait tant dans son beau visage et sa bouche veloutée.

— Alors, on a avalé sa langue ? plaisanta-t-il en rabattant ses mèches blondes derrière ses oreilles.

Il me regarda tandis que j'essayais d'identifier l'énergie qui nous raccordait, la force mystérieuse qui nous rapprochait sans que je parvienne à la saisir.

— Non...

Je dus me détourner pour lui répondre.

— Je réfléchis.

Il fallait que je me reprenne.

— Juste... euh... Je vais prendre un moka glacé moyen et un muffin aux bleuets.

C'était peut-être sa façon de me regarder. Ses lèvres retenaient un sourire, à tel point que j'en vins à me demander si j'avais du dentifrice sur la joue.

Son visage s'illumina quand il me lança un nouveau coup d'œil, les mains occupées à préparer ma commande.

— Vous habitez au-dessus, pas vrai?

— Oui, répondis-je simplement.

Une fois encore, je regardai ailleurs pour lui signifier que je ne tenais pas à bavarder ni à flirter inutilement.

— Moi, c'est William, annonça-t-il. On se demandait quand la mystérieuse jeune fille de l'étage allait se montrer.

— Ah oui? répondis-je, les yeux sur le moka.

— Il faut dire que le locataire précédent était un client fidèle. Mais c'est vous qui décidez, hein.

— Si c'est ça, il va falloir que je boive plus de café.

— Je ne demande pas mieux.

Cela m'aurait fourni une bonne excuse pour le voir à coup sûr tous les matins, un plaisir assuré, mais mentalement, je savais que j'allais trop loin. Ce béguin secret faisait une entorse à mes principes.

— Les réjouissances commencent vers 17 h, précisa-t-il.

Apparemment, quelque chose l'amusait. Je m'essuyai les joues, l'air de rien, au cas où.

— Ah bon?

— Il faudrait que vous veniez, un jour.

— Oui, pourquoi pas, mentis-je.

Le carillon tinta quand une autre cliente entra. Je ne l'aurais pas remarquée mais, le temps que la jeune femme atteigne le comptoir, tout le monde se tut et William se raidit. Des cheveux noirs, frisés et en désordre, lui tombaient sur la nuque, mais sa tenue jurait avec son maintien délicat. Des bottes militaires noires et brillantes complétaient son allure grunge punk.

— Ne m'en voulez pas, me dit tout bas William en répandant délibérément le café glacé sur mon tee-shirt blanc et mon jean.

Je suffoquai sous le coup de la surprise, tandis que le liquide froid imbibait mes vêtements et me glaçait la peau.

— Regardez-moi ça ! s'exclama-t-il d'un ton faussement coupable en contournant le comptoir pour me rejoindre. Je suis désolé !

Sans quitter du regard la fille en brodequins, il me prit par la main.

— Mais qu'est-ce que vous faites ? demandai-je en me libérant de son étreinte, pourtant douce et chaude.

Il me reprit la main sans raison.

— Venez donc, il y a des serviettes dans l'arrière-salle, je suis sûr qu'on pourra arranger ça.

Il me tira vers lui pour passer une porte battante, laissant la clientèle sans serveur. Dans l'arrière-cuisine, un employé faisait l'inventaire des réserves.

— Sam, il faut que tu ailles au comptoir, lui ordonna William en lui jetant un regard anxieux.

Il tira des serviettes-éponges rangées sur une étagère. Nos mains, toujours serrées, étaient de plus en plus chaudes.

— Tu es sérieux ? J'ai presque fini, protesta Sam.

Quand ses yeux me trouvèrent, ils s'élargirent et le garçon sourit avant d'admettre :

— C'est bon, d'accord. Pas de problème.

Je pressai les serviettes sur mes vêtements tachés de café.

— Écoutez, tout va bien, dis-je d'un ton que je voulus convaincant, une fois Sam sorti. Franchement.

— Pas du tout. Il faut qu'on y aille, répondit-il en retirant son tablier avant de me reprendre par la main.

— Qu'on y aille ? Où ça ? J'ai autre chose à… Je ne suis pas…

— Eh bien, ton horaire a changé. Ils te suivent, Elyse. Fais-moi confiance, tu veux ?

Je libérai ma main, tout en sentant encore sur ma paume la chaleur de la sienne.

— Qui me suit ? Et comment savez-vous mon nom ?

J'avais veillé, précisément, à ne pas lui dire comment je m'appelais. Il cessa de s'agiter pour me regarder droit dans les yeux, comprenant que je ne le suivrais pas sans une bonne raison.

— Je sais comment tu t'appelles, et bien plus encore. Je te dirai tout, mais pour commencer, tu viens avec moi, entendu ?

Son petit coup d'œil des autres jours était donc plus qu'un simple hasard. De toute évidence, il se passait quelque chose. Quelle énergie dégageait-il donc ? Être ainsi proche de lui me tendait les nerfs. Il regarda la porte battante avant de revenir vers moi.

— Elyse, il faut qu'on y aille. Tu dois me croire, d'accord ?

— D'accord, admis-je, le cœur battant.

Tout d'un coup, il me traîna derrière lui, me poussa dans des ruelles et me fit traverser des rues animées. J'ignorais qui nous étions en train de fuir, mais je me forçais à aller de l'avant. La chaleur rayonnait sous mes vêtements, je respirais lourdement tandis que nous nous faufilions entre les voitures et les taxis coincés dans les encombrements du matin. Les klaxons résonnaient, les gens criaient, mais William les ignorait. Il se concentrait sur ce qu'il cherchait en regardant dans tous les sens, d'un œil rapide, comme si nous étions poursuivis.

— Où allons-nous ? lui demandai-je, essoufflée, quand nous ralentîmes le pas pour laisser passer un véhicule.

— Je t'expliquerai. Allez, viens !

Il me tira vers l'entrée d'une station de métro, profitant de son étreinte brûlante sur ma main. La rame était sur le point de démarrer quand nous nous glissâmes entre les portes qui se refermaient. William regarda par la fenêtre, souriant vers quelque chose ou quelqu'un, au loin.

Je ne savais pas pourquoi je l'avais suivi. C'était peut-être mon attirance envers lui ou l'excitation que j'avais ressentie quand nos regards s'étaient croisés. En tous les cas, quelque chose m'attirait à lui d'une manière particulièrement dangereuse. En m'asseyant sur un siège en plastique gris, je tapai du pied, nerveuse. Qu'est-ce que je faisais là ? Ce n'était pas malin. Il se tourna vers moi. Nous échangeâmes un léger sourire, mais son attention se concentra bien vite sur les gens qui nous entouraient.

Une force m'avait poussée à le croire, mais quand le métro ralentit et s'arrêta à l'une des stations suivantes, j'hésitai. Comment en étais-je venue à faire confiance à un inconnu qui m'emmenait Dieu sait où ? J'attendis que les passagers montent et descendent pour qu'il ne devine pas mon intention. Puis, à l'instant où les portes se mirent à coulisser, je sautai sur le quai, le laissant plaqué contre la vitre tandis que le train démarrait.

Je me retrouvai seule dans la station, à me demander si j'étais futée ou idiote. Le temps de gravir l'escalier, j'en arrivai à une conclusion : les gens de cette ville étaient fous. Il aurait pu m'arriver n'importe quoi. D'ailleurs, en admettant que je sois suivie, je m'en serais aperçue moi-même, non ? Soudain consciente, j'examinai les rues pour y chercher un indice, un visage mystérieux ou reconnaissable. Il n'y avait rien. J'étais paranoïaque.

Tandis que je gravissais les hautes rues pavées qui menaient à mon quartier, la proximité des objets autour de moi me rendaient un peu claustrophobe. Je m'efforçais d'oublier ce qui venait d'arriver, mais j'étais toujours crispée. Après une matinée pour le moins bizarre, je me retrouvais imbibée de café et je devais attendre d'arriver chez moi pour me changer. Quand mon estomac grogna, je me rendis compte que, pour couronner le tout, je n'avais même pas mangé mon muffin aux bleuets. Ce n'était pas mon jour.

— Salut, lança une voix derrière moi.

Je reconnus immédiatement la fille. Elle était très belle, malgré ses bottes de soldat. Elle n'avait pas l'air menaçante, mais je tins compte de l'avertissement de William et hâtai le pas.

— Attends-moi !

Savait-elle qui j'étais ? Je ne me souvenais pas l'avoir jamais vue. Un début de sourire éclaira son visage quand, en me retournant, je constatai qu'elle m'avait déjà rattrapée.

— On ne se connaît pas, annonça-t-elle en réponse à ma question intérieure. Je m'appelle Kara.

Je la regardai dans les yeux pour la première fois, presque alertée par son salut.

— Bonjour, répondis-je.

Mieux valait rester concise et polie. C'était moins compliqué.

— Où est passé ton petit ami ?

Sa question était d'une indiscrétion éhontée. Incapable de me retenir devant cette fille que je ne connaissais pas, je protestai.

— Quoi ? Ce n'est pas mon petit ami !

Elle rit.

— Je sais.

— Tu m'as suivie ? demandai-je brusquement.

— Oui.

Je n'attendais pas une réponse aussi franche, mais cela m'encouragea à être directe moi-même. Je sentis mes sourcils descendre et se rapprocher.

— Pourquoi?

— Tu ne sais vraiment rien, hein?

Son petit sourire narquois me rendit nerveuse. J'avais peut-être commis une erreur.

— À quel propos?

— Viens. Je sais que tu as faim. Allons manger quelque chose.

Je ne savais absolument rien d'elle. D'accord, elle ne semblait pas méchante. Une femme d'une trentaine d'années, avec un visage sérieux mais gracieux, cela ne correspondait pas vraiment à l'image d'un harceleur; pourtant, elle venait d'admettre qu'elle m'avait suivie. Je n'aimais pas la tournure des événements.

— Je vais plutôt continuer mon chemin, répondis-je.

— Elyse.

Comme William, elle savait comment je m'appelais alors que je ne lui avais rien dit.

— Détends-toi, il ne va rien arriver. Tu es tendue, ma parole!

— Tu ne me connais pas, ripostai-je.

Elle roula des yeux.

— J'en sais plus que tu ne le crois.

— Par exemple?

Je voulais la prendre de court, là, au beau milieu de la rue.

— Tu te sens seule. Tu aimes écrire des poèmes. Tu réchauffes presque tous tes repas au micro-ondes. Et surtout, tu ne sais rien de toi-même.

Elle en savait assez long pour me troubler. Je me demandai à quel point elle m'avait espionnée, depuis combien de temps elle me suivait. Il fallait que je sache pourquoi. Quitte à prendre encore une fois une mauvaise décision.

— Tu viens, oui ou non? reprit-elle.

Bon, j'avais faim, une faim de loup; cela me servit d'excuse pour la suivre dans le snack-bar du bout de la rue.

Le coin-repas était plutôt grand et bondé. Les clients se pressaient jusque sur la terrasse garnie de parasols et mangeaient en parlant très fort. Le sol était dallé de carreaux noirs et blancs, comme un échiquier, et le comptoir portait des plateaux, à un bout, et une caisse, à l'autre extrémité.

— Ils ont des burritos de petit déjeuner, ici.

— Pourquoi tu parles comme ça ?

— Comment, « comme ça » ?

— Comme si tu savais que j'aime ça.

— Parce que je le sais.

— Laisse tomber... soupirai-je.

Kara choisit la table du coin, tout au fond de la salle. J'attendis que nous soyons assises pour l'interroger.

— Tu vas me dire ce que tu prétends que j'ignore de moi-même ?

Elle réfléchit avant de répondre :

— Non.

Où voulait-elle donc en venir ? Je n'y comprenais rien.

— Pourquoi ? repris-je.

— Moins tu en sauras sur toi-même, plus ma mission sera facile.

Je plissai les yeux.

— Ta mission ?

— Ouais, répondit-elle, un peu gênée. Écoute, si j'ai voulu te parler, c'est avant tout pour te faire mon baratin. Avant que tu ne comprennes qui je suis, qui tu es. Un jour, peut-être, tu arriveras à adopter mon point de vue, et à ne pas me détester.

Je ne comprenais rien à ce qu'elle disait, et son ton ne me plaisait pas, mais je voulais comprendre.

— Vas-y, j'écoute.

— La meilleure méthode, je crois, c'est l'analogie. Tu manges de la viande, par exemple.

Sa constatation était presque une accusation.

— Oui, répondis-je, attendant la suite.

— Dirais-tu qu'on assassine les animaux ?

— Pardon ?

— C'est juste une question. Est-ce que tu le dirais ?

J'examinai le bout de saucisse qui dépassait de mon burrito.

— Eh bien... Disons que... Enfin...

Ce sujet me faisait bafouiller, troublée.

— C'est là que je voulais en venir. C'est un paradoxe. Une partie de toi-même, morale et logique, considère qu'il est mal de tuer. Elle est dégoûtée par l'idée de manger de la viande. Élever les poulets et les bœufs en batterie, dans des conditions qui font de leur vie un long supplice, c'est mal. Tu le sais. Pourtant, un jour comme ce matin, tu fais la queue, l'eau à la bouche, pour manger un burrito à la saucisse bien épicé, car tu n'y résistes pas. C'est gravé en toi : l'instinct de survie. Ton corps réclame de la viande, du pain, des saucisses, et tu avales le tout. Tu pourrais commander un œuf sur le plat et du fromage râpé, mais tu y verrais une privation.

Ainsi forcée à analyser mon choix, je me mis sur la défensive. Ce que je mangeais ne la regardait pas mais, d'une certaine façon, elle m'avait coupé l'appétit.

— Admettons, dis-je, tu m'as prise en flagrant délit. Tu vas me dénoncer pour hypocrisie ?

Elle rit tout bas avant de répondre avec une indéniable sincérité.

— Attends, ne te sens pas coupable. J'ai commandé le même plat que toi. Je voulais seulement exposer un de mes arguments.

Les gens aiment bien critiquer les autres. C'est dans leur nature. Ils énoncent un jugement sur à peu près tout. Les citoyens critiquent le gouvernement, tout en profitant des fruits de son existence. S'ils maudissent le pétrole et ses méfaits sur l'environnement, ça ne les empêche pas de démarrer leur voiture pour aller travailler, ou d'allumer le chauffage. Ont-ils le choix ? Pourraient-ils vivre autrement ?

— Où veux-tu en venir ? coupai-je, un peu hostile.

— Tu ne vas pas tarder à comprendre, j'en suis certaine.

Sa voix était presque trop gaie, ce qui la rendait encore plus agaçante.

— Quoi, c'est tout ?

— C'est tout.

Ayant avalé la dernière bouchée de son burrito, elle se leva et souleva son plateau.

— À la prochaine, Elyse.

Sans un mot de plus, elle se retourna et disparut, me laissant profondément frustrée.

J'hésitai à rentrer chez moi mais, après une telle matinée, j'avais envie d'aller me perdre en ville. Je montai dans un bus qui me déposa dans le centre. Dès mon arrivée à San Francisco, j'avais apprécié la sensation éclectique de ses rues remuantes. Ce qui me plaisait, c'était que je pouvais me balader avec un tee-shirt couvert de taches de café sans que personne s'en soucie. Là, on était libre et on pouvait s'habiller, se comporter et vivre n'importe comment. Cela me rappelait un cirque, où l'équipe accueille sans poser de questions des parias et des gens différents, comme moi. J'avais ma place dans cette ville, c'était l'endroit idéal pour vivre seule sans être abandonnée.

Ce jour-là, le soleil brillait à travers des arbres bien décidés à fendre le bitume pour projeter leurs ombres sur le trottoir.

J'admirais le fait que la nature refuse de se soumettre. Même au milieu d'un univers artificiel créé par l'homme, elle résistait.

Je me promenai ainsi jusqu'à la tombée de la nuit, repensant, sans parvenir à la comprendre, à cette drôle de fille qui prétendait me connaître mieux que moi-même. Et puis je songeai à William, qui avait dit vrai dès le début. Les réponses qu'il me fallait, c'était lui qui les détenait. Du moins, je l'espérais.

2

En arrivant chez moi, ce que William m'avait dit à propos du Cearno après 17h me revint en mémoire et j'espérai qu'il serait toujours sur place. Avant même que j'atteigne la porte du café, quelqu'un me saisit par l'épaule et me tira vers une ruelle sombre, entre mon immeuble et le bâtiment voisin.

— C'est moi, annonça-t-il en me prenant la main.

Je sentis la chaleur monter entre nos paumes. Je poussai un soupir de soulagement.

— Bon sang… Tu m'as fait peur.

— Parfait. Comme ça, on est quittes.

Il m'empêchait de me concentrer, avec ses yeux d'un vert cendré et sa bouche naturellement séduisante.

— Je suis désolée.

Il secoua la tête et pouffa de rire, soulagé.

— Si tu es désolée, et pas morte, c'est tant mieux.

— Morte ? Écoute, il faut qu'on parle, là, c'est…

— On doit aller ailleurs. Je ne suis pas sûr qu'on soit en sécurité ici.

— OK.

Il parut hésiter, comme s'il songeait à ma tentative de le semer.

— Je te crois, affirmai-je.

Il hocha la tête.

— Ma voiture est dans la rue d'à côté.

Il conduisait une Honda Civic bleu argenté. Une fois au volant, il se détendit.

— Je suis désolé qu'on se rencontre de cette façon, dit-il en riant tout bas. Les choses ne se passent pas exactement comme prévu, mais je crois quand même que la soirée s'annonce bien.

Il m'examina, guettant ma réaction.

— Tu dois me prendre pour un fou.

— Il y a de ça, admis-je sans retenir mon sourire.

Je n'étais pas censée encourager ce genre de réaction, mais je ne pus me retenir.

— Qu'est-ce que tu avais prévu?

Ma question sembla le ragaillardir.

— Oh, tu sais, un peu de baratin, un dîner, des fleurs, une film au cinéma… Comme les gens normaux.

Je ne comprenais pas dans quel engrenage j'avais mis le doigt mais, pour une raison obscure, j'avais confiance en lui. C'était assez agréable d'imaginer que j'étais courtisée. Cela ne m'était encore jamais arrivé.

Il se gara devant une petite bibliothèque publique. En marchant vers le bâtiment de granite blanc, William me tendit la main et, instinctivement, je repliai le bras sans lui laisser le temps de passer ses doigts entre les miens. Ce fut un réflexe, comme si j'avais peur de tout contact avec lui, et c'était peut-être le cas. Je craignais que cela exprime quelque chose d'impossible, que cela me plaise trop.

— Ce n'est pas ce que tu crois, dit-il.

— Ce n'est rien, mais je…

— Mais tu n'as pas envie que je te tienne par la main, coupa-t-il. Je comprends.

Nous continuâmes en silence tandis qu'il cherchait quelqu'un, ou quelque chose, du regard.

— Tu sais, si on sortait ensemble, tu voudrais que je te tienne la main.

— Oui mais voilà, on ne sort pas ensemble, répondis-je.

Il s'arrêta, le temps de trouver ses mots.

— Un contact physique nous protégerait.

Il commençait à m'énerver.

— De qui ?

Ma question fut ignorée.

— Tu sens quelque chose, là ?

Il souleva mes doigts pour presser sa paume sur la mienne. La chaleur légère du début s'intensifia à mesure que le temps passait.

— Qu'est-ce qui se passe ? demandai-je.

Il inspira profondément, les yeux soudain pleins d'espoir, et, d'un geste lent et prudent, il glissa ses doigts entre les miens.

— Deux amis peuvent se donner la main, pas vrai ?

— Non, protestai-je avec un sourire timide, sans me dégager. Je ne te connais même pas.

— Ça va venir.

J'avais vu juste. Son contact était dangereux : il me plaisait trop.

Arrivé au sous-sol de la bibliothèque, il me lâcha pour passer ses doigts sur les rayons de livres. La salle, silencieuse, sentait le vieux papier, mais d'une façon agréable. S'il y avait un lecteur dans la salle, il était invisible et muet.

— J'adore cet endroit, chuchota William. Tant de savoir dans une si petite salle…

Même si je n'avais jamais vu les choses sous cet angle, il avait raison. Il y avait probablement des milliers de livres, alignés sur les étagères plaquées au mur. La vérité, la science, l'amour, l'art, une concentration de culture apparemment infinie, à portée de main.

— Et pourtant, il n'y a personne, notai-je.

Il me semblait étrange qu'une telle somme de connaissance soit ainsi méprisée.

— Il n'y a jamais personne, dit-il en s'installant à son aise, par terre, dans l'un des couloirs. Moi, je viens ici tout le temps.

Je m'assis près de lui tandis qu'il se mettait à fouiller parmi les ouvrages.

— Bon, tu vas m'expliquer? Tu sais qui me suit?

— Oui, répondit-il simplement, la tête penchée pour mieux lire les tranches et trouver un titre précis.

— Alors?

— Après l'incident du métro, j'ai réfléchi et décidé de garder ce secret un peu plus longtemps.

— Pourquoi?

— Parce que tu ne vas pas me croire, et je ne veux pas que tu repartes en courant comme si j'étais un fou.

— Au contraire, je te crois déjà. Kara m'a rattrapée pendant que je rentrais chez moi. Je lui ai parlé, et elle a reconnu les faits. Tu avais raison. Elle me suivait.

Il se figea et me regarda d'un air alarmé.

— Tu as discuté avec elle?

— Oui. Mais elle n'a rien voulu m'expliquer. C'est pour ça qu'il faut que tu me parles, toi, insistai-je.

— Je n'arrive pas à y croire… Elle est dangereuse, Elyse.

— Elle m'a paru plutôt normale.

— Elle ne l'est pas.

Même si le fait de me serrer contre William dans une allée de bibliothèque étroite et sombre me plaisait, j'étais là pour autre chose.

— Bon, tu me dis ce que tu sais, ou tu essaies juste de me séduire dans les couloirs déserts d'un sous-sol ?

Il rit et répondit avec un regard beaucoup trop honnête :

— Je n'essaierai pas de te séduire, sauf si tu insistes.

Je songeai soudain que nous étions seuls, au milieu de nulle part. Je n'aurais qu'à dire « Oui, j'insiste » pour qu'il m'embrasse, là, devant tous ces livres.

— Personne ne m'a jamais séduite, avouai-je. Ni embrassée. Je ne sais pas si ça marcherait.

Quel effet ce type me faisait-il ? J'en étais venue à lui dire des choses que j'aurais dû garder pour moi. *Amis*, me répétai-je en tentant de repousser le fantasme que j'avais laissé m'envahir. Nous ne serions que des amis, au grand maximum.

— Oh, tu peux me faire confiance, promit-il avec un sourire plein d'assurance. Ça marcherait.

— Tu as probablement raison.

Qu'est-ce que je faisais ? Parler avec lui, c'était comme jouer avec le feu, à tel point que je testais mes limites.

— Il vaudrait mieux en rester là, alors.

Prétendant changer de sujet, je me mis à feuilleter les livres comme si je les parcourais pour de bon.

— J'ai du mal à croire que personne ne t'a jamais embrassée.

Je rougis.

— Tu peux me croire.

— Dans un sens, c'est adorable.

— Ce n'est pas vraiment exprès. Je m'efforce toujours de n'attirer l'attention de personne.

— Je crois que c'est raté.

— Pourtant, je suis certaine que je diffuse un avertissement.

— Lequel ?

— Quelque chose comme : « Laisse tomber, ça ne m'intéresse pas. »

Il se contenta de hausser un sourcil en réponse à cette idée assez originale. Je repris la parole, espérant changer de sujet.

— Si je comprends bien, tu ne comptes pas me révéler qui me suit ?

— Ah, le voilà !

Il tira de l'étagère du bas un vieux volume des *Hymnes homériques*. La couverture était rouge sombre, avec le titre en or, et le livre semblait avoir été lu de la première à la dernière page assez souvent pour ne pas s'en remettre. William glissa sur la moquette industrielle et bon marché pour me rejoindre. Nous étions assez proches pour nous frôler.

— Je voulais te montrer ça.

— D'accord, dis-je, sans comprendre le rapport.

Il me regarda, soudain plus sérieux.

— Il y a beaucoup de livres ici. En cherchant bien, on y trouve les réponses à n'importe quelle question, tu te rends compte ?

— Moui… répondis-je, sceptique, essayant de saisir son insinuation.

— Tu permets que je t'en lise un passage ? Ça pourrait t'aider, j'espère.

J'étais complètement perdue.

— M'aider à quoi ?

— Bien sûr, tout ce qui est écrit là n'est pas vrai. Seulement certains passages. Ils se trompent souvent.

— Qui ça ?

Il racontait peut-être n'importe quoi, mais ses yeux étaient sincères et je devais le prendre au sérieux.

— Contente-toi de m'écouter, tu veux ?

Certaines pages étaient écornées. Je ne savais pas si c'était lui qui les avait pliées, mais il tomba directement sur celle qu'il cherchait. Tandis qu'il lisait, je m'efforçai de me concentrer sur ses mots, mais sa voix grave et ronronnante, épaisse comme du miel, me déconcentra plus que je ne l'aurais cru.

— *À ces mots, Aphrodite, fille de Zeus, répondit : « Sachez, vous, Anchise, l'homme le plus glorieux que la Terre ait porté, sachez que je ne suis point déesse : pourquoi me comparer aux divinités ? Non, je ne suis qu'une mortelle, et celle qui m'a portée était une femme. »*

Il me jeta un coup d'œil avant de reprendre, un peu plus loin :

— *Anchise, emporté par l'amour, ouvrit la bouche pour lui dire : « Si vous êtes une mortelle, née d'une femme, si l'illustre Otrée est votre père ainsi que vous le dites, si vous êtes venue ici par la volonté d'Hermès le guide immortel, si enfin vous êtes celle qu'on nommera pour toujours mon épouse, alors nul dieu, nul mortel, ne m'empêchera de vous donner l'amour, ici et maintenant ; Apollon lui-même, s'il me perçait de ses flèches redoutables lancées avec son arc d'argent, n'y parviendrait pas. J'accepterais de descendre dans le royaume de Hadès, ô noble dame aussi belle qu'une déesse, après avoir partagé votre lit. »*

Nous gardâmes le silence pendant quelques instants. Je savais qu'il attendait ma réponse avec impatience, mais je ne voyais pas quoi dire.

— C'est drôlement bien, parvins-je à dire.

Un petit rire désespéré lui échappa.

— Content que ça te plaise.

— Je ne comprends pas.

Son visage endurci se fendit d'un sourire. Je voyais bien qu'il était déçu, mais à quoi s'attendait-il ?

— C'est bon, dit-il. Oublie le bouquin. Je vais te proposer un pacte.

— Quel genre ?

— Tu acceptes qu'on sorte ensemble demain, et moi, en échange, je te dirai tout.

— À condition d'avoir quelque chose à dire. On dirait du bluff.

— Ce n'est pas du bluff.

— Je ne sors jamais, confiai-je, tentée par sa proposition. Tu ne peux pas tout me dire maintenant ?

— Non, je ne crois pas, répondit-il, apparemment content de son projet. Ma méthode est nettement plus amusante.

Nous restâmes à la bibliothèque jusqu'à l'heure de la fermeture et il me raccompagna sans répondre à une seule de mes questions.

— Je viendrai te chercher ici à 18 h 30 demain, annonça-t-il en me laissant devant chez moi. Ne fais pas semblant d'oublier, parce que de toute façon, je te croiserai tôt ou tard dans le quartier, et là, il faudra que tu me présentes une excuse et on se sentira tout bizarre.

— Je n'ai pas le choix, donc, ajoutai-je en entrant dans le jeu.

— Non.

Son sourire resplendissant me fit l'effet d'un coup de poing en pleine poitrine. Comment aurais-je pu résister ?

3

Le lendemain matin, je me surpris en train de lire l'unique petit papier que j'avais fixé avec un aimant sur mon réfrigérateur : le numéro de téléphone d'Anna. Il fallait que je parle à quelqu'un.

Le jour de ma rencontre avec Anna, à la rentrée des classes en cinquième année de primaire, était pour moi comme un rayon de lumière qui avait fendu les nuages. Notre école était un bâtiment de brique rouge, à un étage, nettement plus impressionnant que mes années d'enseignement à domicile. Mais ce n'était pas là ce qui me rendait le plus nerveuse. Je savais que les leçons seraient plutôt faciles. Ce qui m'inquiétait, c'était de me faire des amis.

Betsy m'avait pris la main sans hésiter pour me faire franchir le portail.

— N'aie pas peur, Ellie, m'avait-elle rassurée.

Mon corps émettait une tension perceptible à travers ma paume, qu'elle serrait bien fort. Dans le hall, l'air sentait le bois et la poussière. J'avais deviné que l'école était vieille. De nombreux pieds avaient foulé le sol du seul et unique couloir, au point d'user et de creuser le plancher. Les portes des salles ponctuaient les deux murs parallèles, comme des dominos bien alignés, prêts à me tomber dessus dès ma première maladresse. Dans quel pétrin m'étais-je donc fourrée ?

La classe de Mme Kay était indiquée par un panneau coloré, collé sur la porte. Là, Betsy m'avait laissée et j'y étais entré seule. La salle grouillait de monde. Personne, ou presque, ne s'était tourné vers moi. Près de 20 enfants quadrillaient la salle pour se poser des questions et griffonner les réponses sur des feuilles. Mme Kay m'avait saluée :

— Tu dois être Elyse ?

J'avais répondu d'un oui timide sans cesser de regarder les élèves s'agiter dans ce qui ressemblait à un grand désordre. Ce n'était pas ainsi que j'avais imaginé l'enseignement structuré.

— Ils jouent au bingo des multiplications, avait expliqué l'institutrice.

— Bingo ! avait hurlé un rouquin surexcité, confirmant ainsi la raison de l'agitation.

— Bien, Benny, c'est parfait. Retournez à votre place, tous ! avait ordonné Mme Kay. Elyse, installe-toi où tu veux.

Génial. Je me retrouvais déjà sur le devant de la scène. Les battements de mon cœur étaient assez puissants pour assourdir tout le monde, j'en avais été certaine, mais la pression était très vite retombée. Une fille avec un petit bout de nez tout rond et des cheveux de soie noire m'avait invitée, d'un geste, à m'asseoir près d'elle.

— Je m'appelle Anna, m'avait-elle annoncé tout bas. Comment tu t'appelles ?

— Elyse, avais-je répondu.

— Bon, les enfants ! Avant de vérifier la carte de Benny, je voudrais vous présenter notre nouvelle élève.

— Elle s'appelle Elyse, avait interrompu la fille aux cheveux de soie.

— Oui, elle s'appelle Elyse. Je compte sur vous pour la mettre à l'aise. Anna, tu veux bien lui montrer ta grille avant qu'on étudie les réponses ?

— D'accord.

La fille avait poussé son pupitre pour le plaquer au mien. Je l'avais vue glisser la main dans sa poche. Le poing serré, elle m'avait passé un objet et avait attendu, souriante, que je le regarde.

— Ne laisse pas Mme Kay voir ça, avait-elle ordonné à mi-voix. C'est un secret.

J'avais fourré dans ma poche le bonbon emballé — ç'avait été le premier de nos nombreux secrets.

Dès l'instant où son pupitre s'est trouvé près du mien, nous sommes devenu inséparables. Notre amitié s'est développée tout naturellement. Être avec Anna ne demandait aucun effort : cela allait de soi.

Près d'elle, j'étais moi-même, et vice versa. Il n'y avait pas de secret entre nous, à une exception près, et pendant les trois ans qui avaient suivi, il était resté bien caché en moi.

L'école primaire avait été un sombre réseau de clans, de petits durs et de défis publics, un monstre qui n'aurait fait de moi qu'une bouchée si Anna n'avait pas été là. Bourrue et franche, elle avait une personnalité qui compensait ma timidité, et nous formions chacune la moitié d'un tout équilibré.

L'instruction étant encore à un niveau modeste, l'école était devenu un lieu de réunion, où nous pouvions associer nos forces et nous glisser dans notre petit univers, loin des rouages de la sauvagerie des collégiens. Quant aux étés, ils étaient sans contraintes. Peu importait le programme de nos journées, du moment que nous les passions ensemble. Toutefois, ce bonheur avait deux faces : plus mon affection et ma dépendance envers Anna se développaient, plus son éloignement de moi serait douloureux. À chaque instant, le bonheur de l'amitié devenait plus profond et je savais que, quand la fin arriverait, j'en serais déchirée.

— Tu sais ce que c'est, des sœurs de sang ? m'avait-elle demandé un jour alors qu'elle était couchée sur mon lit à feuilleter l'album de photos-souvenirs de notre année scolaire.

— Non. C'est quoi ?

— April m'en a parlé à l'école.

— D'accord, mais c'est quoi ?

Je m'étais redressée sur le sol de ma chambre. J'avais ouvert mon propre album à la page où figurait la photo d'April. C'était une brute. Ça se lisait sur sa figure.

— Elle m'a dit que personne ne pouvait lui interdire de se faire photographier avec Susan, parce qu'elles étaient sœurs. Évidemment, je lui ai répondu que c'était pas vrai et là, elle a précisé : sœurs de sang. Ça veut dire qu'elles se sont fait une coupure pour mélanger leurs sangs en plaquant leurs bras l'un sur l'autre.

J'avais pensé un instant à la réaction que cela inspirerait à Betsy, elle qui était infirmière : « Elyse, c'est comme ça qu'on propage les maladies. Ne prends pas de risques. »

Anna avait interprété mon silence comme un moment de réflexion pendant lequel j'avais songé à devenir sa sœur de sang. Elle avait repris :

— On est des sœurs, nous deux, plus qu'elles. Susan n'aime pas vraiment April. Moi, je crois qu'on devrait le faire. On serait les meilleures amies pour toute la vie, d'accord ?

Je m'étais figée. Ce n'était pas sain. Non parce que Anna était en mauvaise santé, mais parce que je n'étais pas… normale. Et si ça tournait mal ? Si je l'infectais ? Je n'avais pas pensé à ça depuis longtemps. Au fil des ans, j'avais remisé la réalité au fin fond de mon esprit, au point de me convaincre que je n'étais pas chétive, mais menue et fragile. Soudain, la vérité me revenait en pleine figure. Anna voulait faire une expérience. Sans savoir à quoi elle s'exposait.

— Regarde, je n'ai qu'à ouvrir l'égratignure que je me suis faite au genou hier. Tu as une croûte, quelque part ?

— Non. C'est pas grave, on fera ça plus tard.

— Allez, quoi, fais pas le bébé. Je sais que tu t'es fait une ampoule sur la paume en grimpant à la cage à poules.

Elle m'avait saisi la main droite et ouvert ma peau craquelée sans ménagement.

— Aïe ! Tu es folle ? avais-je crié en rapprochant ma main pour regarder les dégâts.

— Dépêche, faut pas que ça sèche.

Sans me laisser une seconde, elle avait posé ma main sur son genou et frotté sa plaie sur la mienne.

— Là, tu vois ?

Son regard me demandait de lui donner raison, mais je n'avais pu rien répondre. Mes yeux étaient rivés sur son visage. Sans trop savoir quoi, j'attendais quelque chose. L'expression d'Anna voulait dire tout et son contraire — c'était un regard vide, mélange d'inquiétude et d'ébahissement. Tout ce que j'avais réussi à dire, ç'avait été :

— Qu'est-ce que t'as ?

— Il n'y a plus rien.

Elle m'avait fouillé les yeux pour avoir une réponse.

— De quoi, plus rien ? demandai-je.

Le souffle coupé, elle avait retourné ma main pour la mettre en évidence, près de son genou, et m'aider à comparer. À l'exception d'une tache de sang, sa peau était nette. Elle s'était léché le doigt et essuyé le genou pour mieux voir. Rien. De mon côté, j'avais frotté ma paume avec mon pouce : il n'y avait pas la moindre trace de coupure.

Des bruits de pas dans le couloir nous avaient annoncé que Betsy approchait. Nous avions caché notre peau rougie et fait semblant d'être occupées.

— Eh bien, les filles, ça va ? avait-elle demandé du pas de la porte.

Nous avions répondu à l'unisson :

— Oui, oui.

Elle avait été trop distraite pour relever notre réponse de robot ou la forte tension qui régnait dans la chambre.

— Bon. Écoute, Anna, je viens d'appeler ta maman. Elle va venir te chercher. J'ai envie de passer la soirée en tête-à-tête avec Ellie, tu comprends ? Ne t'inquiète pas, tu n'as rien fait de mal, avait-elle précisé d'un ton rassurant avant de faire demi-tour.

— Tu crois qu'elle est au courant ? avais-je demandé, inquiète.

— Non, avait affirmé Anna.

Il m'était impossible de cacher la vérité : j'étais à l'origine de la guérison. Anna me connaissait trop bien. Elle avait deviné ce que je m'apprêtais à dire.

— Écoute, je ne savais pas que ça ferait ça… avais-je confié en tentant de trouver les mots justes pour épargner notre amitié, les mots qui ne feraient pas de moi un monstre, mais elle m'avait coupé.

— Je ne le dirai à personne, Elyse, avait-elle promis d'un air sérieux. Jamais.

Ainsi, des années plus tard, je partageais toujours mes secrets avec Anna et, sans même m'en rendre compte, je composai son numéro pour lui résumer ma journée.

— Tu crois que c'est un escroc ? lui demandai-je.

— Possible. Mais au fond, tout ce qu'il a obtenu, c'est que tu sortes avec lui. Il ne t'a pas demandé d'argent, si ?

— Non. Ni lui ni la fille. Quand même, il savait comment je m'appelle. Elle aussi.

— Elyse, tu viens d'emménager juste au-dessus de l'endroit où il travaille. C'est normal qu'il connaisse ton nom. Si ça se trouve, ton propriétaire est aussi son patron.

— Et la fille ? Comment elle l'a su, elle ?

— Ça doit être son ex, et elle est complètement déjantée.

Je réfléchis un instant.

— Je ne sais pas trop. Il m'a dit que j'étais suivie. Tu sais, si mes parents m'ont cachée, il y avait une raison.

— Je ne pense pas qu'ils te protégeaient contre un jeune serveur de café, protesta-t-elle en riant. Écoute, tu n'as qu'à y aller. Tu cherches toujours des excuses. Je n'ai jamais compris pourquoi tu refusais systématiquement de sortir avec un garçon.

— Tu le sais bien.

— Et toi, reprit-elle après une pause, tu sais que je ne suis pas d'accord sur ce point.

— Et si ce type voulait se marier ?

— Tu n'aurais qu'à l'épouser !

Sa voix était percutante, comme si elle venait d'énoncer une évidence.

— Tôt ou tard, il apprendrait la vérité sur mon âge, objectai-je. On ne pourrait pas vieillir ensemble. Et les enfants ? Je ne sais même pas si je peux faire des enfants.

— Ma parole, tu vois loin, toi ! Sortir avec un homme, ça ne veut pas dire se marier, Elyse. Il n'y a pas de mal à prendre du bon temps !

Nous avions déjà eu une conversation de ce genre, mais Anna ne lâchait jamais les rênes. Elle ne comprenait donc pas la raison la plus évidente ? Qu'arriverait-il si je tombais amoureuse ? Si je vivais plus longtemps que lui ? Il serait pour le moins déchirant de le regarder vieillir puis mourir, tout en restant moi-même enfermée dans ma jeunesse interminable. Pourquoi prendre un tel risque ? Toutefois, je ne voulais pas parler de la mort avec Anna. Ni regarder en face le fait que je ne partagerais plus que 50 ans avec elle, au grand maximum, avant de me trouver seule. Mon cœur s'alourdissait quand j'y pensais.

— Je n'irai pas, conclus-je.

4

J'avais à peine raccroché que je changeai déjà d'avis. Anna avait raison. Un rendez-vous n'était pas un engagement à vie. Pourquoi ne pas passer un bon moment ? Je passai la matinée à analyser en détail ce qui avait eu lieu la veille, sans m'attarder sur les déductions logiques de ma conscience.

Quand 16 h sonnèrent, je commençai à me préparer. Je pris une douche interminable, je m'épilai, me lavai la tête deux fois, puis, tandis que je me séchais les cheveux, je m'aperçus que je n'avais jamais eu de raison sérieuse de me soucier de mon apparence. J'examinai mes yeux marron dans le miroir pour tenter de décider si j'étais jolie. Peut-être. C'était possible, en faisant un petit effort.

J'aurais dû m'en moquer, mais j'étais excitée, un peu trop même. J'éteignis le séchoir avant d'avoir terminé pour examiner les choses objectivement, en laissant de côté tout ce qui alimentait ma curiosité. Le jeu en valait-il la chandelle ? Me tendait-on un piège ? Je ne pouvais pas me permettre de tomber amoureuse. Je le savais depuis toujours, le grand amour n'était pas pour moi.

Je cherchais déjà une excuse pour me défiler quand on frappa à la porte. Il était bien trop tôt pour que ce soit William, or je n'attendais personne d'autre. Assise sur mon lit, je restai silencieuse, espérant que l'on me croirait absente. On frappa une deuxième fois ; je n'avais pas envie de répondre. Toute cette histoire m'avait mise sur les nerfs. Je me sentais très vulnérable.

— Elyse ?

Au son de la voix de William, je bondis. J'enfilai mon peignoir et je descendis lui ouvrir la porte.

— Salut. Désolée. Je ne savais pas que c'était toi, lui dis-je, heureuse d'avoir prononcé ces premiers mots avant de le regarder attentivement.

Il était encore plus beau que dans mon souvenir, et j'en fus aussitôt muette d'admiration. Sa peau, couleur caramel, sa mâchoire, nette et forte, le moindre élément de son corps m'attirait.

— Salut. J'arrive un peu en avance, je sais, mais j'ai tourné en rond toute la journée.

— D'accord... répondis-je, encore incertaine. Bon, donne-moi le temps d'enfiler quelque chose.

Alors que je m'apprêtais à remonter l'escalier, je me rappelai que je ne pouvais pas le laisser là. Je me retournai.

— Monte, toi aussi.

Je ne savais pas ce que j'allais porter. J'avais cru qu'il me restait deux heures pour me décider. Sachant qu'un jean usé et un tee-shirt délavé ne convenaient pas, je fouillai parmi mes vieux vêtements, pas encore déballés.

— Désolée, je n'ai pas de meubles, lançai-je du fond de ma chambre.

J'optai pour la robe d'été à fleurs que Betsy m'avait offerte le jour de mes 18 ans. Mes cheveux étaient encore humides et raides, et les seules chaussures assorties étaient les tongs noires que je portais tous les jours.

Quand je trouvai le courage de retourner au salon, William s'installait sur mon canapé de fortune, fait de couvertures roulées.

— Tu es magnifique, dit-il en haussant les sourcils.

— Merci, marmonnai-je.

J'étais un peu mal à l'aise, gênée par ma robe, mais l'attention qu'il me porta me plut. Un peu trop, même.

Je pris mon sac à bandoulière, puis me rappelai qu'il y avait une raison à cette soirée.

— Alors, comment on s'organise ? Tu vas me dire ce que tu sais ?

— Tu vas droit au but, toi ! dit-il, puis il eut un petit rire. Je te dirai ça demain.

— Pourquoi pas ce soir ?

Il secoua la tête.

— Ça gâcherait tout.

— D'accord.

J'avais accepté trop facilement. Au moins, cela me laissait un bon prétexte pour le revoir.

— Où allons-nous ?

— J'ai pensé qu'on pourrait aller voir *Annie Hall*. Il y a un cinéma, en ville, spécialisé dans les vieux titres.

— J'adore ce film, répondis-je, assez ravie pour oublier en une seconde mes doutes et mes inquiétudes. Je l'ai vu le jour de sa sortie.

Il était trop tard pour retenir les mots maladroits qui avaient fui entre mes lèvres.

— En 1977 ? demanda-t-il d'un ton détendu, les yeux écarquillés.

— Je voulais dire : sa sortie en DVD, repris-je en riant nerveusement.

En moins de 10 minutes, j'étais devenue une grande imbécile, incapable de tenir sa langue.

— Oui, je savais bien que ça te plairait.

— C'est vrai ?

J'avais dit cela d'un ton trop enjoué. Il avait pensé à moi, à ce qui me ferait plaisir. Il était absurde d'essayer de rester indifférente.

— Oui, tu me sembles du genre désespérément romantique. Je me trompe ?

Désespérée, ça oui, il avait raison. Quant au romantisme, ma foi, ce n'était pas moins désespérant.

— Non, tu as peut-être raison.

Il était inutile de s'attarder sur les détails de ce romantisme désespéré, pas vrai ?

— J'aime bien ton petit nid de couvertures. Tu pourrais devenir décoratrice d'intérieur.

Je souris. Il savait briser la glace.

— La ferme, ripostai-je avec humour.

Je trouvais étonnamment facile d'être moi-même avec lui. Malgré son indéniable effet paralysant, je sentais que je pouvais m'exprimer à ma guise et agir comme je le voulais, sans qu'il y trouve à redire. Il était accommodant et calme, sûr de lui, et il n'avait pas peur de ce qui l'entourait. Je ne savais pas trop comment j'allais gérer une soirée entière avec lui, mais les choses commençaient plutôt bien.

— Qu'est-ce que tu aimes comme musique ? demanda-t-il une fois assis dans sa voiture. J'en ai de tous les genres.

— Euh… Je ne sais pas.

Je ne connaissais pas bien ce que les gens écoutaient alors. Betsy et moi, on passait beaucoup de musique des années 1940 : Billie Holiday, Frank Sinatra, Bing Crosby. Je songeai à lui demander s'il en avait, question de voir s'il en avait vraiment de tous les genres, mais je me retins.

— Et si on mettait…

Il se tut pour fouiller l'un de ses classeurs de CD.

— ... les Foo Fighters ?

— Parfait, acceptai-je en hochant la tête malgré ce nom inconnu.

— Tu as déjà entendu parler de ce groupe ?

— Non.

Il me jeta un petit regard et sourit largement avant de rabattre ses longs cheveux d'un coup de main.

— Wouah... souffla-t-il en glissant le disque dans l'appareil. Tu as vécu sous cloche, ma parole.

Le cinéma était vieux et délabré. Des prospectus annonçant *The Rocky Horror Picture Show* étaient épinglés sur une cabine de caisse rétro. William paya deux entrées sans discuter, alors que je lui avais proposé de payer la mienne. Nous décidâmes de ne rien acheter au bar, plutôt négligé, afin de réserver notre appétit pour le dîner. Sachant que le cinéma ne comptait qu'un projecteur et une salle d'environ 40 places, je m'attendais à y voir quelques spectateurs, mais elle était déserte. Les murs en bois étaient décorés d'anges gravés et de peinture blanche écaillée. Il y régnait une odeur musquée et l'allure générale était miteuse, meilleure preuve de l'authenticité des lieux. On devinait pourtant que cela avait été une vraie salle de spectacle.

— Dans le temps, je venais souvent ici, me confia William. C'est devenu moins reluisant, mais à l'époque, c'était vraiment magnifique.

— Comment fais-tu pour découvrir tous ces lieux secrets ?

— Quand on détient soi-même un secret, il faut savoir où le ranger.

Je le dévisageai comme si, en le regardant assez fort, j'allais tout comprendre par moi-même.

— J'aimerais bien que tu m'expliques ce qui se passe.

— Je te le répète : je te dirai tout, mais tu me dois encore la moitié d'une soirée à deux.

Les lumières s'éteignirent au moment où nous nous asseyions, toujours seuls dans la salle. Nous aurions pu en profiter pour discuter. Je ne savais pas ce que William avait en tête et, pour ma part, j'étais sens dessus dessous. Entre deux rediffusions mentales de notre soirée à la bibliothèque, la tête me picotait quand je sentais son bras frôler le mien ou quand je soupçonnais son genou de se rapprocher de ma jambe. Mes yeux avaient beau rester fixés sur l'écran, je ne regardais pas le film.

— C'est la scène que je préfère, me souffla-t-il soudain à l'oreille.

Il n'était pas nécessaire de se montrer si discret, mais cela me plut.

La projection prit fin bien vite; j'aurais voulu négocier avec le temps qui passe, pour gagner quelques précieuses minutes. Tandis que le générique se déroulait, je sortis à reculons de cette intimité, cette proximité, qui me faisait vibrer. J'attendis que les tout derniers mots s'effacent pour m'en éloigner.

— Tu as faim ? me demanda William.

Sur la façade d'un immeuble, des lettres rouges annonçaient *Chez José, restaurant mexicain*. Un sombrero pendait à un crochet, sous le J, et un jeu de maracas était peint à l'extrémité de l'enseigne. Le local avait du caractère, et j'en déduisis que ce n'était pas une enseigne de chaîne de restaurant. Simplement enduit de stuc brun, il avait un toit rouge et des carreaux de céramique espagnols. À l'intérieur, les murs étaient peints en pastel vert et rose, et le drapeau mexicain flottait fièrement dans l'entrée.

— Tu veux un verre de margarita, quelque chose de ce genre ? me proposa William quand nous fûmes installés à la table du coin.

— J'ai moins de 21 ans, objectai-je.

— Évidemment, répondit-il en pouffant de rire. Moi aussi.

— Bonsoir, les jeunes, salua une robuste Mexicaine en s'approchant de nous. Qu'est-ce que vous prenez ?

— De l'eau, rien de plus. Ça te va ? vérifia William.

— Oui, de l'eau, ça ira très bien.

J'aurais probablement accepté un verre d'huile de foie de morue pour être assise près de lui.

— Parfait. Je vous passe les menus... À tout de suite ! annonça la serveuse en s'éclipsant.

— Alors, qu'est-ce que tu fais de ton temps libre quand tu ne te forces pas à sortir avec un garçon ?

Je ris.

— Comme si ça m'arrivait tous les soirs !

Je m'efforçai de détacher mon regard de lui, ce qui était extraordinairement difficile.

— Je ne sais pas. J'aime bien écrire des poèmes, faire des mots croisés, des trucs un peu rasoir.

— Je dirais que tu as besoin de sortir.

Je haussai les épaules.

— Et toi ? Un bon moment, pour toi, c'est quoi ?

— Une soirée avec la seule et unique Elyse Ellen Adler, évidemment.

Une nouvelle fois, je regardai ailleurs. Il connaissait mon nom complet. Je ne m'étais pas attendue à ça. Je gardai les yeux penchés, mais cela ne m'empêcha pas de remarquer les siens, qui venaient se plaquer sur moi dès que je tournais la tête. Heureusement, la serveuse revint bientôt nous porter nos verres et prendre notre commande.

— Voici des chips et de la salsa, avec deux verres d'eau. Vous avez choisi ?

D'un mouvement de menton, William m'invita à parler la première.

— Pour moi, un burrito au poulet grillé.

— Et des tacos de *carne asada*, ajouta William.

— Bien... Vous permettez?

Elle reprit les menus et, dès qu'elle fit demi-tour, William se remit à m'interroger. J'aimais ses questions. C'était peut-être pathétique, mais cela me donnait l'impression que je l'intéressais vraiment.

— As-tu remarqué si tu étais suivie? Tu t'es fait de nouveaux amis depuis ton arrivée ici?

— À part Kara? Non, et en ce qui concerne les amis, tu es pour ainsi dire le premier, lui confiai-je sincèrement.

— Bon.

Puisque l'heure était venue d'échanger des questions, je lui en posai une.

— Comment as-tu appris mon nom?

— Je le sais depuis toujours.

Nerveuse, je pris une chips et la croquai du bout des dents.

— Comment ça? Tu travailles pour le gouvernement ou quoi?

La formule pouvait sembler ridicule. Il était trop jeune, trop informel, pour être à la solde des autorités.

— Exactement. Je suis une super agent secret, déclara-t-il d'un air impassible avant de changer d'expression. Mais non, je ne suis pas un indic! Tu as raison d'être prudente. Tu fais trop vite confiance aux gens.

— À toi, par exemple?

— Par bonheur, je suis celui à qui tu peux te fier.

J'éprouvai soudain une immense curiosité pour lui.

— Je suis content d'être arrivé le premier, conclut-il en avalant une gorgée d'eau tout en me regardant par-dessus le bord du verre.

— Voilà! Un burrito au poulet grillé et des tacos de *carne asada*, annonça la serveuse, cassant l'ambiance. Il vous faut autre chose?

— Non, je crois que ça ira, répondit William.

Je ne l'avais pas quitté du regard pendant qu'il lui parlait. Il se tourna vers moi et reprit :

— Je peux t'interroger sur un autre point? Au sujet de notre rendez-vous.

— D'accord, dis-je d'un air indifférent avant de mordre mon burrito.

— Si tu pouvais résumer toute ton existence avec un seul repas, qu'est-ce que ce serait? Quel goût aurait ta vie?

— Je ne sais pas, dis-je en riant. Drôle de question.

Je pris le temps d'y réfléchir. Le plat aurait été amer, avec tout de même une pointe sucrée, d'un aspect plus séduisant que son goût.

— Disons… du chocolat mi-amer, peut-être?

— Seulement mi-amer? releva-t-il.

— J'ai mes raisons, protestai-je. Et toi? Quelque chose de sucré et délicieux?

— Hum… Il faudrait que j'étudie la question. Ce qui est sûr, c'est que ça a changé depuis que je t'ai rencontrée.

Il me sourit et je reculai pour m'adosser contre le coussin du banc, le regard tourné dans une autre direction — loin de lui.

— Du beurre d'arachides, décida-t-il.

— Pourquoi donc?

— J'ai mes raisons, railla-t-il.

— Ce n'est pas très sucré.

— Non, mais ça va bien avec le chocolat.

— Oh...

Mon visage s'enflamma et je pris une nouvelle bouchée pour tenter de cacher un sourire trop évident. Je n'avais pas l'habitude des flatteries.

— J'aime ça, le beurre d'arachides, dis-je.

— Tu sais quoi ? Je vais peut-être opter pour les tacos de *carne asada*, en fait. Ils ne sont pas mauvais, franchement.

Il faisait déjà nuit quand nous quittâmes le restaurant, alors que j'avais l'impression d'être à peine sortie de chez moi. Le temps avait filé.

— Je voudrais juste faire un dernier arrêt, dit William en glissant dans l'autoradio un autre disque de musique douce.

De temps en temps, je jetais un œil vers lui. Il tapait le volant du bout des doigts et penchait la tête suivant le rythme. Que je le veuille ou non, je passais un bon moment. Je me fichais bien de l'endroit où nous allions, mais je ne me doutais pas qu'il s'agissait d'une épicerie.

— Je reviens tout de suite.

— Pas de problème, répondis-je.

Au moins, cela me laissait le temps de réfléchir. Il fallait que je prenne une décision. Plus tôt je mettrais fin à notre relation, moins ce serait douloureux ; par conséquent, je devais m'exprimer le soir même. Mon estomac se noua une fois de plus. Ce n'était pas juste. Mon cœur et ma tête se battaient l'un contre l'autre encore. Je sentis monter des larmes de frustration, mais je n'avais pas le choix. J'allais lui parler à la fin de notre soirée parfaite — tout flanquer par terre. Au moins, ce serait fait, et je ne serais pas tentée d'aller plus loin.

— Ce n'est pas du mi-amer, mais j'espère que tu aimes le chocolat, annonça-t-il en ouvrant la porte, une boîte de cornets de crème glacée à la main.

— Qui n'aime pas le chocolat ? répondis-je d'un ton joyeux.

Son charme était vivifiant. Ma détermination fondit sous l'effet d'un regard accompagné d'un sourire.

— Et maintenant ? demandai-je. Où on va ?

— Tu veux qu'on passe chez Cearno ?

— Il y a du monde ?

— Oui, c'est sûr, répondit-il, tout excité.

— Je ne sais pas trop...

Je n'avais pas envie de me retrouver au milieu de gens avec qui je devrais éviter de me lier d'amitié.

— D'accord. Si c'est ça, il y a un autre endroit secret que je voudrais te montrer.

Nous nous retrouvâmes dans un jardin public peu fréquenté le soir. Il n'y avait là qu'une cage à poules et des tables de pique-nique. Les rayons de lune, passant entre les nuages, éclairaient le sol d'une lueur apaisante.

— On sort de la voiture ? demandai-je.

— Oui, déballons nos cornets avant qu'ils ne fondent.

Les arbres qui surplombaient les tables et les balançoires éro-dées par la pluie et le vent avaient couvert le sol de feuilles sèches qui craquelèrent sous mes pieds. William me tendit un cornet enrobé de chocolat, puis je m'assis sur la table usée, les pieds battant dans le vide.

— Donc, à part travailler chez Cearno, est-ce que tu fais des études, ou autre chose ? repris-je.

— On pourrait dire que je suis des cours, oui.

— À l'université de San Francisco ?

— Non, ailleurs. Tu n'en as jamais entendu parler. C'est un genre d'établissement privé.

— Quelle est ta matière principale ?

— La mythologie grecque.

Je notai qu'il retenait un sourire. Cela le gênait peut-être. Au moins, sa citation de la veille, tirée des hymnes homériques, s'expliquait.

— J'ai passé une excellente soirée, annonça-t-il. Pour quelqu'un qui ne fréquente personne, tu es plutôt sociable.

— C'est parce que tu m'as soudoyée, plaisantai-je. Sincèrement, c'était un bon moment.

— Au moins, je suis en bonne voie pour te conquérir.

— On verra…

Me conquérir était hors de question.

— … quand tu auras tenu tes engagements.

— Le suspense te torture, pas vrai ?

Je voyais bien qu'il s'amusait de moi.

— Allez viens, je te raccompagne chez toi.

Tout le long du chemin, je me pris la tête sur la façon dont nous nous dirions au revoir. Je devais couper les ponts, en rester là, le laisser sur le bas-côté. Cette soirée merveilleuse était la première et la dernière que nous passerions ensemble. Dès le lendemain matin, je me ferais un devoir de l'éviter. Il m'accompagna jusqu'à ma porte. Le moment était venu.

— Écoute, William, il faut que je te dise…

Quand je me tournai vers lui, je croisai son regard perçant, prêt à fendre n'importe quel rempart. Tout à coup, l'euphorie me brouilla la raison et je me sentis plus que vulnérable. Mes yeux descendirent aussitôt vers sa bouche, tandis que les pointes de ses lèvres remontaient vers ses fossettes. Mon cœur accéléra au point de réchauffer tout mon corps. C'était une chaleur insupportable, loin de la chaleur habituelle, loin de tout ce que j'aurais su décrire.

Il se passait quelque chose. « C'est lui qui me fait cet effet », pensai-je, et ma confusion s'effaça à mesure que l'euphorie augmentait. Je n'avais pas cessé de regarder ses lèvres, qui affichaient toujours le même petit sourire. Non, il ne fallait pas. J'imaginai nos lèvres en train de se frôler. Je voulais être plus près de lui. La chaleur m'était montée à la tête, laissant un vide dans ma poitrine. J'avais besoin de lui. Le vide était un gouffre que lui seul pouvait combler. Il était le secours. Mon besoin de lui me prenait de toutes parts. Il n'aurait qu'à prononcer les mots « Embrasse-moi » pour que je lui obéisse.

Je trouvai une nouvelle fois ses yeux, son regard pénétrant. J'étais au désespoir, en quête du moindre signe en retour.

Soudain, ses paupières tombèrent et le brouillard se leva. Il ne me resta qu'un sentiment trouble, pour toute preuve de ma brève intoxication.

— Désolé, dit-il d'une voix faible.

J'attendis qu'il continue sa phrase, mais au lieu de cela, il se retourna pour sortir et filer dans la rue.

— William ?

Il ne se retourna pas. J'aurais voulu le poursuivre, lui hurler « Qu'est-ce qui s'est passé ? », mais ma tête, sortie de son curieux état d'hypnose, m'ordonna de rester sage et de rentrer.

Une fois couchée, cette nuit-là, je me mis à revivre et revivre encore chaque instant de la soirée, espérant saisir le détail qui m'aurait échappé jusque-là. Pourtant, j'en arrivai chaque fois à la même conclusion qui n'expliquait rien : son départ incompréhensible. Je songeai un moment que j'avais peut-être déclenché moi-même cet étrange accès d'euphorie, qui m'avait mise en manque et portée à accepter de faire tout ce qu'il me demanderait ; pourtant, l'image pénétrante de son regard intense me confirmait que c'était venu de lui, et non de moi.

Plus que tout, je ressentis le besoin d'être assez franche pour lui demander simplement ce qui s'était passé. Peut-être l'incident avait-il une explication toute simple. J'imaginais déjà la conversation : « Dis donc, hier soir, tu m'as irradiée d'une force amoureuse pas possible... C'était quoi ? »

Comprenant l'absurdité de ma question, je songeai à ce que son visage afficherait tandis qu'il penserait : « Cette fille est cinglée. »

C'était trop risqué. J'étais curieuse, mais pas au point de me ridiculiser. Il s'expliquerait peut-être de lui-même. Sinon, je devrais être assez subtile pour éviter de passer pour une folle.

5

Il faisait toujours nuit quand je fus réveillée par un bruit : quelqu'un était entré dans mon appartement. Les sons, faibles, témoignaient d'un effort vain pour passer inaperçu. Je me mis aussitôt sur la défensive, comme un animal poursuivi. Je descendis de mon lit pour m'approcher de mon bureau à pas de loup, espérant y trouver un objet qui deviendrait une arme. Je n'eus guère de chance, car la seule chose à peu près convenable était une lourde boîte à bijoux aux angles pointus, qui tenait dans ma main. Décidée à la jeter sur l'intrus, voire à m'en servir pour le frapper si aucune autre solution ne se présentait, je l'attrapai en tremblant. Mon cœur commença à battre irrégulièrement tandis que mes pas devenaient plus bruyants, à tel point que je fus certaine d'être repérée tôt ou tard.

Je m'approchai de la porte, tournai la poignée, les dents serrées, espérant que les gonds, d'habitude capricieux, se retiendraient de grincer. Ils se retinrent en effet, mais malgré cela, je sentis la panique me gagner tandis que je traversais le couloir. Il n'y avait plus un bruit.

J'y trouvai deux explications. C'était peut-être un cambrioleur qui, compte tenu de la taille de l'appartement, ne tarderait pas à me trouver, et alors Dieu sait ce qui se passerait… Quant à la seconde hypothèse, la plus probable, elle me raidit de peur. J'étais espionnée, et une taupe avait reçu l'ordre de récupérer quelque chose chez moi, peut-être même de me tuer.

Il pouvait m'arriver n'importe quoi. Je respirais par à-coups silencieux, m'efforçant de choisir entre l'attente et la fuite. La sueur collait mon pyjama sur ma peau. Je guettais le moindre petit bruit. Rien.

J'avançai encore, prête à bondir, et soudain une main venue de derrière se plaqua sur ma bouche. Tout mon corps se tendit de l'intérieur. L'index sur les lèvres, William me lâcha et alla regarder au coin du couloir. Je retins mon souffle quand il tourna vers la cuisine, hors de ma vue, me laissant seule dans le couloir.

Le silence régna encore une seconde, puis Kara bondit vers William, brandissant un couteau. Ils roulèrent par terre dans le salon tandis que je les regardais, trop choquée pour crier.

Elle l'avait plaqué au sol et tenait la lame contre sa gorge.

— Arrête ! criai-je.

Elle ne me répondit pas. Plusieurs secondes passèrent, puis des minutes. Enfin, d'une main prudente, Kara lui glissa le couteau dans la main et l'embrassa sur la bouche.

— Qu'est-ce que ?... m'écriai-je.

— Bon sang, Kara, dit William en repoussant la fille, qui s'accroupit timidement contre le mur.

— Mais qu'est-ce qui se passe ? demandai-je. D'abord, elle essaye de te tuer, puis...

— Je n'ai pas voulu le tuer, protesta Kara. Il allait m'attaquer. C'était de l'autodéfense.

— Si tu n'étais pas venue chez elle en catimini, je n'aurais pas eu besoin de passer à la charge.

— C'est bien à toi de dire ça ! Et toi, qu'est-ce que tu fais ici ?

— Ne retourne pas la situation. Tu sais pourquoi je suis venu. Réponds-moi.

Il faisait les cent pas entre elle et moi.

— Je cherchais des preuves, répondit-elle. Je veux savoir si elle est bien celle que tu crois.

— Sors de mon crâne, trancha William avec un regard furieux.

— Tu es curieux, je le sais. Voyons si elle t'apporte une preuve.

Quand Kara se releva, William fit un pas vers elle.

— Je n'ai pas besoin qu'elle prouve quoi que ce soit, et toi non plus.

Sans lui prêter attention, elle me regarda fixement.

— Moi, je suis curieuse. Je veux tout voir de mes propres yeux.

— Fais attention, l'avertit William. Ne me pousse pas à bout.

Muette, j'attendis que l'un d'eux relance la situation.

— Ils sont au courant? demanda-t-il.

— Ils savent ce que je leur dis, répondit-elle en haussant les épaules.

— Eh bien, qu'est-ce que tu leur as dit?

Je ne comprenais rien à leur discussion, mais le seul regard de Kara suffisait à me tenir sur mes gardes.

— Rien. Pour l'instant.

Je les interrompis à pleine voix :

— Dire quoi? Et à qui? Vous avez fini de discuter comme si je n'étais pas là?

C'est à cet instant que la lame minuscule vola jusqu'à moi et se ficha dans ma jambe. Je poussai un cri de douleur en serrant ma cuisse droite. William, qui avait vu le coup venir, plaqua aussitôt Kara contre le mur.

— Mauvaise idée! gronda-t-il, les mâchoires serrées.

Sans se débattre, elle ordonna d'une voix dure :

— Lâche-moi.

— Tu n'as pas intérêt à leur raconter ça.

— Je t'interdis de me menacer, cracha-t-elle.

— Va-t'en, exigea-t-il en la lâchant.

Elle tomba par terre et fila vers l'escalier tout en le foudroyant du regard.

— Toi, tu n'as pas intérêt à devenir mon ennemi.

— Fiche le camp! gronda-t-il tandis qu'elle claquait la porte d'entrée.

Puis, comprenant que j'étais encore sous le choc, il revint vers moi.

— Ça va?

— Non! criai-je tandis qu'il m'aidait à rejoindre mon tas de couvertures.

— C'était juste pour dire quelque chose.

Il s'agenouilla près de moi, étira ma jambe et serra le manche du couteau entre ses doigts musclés.

— Un, deux...

— Aïe! hurlai-je quand il retira le métal enfoncé dans ma chair. Tu n'as même pas dit trois!

— Compter jusqu'à trois, c'est bon pour les mauviettes.

Il retroussa doucement la jambe de mon pyjama pour examiner la coupure.

— Qui êtes-vous, tous les deux?

— Elle, apparemment, c'est une folle furieuse, répondit-il avec un sourire, tandis que moi, je suis le type qui veille sur toi.

Ayant examiné ma blessure, William ramassa le couteau de Kara et passa le tranchant sur son pouce, se coupant assez profondément pour saigner.

— Qu'est-ce que tu fais? protestai-je, épouvantée.

— Encore une question, hein? répondit-il en secouant la tête. Un peu de patience, Ellie.

54

Il s'approcha pour plaquer son pouce sur ma coupure. Je me retins de l'en empêcher. Il savait. D'une manière ou d'une autre, il savait que cela me guérirait. Je lui posai tout bas la question secrète :

— Où as-tu appris ça ?

Quand il leva le pouce, chacune des deux coupures avait disparu. Il essuya la tache de sang avec sa chemise et examina la peau intacte.

— Je sais ce que savent tous les Descendants. Qu'une jeune fille, la dernière des guérisseuses, a été élevée en secret. Celle que nous attendons. Celle qui changera tout.

— Mais je...

— Oui, pour toi, ça n'a pas de sens, coupa-t-il. Il y a d'autres gens comme toi, Elyse. Tu n'es pas seule. C'est la première chose à savoir.

Mon esprit releva le seul mot que je comprenais.

— Il y en a d'autres ?

Il voyait juste : je ne le croyais pas.

— Prouve-le, ordonnai-je.

— Tout ce que j'ai sous la main, c'est une photo qui me vient de mon père, dit-il en s'asseyant près de moi. Je l'ai toujours dans la poche, à tout hasard. Selon lui, tes parents en avaient aussi une pareille, mais je ne suis pas certain que tu l'aies vu.

Il me tendit l'image.

— S'il te faut des preuves supplémentaires, je peux te les montrer, mais il faudra attendre demain matin.

J'étais incapable de digérer ce qu'il me disait, ou alors je refusais de le croire. Les traits tendus, il me regardait intensément. Je m'efforçai de décrypter la raison de son attitude, de comprendre comment cela était possible. Lui faire confiance, à lui ou à n'importe qui, était stupide, naïf même, mais je m'y laissai aller.

Je baissai les yeux vers la photo. Je la connaissais déjà. C'était un vieux cliché en noir et blanc. J'avais rangé le même, mais en bien meilleur état, dans ma boîte dorée. Un groupe posait devant un mur, comme sur une photo de classe. Tout le monde souriait, y compris ma mère et mon père.

— Ici, près de tes parents, c'est mon père, affirma-t-il.

Je n'en revenais pas. Il ne pouvait pas m'arriver une chose pareille, c'était impossible, et pourtant j'en avais la preuve entre les doigts. Il ne me vint aucun mot, aucune idée, aucune réaction, ou bien il m'en vint trop pour qu'une émotion nette s'en détache. Il me fallut plus d'une minute pour recouvrer mes capacités.

— Et toi, tu... tu es des leurs ? demandai-je posément, avec une pointe d'espoir.

Ma peau chauffa et rougit tandis que mon pouls accélérait. J'espérai qu'il ne remarquerait rien. Il m'offrit un sourire lumineux et clair pour m'annoncer :

— Un Descendant ? Oui, évidemment !

Soudain, toutes les pièces égarées du puzzle de ma vie s'assemblèrent. Il existait d'autres gens comme moi. Je n'étais pas seule. Pour la première fois, je sentis que tout était possible, que mon avenir pourrait m'offrir tout ce dont je me croyais privée à jamais.

— Un Descendant... répétai-je.

Le terme ne m'était pas familier. Je me tournai vers William, portant un regard nouveau sur tout.

— Quel âge as-tu ?

— Trois cent seize ans.

— C'est vrai ? demandai-je, sidérée.

— Non. J'exagère, pouffa-t-il. J'ai 92 ans, mais j'avais envie de rire un peu.

Je me permis de sourire. Sans pouvoir me retenir. «Pourvu que ce ne soit pas un rêve», souhaitai-je. Cela y ressemblait tant. Trop d'idées me traversaient la tête pour que je les analyse, je laissai la joie pure m'envahir.

— Qu'est-ce que tu voulais dire quand tu as parlé de dernière guérisseuse? Tu ne guéris pas, toi?

— Non, nous avons chacun un don. Toi, c'est de guérir.

— Un don? suffoquai-je. Un superpouvoir, tu veux dire?

Ma question était une plaisanterie, mais il la prit plus sérieusement que prévu.

— Oui, on pourrait dire ça. Certains de ces dons sont trop étranges pour être qualifiés de superpouvoirs. Chaque famille porte un don ancestral, ce qui explique notre nom : les Descendants. Selon mon père, tu as hérité le pouvoir de ta mère, qui descendait d'Asclépios, le dieu de la médecine.

— Le dieu de la médecine? répétai-je, stupéfaite, en me retenant de rire.

C'était forcément une plaisanterie.

— Je ne dis pas que nous sommes des dieux, attention, ajouta-t-il. En fait, les dieux grecs eux-mêmes n'étaient pas divins. Ce sont nos ancêtres, et ils étaient comme nous, ni plus ni moins. Ça fait un moment qu'on existe. Excuse-moi. Je te raconte ça parce que, au fond, tu ne sais rien, pas vrai?

— Tu plaisantes! m'exclamai-je. Des dieux?

— Je t'arrête : pas des dieux.

— Bon, admis-je en haussant les sourcils. Tu ne penses quand même pas que je vais te croire?

Je le regardai droit dans les yeux pour le mettre au pied du mur. Il se contenta de sourire.

— Je m'en doutais. C'est comme si j'essayais de convaincre quelqu'un de l'existence des licornes. On a du mal à y croire tant qu'on n'a rien vu.

— Tu as des preuves ?

La photo était convaincante, mais il m'en fallait davantage.

— Oui. Demain, d'accord ? Tu auras droit à une véritable leçon d'histoire.

— Tu ne peux pas me la résumer maintenant ?

— Tu viens de dire que tu ne me croyais pas.

— Eh bien, supposons que je te croie à moitié.

— Si c'était le cas, je t'expliquerais que nous avons dû vivre cachés depuis la révélation de notre race en Grèce, avant Jésus-Christ. Nos ancêtres croyaient possible de coexister avec les hommes, et ils ont donc tenté de s'intégrer…

— Attends, coupai-je, déboussolée. Les hommes ? Tu insinues que nous ne sommes pas des êtres humains ?

À l'expression de son visage, je compris qu'il n'avait pas prévu que je réagirais si fort à ce léger détail.

— Oui et non. De toute évidence, nous avons des points communs avec les hommes. Notre apparence est la même. Pourtant, nous n'en sommes pas. Nous sommes des Descendants. Nous sommes différents.

Pour toute réponse, je soupirai. Non parce que je ne le croyais pas, mais parce que, au contraire, je commençais à comprendre. Jamais, de toute ma vie, je ne m'étais sentie normale, mais ce n'était pas forcément le problème. J'étais peut-être normale. Je ne m'étais jamais considérée comme un être humain, parce que je n'en étais pas un.

— Vivre au grand jour a eu des conséquences, reprit William, profitant de mon ébahissement. Nous sommes revenus sur cette décision et nous vivons cachés, mais les mythes datent de cette époque. Les gens ont brodé la réalité. Nos ancêtres, dotés de rares capacités, ont permis aux êtres humains de les prendre pour des dieux. Là, les choses ont dérapé. Une guerre nous a opposés aux hommes et, même si nous n'avons pas vraiment perdu, nous nous sommes retirés. Voilà où nous en sommes.

Ce qu'il me racontait ressemblait à un roman et pourtant, je n'avais pas l'impression qu'il mentait. Je ne savais pas quoi penser. Sans compter Kara. « Tu ne sais vraiment rien, hein ? » Sur le moment, sa question m'avait semblé obscure, mais soudain, je la comprenais. William disait peut-être la vérité. Je creusai le sujet.

— Et mon père ?

— Ton père possédait le pouvoir d'Héphaïstos. Il travaillait les matériaux, le métal, la pierre, le bois, ce genre de chose.

— Comment se fait-il que tu saches tant de choses sur ma famille et moi ? demandai-je, comprenant qu'il connaissait mes parents mieux que moi.

— Ça me vient de mon père. C'était un ami de tes parents.

Je regardai la photo où posaient tant de gens.

— Il y en a combien ? demandai-je en la lui rendant.

Il la glissa dans la poche arrière de son pantalon avant de s'adosser au mur.

— Plus de 300 familles à San Francisco, et bien plus ailleurs. On compte cinq grandes communautés aux États-Unis : à New York, Los Angeles, Dallas, Chicago et ici. Bien sûr, il y en a d'autres plus petites dans d'autres villes, et rien ne nous empêche de vivre seuls, comme toi jusqu'à aujourd'hui. Pourtant, vivre seul, c'est plus dur. On n'a aucun soutien, aucune sécurité. Rares sont ceux qui font ce choix.

— Je n'ai rien choisi, rectifiai-je, mes parents l'ont fait pour moi.

Je voulais me dissocier de leur décision, qui me rendait amère, vraisemblablement parce que je ne la comprenais pas. Pourquoi avaient-ils choisi de me soustraire au vrai monde et de me cacher, comme si je n'existais pas? Je regrettais qu'ils ne m'aient jamais dit qui j'étais. Cela m'obligeait à chercher les réponses à mes questions comme un chien flaire le gibier, à soulever les débris enterrés de ma vie.

— Sais-tu ce qui a fait de nous ce que nous sommes? À quoi nous devons nos capacités? demandai-je en passant la main sur ma jambe, là où aurait dû se trouver une cicatrice.

— Ce qui nous a faits? L'évolution, Dieu, le Big Bang? Sur ce point, on n'en sait pas plus que n'importe qui.

— Pourtant, les théologiens ont dû se pencher là-dessus? J'ai du mal à admettre que les mythes soient réels. Ils sont vrais?

— En partie, oui, même si personne ne sait vraiment à quoi nous devons nos dons. Des théories circulent : pour certains, ils proviennent de Dieu, et nos 500 ans d'espérance de vie sont mentionnés dans la Bible, où il est écrit que, dans le temps, les gens vivaient plusieurs centaines d'années. D'autres repoussent cette idée parce qu'elle ne repose sur aucune preuve. Le débat se poursuit, mais personne ne soutient que nos ancêtres étaient des divinités. Ils étaient comme nous, pas plus.

— Et toi, qu'est-ce que tu en penses?

— J'essaie de ne pas rester bloqué sur des hypothèses, et de vivre l'instant présent.

— Tu n'as donc pas envie de savoir d'où tu viens, de comprendre pourquoi nous sommes différents?

— Qui a dit que nous étions différents? Pour moi, il est parfaitement normal d'être un Descendant. Ce sont les autres qui sont différents.

Je n'avais jamais vu les choses ainsi. Je m'étais toujours considérée comme l'anormale, l'exclue. Sachant que nous étions nombreux, très nombreux même, ce point de vue n'avait peut-être plus de sens.

— Et toi, quel est ton don ?

Il réfléchit, ne sachant trop s'il devait me l'avouer.

— La persuasion.

Je souris intérieurement en me rappelant mon désir intense de l'embrasser à la fin de notre sortie.

— Eh bien, voilà qui m'éclaire sur ton comportement d'hier soir !

Il me rendit mon sourire, un peu gêné.

— Oui, je suis désolé. Je me suis laissé emporter.

— Et Kara ?

— Ce sont les risques du métier, répondit-il en haussant les épaules. C'est elle qui m'a embrassé. Je veux dire, elle était en position dominante. Je ne l'ai pas vue venir. Je n'aurais pas pu éviter ça.

Il comprit, en me regardant, que sa réponse ne correspondait pas à ma question.

— Détends-toi, dis-je. Bon, vous vous êtes embrassés. Qu'est-ce que ça peut me faire ?

Je regardai ailleurs. S'il ne voyait pas mes yeux, il n'y lirait pas le mensonge.

— Donc, quel est son don, à elle ?

Il resta un moment perdu dans ses pensées, troublé par ma réaction.

— Elle lit dans la tête des gens, finit-il par expliquer. C'est aussi une tueuse qualifiée, mais ça, ce n'est pas vraiment un don ; plutôt une capacité acquise au fil des ans.

— En somme, ma boîte à bijoux n'aurait pas été une arme très efficace, conclus-je en la posant devant moi.

— Tu n'avais rien de mieux ? demanda William. Tu comptais l'anéantir à coups de boîte métallique ?

— Mouais, répondis-je.

Je ne m'attardai pas. J'avais des questions à poser.

— Pourquoi veut-elle me tuer ?

— Elle ne veut pas te tuer, objecta-t-il en secouant la tête. C'est compliqué. Elle n'est pas de notre côté.

— Alors qu'est-ce qu'elle me veut ?

— À mon avis, au fond d'elle-même, elle veut que la prophétie se réalise. Elle veut trouver la liberté.

— Quelle prophétie ?

Il me regarda avec empathie et, au lieu de répondre, il me conseilla :

— Tu devrais te reposer.

Je n'entrai pas dans son jeu.

— Réponds-moi. Tu m'as dit que des gens m'attendaient, que j'allais changer les choses.

— Tu es attendue, c'est vrai.

— Donc je veux savoir pourquoi.

— Évidemment, c'est normal, mais je ne peux pas tout t'expliquer en une seule fois.

Il se leva, s'étira et se remit face à moi.

— Sur beaucoup de points, tu ne comprendrais pas.

Il prit mes deux mains, ses doigts diffusant une douce chaleur, et me fit lever.

— Et tes paumes qui chauffent, à quoi est-ce dû ?

— Demain.

Il m'accompagna jusqu'à ma chambre et me regarda rabattre ma couette sur mon dos.

— Au fait, qu'est-ce que tu étais venu faire ici ? demandai-je, espérant un début de réponse.

— Je passais la nuit dans l'escalier de secours, en attendant Kara.

Il secoua la tête, fâché rien que d'y penser.

— Je savais qu'elle viendrait.

— Tu n'as donc pas sommeil, toi ?

— Je vais somnoler sur ton tas de couvertures. Si tu es d'accord, ajouta-t-il.

Je hochai la tête.

— Ça me rassure d'être près de toi, confessai-je.

— Moi aussi.

6

— Réveille-toi, espèce de marmotte, ordonna William avec un petit coup de coude. Tu dois aller à l'école aujourd'hui.

— Hein ? répondis-je d'une voix lourde.

William rit, amusé de me voir flotter ainsi.

— Ohé ! Debout !

J'avais dû me rendormir. Je m'assis sur le matelas, comprenant que, si William était là, alors tout était vrai. Je n'avais pas rêvé. Frottant mes yeux, je le repris :

— École ?

— Oui. Habille-toi. Je t'emmène à l'Institut !

— C'est quoi, l'Institut ?

— C'est l'endroit où je prends mes leçons.

Quand les détails de la soirée me revinrent, je me réveillai complètement, consciente de ce qui m'attendait.

— Il y en a d'autres, là-bas ?

— D'autres Descendants ? Oui, il n'y a même que ça.

Je n'avais pas la moindre idée de ce que pouvait être l'Institut, mais je voulais en savoir plus. Tout en enfilant un Levi's et un haut bleu, je compris que, si tout n'était pas encore limpide, j'étais à deux doigts de comprendre ce qui me travaillait depuis si longtemps. Puisqu'il existait d'autres personnes comme moi, l'amour devenait possible ; mes doutes avaient beau me freiner, la vérité allait dans mon sens, pour une fois. Je me souris dans le miroir de ma salle de bain, envahie de bonheur.

Le chemin menant à l'Institut n'était pas du tout comme je le croyais. Pas de parc mystérieux ni de ruelle secrète. Non, c'était exactement le contraire : William nous conduisit en plein cœur du vieux San Francisco. J'aurais dû me douter que la ville, hyperactive et grouillante, était le meilleur endroit pour dissimuler un tel organisme. Un petit sourire releva la joue de William tandis qu'il m'observait, étonnée, tenter de décrypter les lieux pour deviner où se trouvait l'établissement.

— Quoi, qu'est-ce qu'il y a ? demandai-je enfin, un peu agacée par son intérêt exagéré.

— Non, rien. C'est drôle de te regarder.

Les coins de ma bouche amorcèrent un mouvement vers le haut.

— Pourquoi ?

— Tu regardes dehors comme si tu cherchais le mont Olympe. C'est adorable.

— C'est que… je ne sais pas trop, dis-je en riant de moi-même. Je n'ai pas la moindre idée de ce que je cherche.

— Qu'est-ce que tu imagines ?

Il attendit ma réponse sans quitter la chaussée du regard.

— Tu veux que je te dise ? Je ne peux pas m'empêcher d'imaginer des gens en toge, la tête couronnée de rameaux d'olivier.

Mon idée était parfaitement ridicule, je le savais, et pourtant c'était tout ce que mon imagination avait trouvé. William s'esclaffa.

— Tu plaisantes, là ?

— C'est toi qui as voulu savoir.

— Tu es loin du compte, pouffa-t-il. Très, très loin.

Il s'engagea dans la voie d'accès à un stationnement souterrain et s'arrêta pour glisser sa carte dans un appareil. L'Institut était un immeuble de bureaux comme les autres. Aucun détail n'attirait l'attention. Il n'y avait pas de numéro ni de panneau, absolument rien de remarquable, et le bâtiment était assez haut pour se fondre dans la masse, sans toutefois dominer les autres. La façade grise n'était ni neuve ni vieille, et les fenêtres qui dominaient les carreaux transparents et brillants du rez-de-chaussée étaient en verre teinté, comme si cette partie de l'immeuble somnolait. Jamais, au grand jamais, je n'aurais deviné qu'il s'agissait d'un centre de personnes dotées de pouvoirs surnaturels.

Une fois la voiture garée, nous montâmes au rez-de-chaussée; quand les portes de l'ascenseur s'ouvrirent, je me sentis soudain troublée. Je m'attendais à quelque chose d'inhabituel. Or ce que je voyais n'avait rien d'une école, ni rien d'original.

L'intérieur du bâtiment était très différent de la terne façade. Au sol, du marbre blanc et luisant renvoyait les sons comme un tambour, tandis que des talons pointus claquaient à la surface. Au-dessus de ce sol impeccable, le plafond n'était pas moins remarquable, orné de scènes raffinées illustrant les grands mythes grecs. Seuls ou au milieu d'un portrait de groupe, presque tous les personnages y figuraient. Les tableaux couvraient ainsi toute la surface de leurs couleurs explosives, selon une méthode qui me rappela la chapelle Sixtine. Des lustres de cristal spectaculaires pendaient aux quatre coins de la salle, autour d'un cinquième lustre encore plus grandiose, qui descendait plus bas et rayonnait comme le soleil. Des moulures dorées soulignaient la frontière entre ce plafond extravagant et les murs sobres.

— On est où, là ? murmurai-je.

Il y avait assez de bruit pour que je parle normalement, mais j'étais intimidée par le décor du hall d'entrée. Il fourmillait de monde : des hommes en complet et des femmes en jupe et talons hauts trottaient dans toutes les directions, comme redirigés par un échangeur pour filer vers leurs affaires quotidiennes.

— C'est le siège de San Francisco de l'association des Descendants, répondit William d'une voix normale.

— Je croyais que ça s'appelait l'Institut.

— Il est au dernier étage. Pour commencer, il faut que tu t'inscrives.

Je dressai l'oreille.

— M'inscrire ? À quoi ?

Depuis des années, Betsy et moi faisions tout pour que je reste discrète. Noter mon nom quelque part ne me plaisait pas.

— Sur la liste des élèves.

— Franchement, ça ne me dit rien.

Les gens passaient près de nous, agacés que nous restions immobiles au milieu de la voie.

— Fais-moi confiance. Moi non plus, ça ne me plaisait pas, répondit William, compréhensif. Mon père m'a expliqué qu'il fallait en passer par là. Ces gens sont des nôtres, Elyse. Il est temps que tu nous rejoignes.

Il n'eut pas besoin d'insister. Les choses avaient changé et je n'avais plus besoin de me méfier ni de me cacher. Nous étions tous logés à la même enseigne.

— D'accord, répondis-je.

Nous nous approchâmes du bureau d'accueil en esquivant les flots de gens pour nous placer au bout d'une file de citoyens habillés normalement.

— Bonjour madame, vous désirez ? demanda la secrétaire à la vieille dame en tête de la ligne d'attente.

Ses cheveux d'un roux naturel étaient coiffés en chignon, à la mode des années 1930. Ses traits doux et roses réagirent calmement au ton agressif de la femme qu'elle renseignait.

— J'ai demandé la prolongation de mon autorisation de résidence il y a une semaine, expliqua la vieille femme d'une voix nasale et inquiète. Le délai arrive à son terme et je n'ai reçu aucune réponse.

— D'accord, madame. Prenez cette porte, à droite, vers le service de traitement des dossiers.

— Si je comprends bien, j'ai fait la queue ici pour rien ?

— Je préviens mes collègues de votre arrivée, reprit la secrétaire sans broncher.

La femme repartit en tapant des pieds et son corps rachitique vibrait de rage. Elle avait au moins 400 ans, me dis-je. Je tentai d'imaginer ce qu'elle avait connu. Après tant d'années de vie, il était normal qu'elle soit un peu usée.

— Bonjour monsieur, vous désirez ?

La voix de la femme était plus nette, puisque nous nous étions approchés de quelques pas.

— C'est pour un renouvellement de papiers d'identité, dit l'homme qui nous précédait.

Apparemment, il avait une quarantaine d'années, ce qui équivalait à 200 ans, à peu près. Les cheveux poivre et sel, il semblait parfaitement normal. Je remarquai d'ailleurs que tout le monde semblait normal, un peu trop même. Où étaient les prétendus pouvoirs magiques de tous ces gens ? La situation était trop banale pour une communauté de Descendants mythiques.

— Pourquoi personne n'exerce son pouvoir ? demandai-je à William.

— C'est interdit au rez-de-chaussée. Par mesure de précaution.

— Et aux étages, alors ? Pourquoi ne pas prendre de mesures de précaution là-haut aussi ?

— Pour accéder à l'ascenseur, il faut une carte d'identité. Cela réduit les risques.

Soudain, il n'y eut plus personne devant nous : c'était notre tour.

— Bonjour, bafouillai-je.

Ignorant tout des formalités, je laissai la parole à William.

— Nous venons enregistrer mon amie, expliqua-t-il. Elle est nouvelle dans la communauté.

— Comment s'appelle-t-elle ?

Elle avait posé la question à William. Je pris soin de répondre moi-même :

— Elyse Adler.

Quand elle tapa mon nom, je crus que l'ordinateur allait refuser l'entrée, déclencher le système d'alarme et me dénoncer en tant qu'usurpatrice. Loin de là, la secrétaire annonça :

— Voilà, c'est fait… Apparemment, la plupart des renseignements sont déjà entrés. Je vais lui imprimer sa carte.

Elle m'avait annoncé cela par l'intermédiaire de William. Je comprenais qu'elle fût tentée de lui parler — cela lui donnait une occasion en or d'admirer son beau visage — et pourtant, je lui en voulais.

— Comment ça ? demandai-je, troublée. Je n'ai jamais rempli le moindre formulaire. Qu'est-ce qui vous dit que c'est bien mon dossier ?

Elle leva les sourcils ; apparemment, ma question était idiote.

— La photo, voyons, répondit-elle.

Elle tourna son écran pour me montrer ma fiche. Et là, stockée sur son ordinateur, la photo de mon permis de conduire, la plus récente, me regardait droit dans les yeux.

— Nous voudrions aussi l'inscrire aux cours, ajouta William.

— Certainement…

Devant ma grimace, William rit tout doucement. Avec une politesse bien mesurée, il mena la formalité à son terme.

— Tu n'en as jamais marre ? demandai-je avec une pointe de cruauté tandis que nous nous approchions de l'ascenseur.

— De quoi ?

Il était évident qu'il jouait la comédie.

— Arrête un peu... De voir les femmes te dévorer des yeux comme elle, là.

Il fit semblant de réfléchir.

— Non, absolument jamais. Ma parole, tu es jalouse ?

Je m'arrêtai un instant.

— Ça se pourrait, conclus-je.

Il rit, pensant clairement que j'étais absurde.

— C'est même sûr ! dit-il.

Il me tendit ma nouvelle carte d'identité, qui ressemblait à une carte ordinaire, avant de prendre ma main libre pour rejoindre les ascenseurs. Tout en me concentrant sur la chaleur de sa paume, je regardai les gens passer leur carte dans le lecteur afin de les imiter. Je songeai à ce qui se serait passé si j'étais entrée sans carte, mais cette idée s'évanouit quand William m'adressa un regard très intense. Nous montâmes au dernier étage, en plusieurs étapes, l'appareil s'arrêtant à la demande des gens bien vêtus qui voulaient quitter la cabine.

Quand nous arrivâmes, je ne savais plus à quoi m'attendre. Les portes coulissèrent pour me laisser, abasourdie, devant une activité comme surnaturelle. Là, au milieu d'un couloir, les étudiants allaient et venaient d'une salle à l'autre. Personne ne remarqua notre présence. Chacun allait son chemin normalement, du moins selon ce qui était normal pour eux. Comme nous, de nombreux étudiants ne montraient aucun signe visible de capacité surhumaine, se contentant de marcher vers leur salle, mais, çà et là, entre deux groupes, certains ne se fondaient pas dans la masse. Ainsi, tout près de nous, un jeune garçon menu et apparemment pas très costaud portait une copine sur chaque épaule, l'air de rien.

— Frimeur, railla William.

— Tu es jaloux, c'est tout, riposta l'autre.

L'image floue d'une fille passa près de nous à une vitesse inimaginable et disparut en un éclair. Un autre garçon, près de moi, grandit de 60 centimètres en moins d'une seconde, regarda si son copain était dans le couloir, puis reprit sa taille normale. À quelques têtes de nous, une fille semblait émettre une sorte de champ de force, car tout le monde se tenait loin d'elle.

Pour couronner le tout, une série d'objets volants flottait au-dessus de ce fourmillement, véritable bric-à-brac aérien. Des chaises, des feuilles, des livres, des accessoires d'ordinateur, des sacs à dos, un téléphone portable, tout cela et bien plus voletait au-dessus de nos têtes, dans une même direction.

— Comment est-ce possible ? demandai-je en tendant le doigt.

— C'est M. Gransky, répondit William, amusé par le défilé d'objets. Le gardien. Il est bien plus facile d'entretenir et de ranger un lieu comme celui-ci quand on déplace les objets mentalement. Parfois, il nous dépanne, par exemple en transmettant des messages d'un service à l'autre. Il transporte plein de choses.

— Ça, c'est être multitâche, conclus-je, hébétée par le défilement.

À l'exception des acrobates qui passaient devant mes yeux incrédules, l'endroit n'avait rien de particulier : ce n'était qu'un établissement scolaire comme les autres. Le sol, couvert d'un lino blanc tacheté et éraflé, reflétait la lumière artificielle des lampes fluorescentes. Des portes-fenêtres se succédaient tout le long du couloir, qui semblait partir en croix à chaque extrémité.

Soudain, quelqu'un surgit de nulle part, pile devant nous, si vite que je faillis trébucher en me faisant moi-même un croche-pied.

— Oh là, dit William, la main sur mon bras. Pourquoi cette attaque-surprise, professeur ?

— Désolé, répondit le vieil homme d'une voix aiguë et amusée. Il faut que cette jeune fille me suive.

Sans me laisser le temps de comprendre, il me saisit par le poignet et me tira dans la direction opposée, à travers la foule, loin de William. Je ne savais que faire. Qui était-il, où m'emmenait-il ? Inquiète, j'appelai :

— William !

— Attendez, Iosif, ordonna le garçon en riant.

Le professeur s'arrêta pour laisser à William le temps de le rattraper.

— Notre cours d'histoire des origines commence dans une seconde. Vous ne pourriez pas la voir après ?

— Non. Il faut absolument que je te parle. Tu veux bien ?

À mon grand étonnement, c'était à moi qu'il s'adressait, et non à William.

— Euh… oui, enfin, je crois, répondis-je, très incertaine.

D'un regard, je redemandai à William de venir à mon secours, mais l'insistance du vieil homme l'amusait.

— Bon, emmenez-la, consentit-il avec un regard espiègle. Mais vous me revaudrez ça.

J'étais tétanisée. Il était censé me tirer d'affaire et non pactiser avec cet homme.

— Parfait, c'est d'accord, confirma Iosif, ravi. Tu auras une carte de permission de sortie de cours, rien de plus.

Après un petit signe de tête, il repartit en m'entraînant, tandis que William se contentait de me faire un signe, visiblement amusé.

— William ! m'écriai-je.

Quelle idée avait-il eue de m'échanger contre une carte ?

— Tout ira bien ! me lança-t-il. Il ne mord pas. Sauf quand on se débat.

Son sourire ne s'effaça pas et, j'en étais certaine, il persista longtemps après ma disparition dans la foule. Je me promis de lui faire payer ce moment; pourtant, qu'aurait-il pu faire? De toute évidence, le professeur Iosif, même s'il était bizarre, exerçait sur lui une certaine autorité. N'empêche qu'il allait me le payer.

7

Le professeur était plus que vieux. Ses cheveux blancs, clairsemés sur le crâne mais frisés et hérissés sur les tempes, lui donnaient un air d'Albert Einstein chauve. Ses lunettes rondes à monture d'acier reposaient sur un nez retroussé et pointu. Le temps de parcourir péniblement le couloir, toujours remuant de monde, il resta voûté, ce qui le rendait un peu plus petit que moi. Quand nous atteignîmes son bureau, il ferma la porte et me fit un grand sourire, exposant sans retenue des dents usées et mal alignées. Apparemment, il était aussi fou qu'il en avait l'air, sous des airs agréables et accueillants.

— Ravi que tu sois enfin arrivée ! Je commençais à m'inquiéter.

Amusé par ses propres paroles, il pouffa tout seul.

— Arrivée à l'Institut ? demandai-je.

— Mais oui.

— Jusqu'à ce matin, j'en ignorais l'existence, avouai-je.

— Ça se comprend.

Il se mit à fouiller dans tous les coins. Il faisait sombre : le peu de lumière qui s'infiltrait dans son bureau provenait d'interstices entre des livres empilés devant la fenêtre. À droite se trouvaient une cuisinette et quelques placards et, à gauche, deux étagères étaient garnies d'une collection d'objets assez anciens pour avoir leur place au musée. Ces antiquités étaient probablement ses objets personnels, accumulés au cours de ses 400 ans d'existence.

Le bureau était littéralement couvert de journaux, d'enveloppes décachetées et de feuilles volantes, et, devant l'allure générale de la pièce, je me demandai s'il n'en avait pas fait sa résidence secondaire.

— Veux-tu du thé ? demanda-t-il quand il eut enfin attrapé ce qu'il cherchait.

J'acceptai par politesse et, tandis qu'il préparait le thé, je continuai d'observer les lieux.

— Pourquoi ne me poses-tu aucune question ?

Il plaça une tasse devant moi avant de s'asseoir derrière son bureau.

— Tu en as plein, je le sais.

— Oh… répondis-je.

J'avais en effet des questions à poser, beaucoup de questions. Seulement je n'avais pas l'habitude de me trouver face à quelqu'un disposé à y répondre.

— Commençons par ton don, reprit-il pour briser le silence, les sourcils dressés sous l'effet de la curiosité. Tu sais de quoi il retourne, je pense.

Je lui rendis son regard calculateur, quoique mes yeux devaient afficher un regard plutôt troublé.

— Disons… oui et non. Je sais que mon sang guérit les blessures, mais comment ça se passe exactement ? Je peux soigner n'importe qui ?

Il en savait probablement plus long que je ne le pensais.

— En gros, oui, et n'importe qui peut te guérir en retour. Tu nous soignes autant que nous te soignons. Malgré cela, tu ne sembles pas initiée à tous les détails. Seul le sang provenant du côté droit de ton corps a des vertus guérisseuses.

— Le côté gauche n'a donc pas d'effet ?

J'avais toujours eu trop peur pour mener des expériences. À part Anna et William, je n'avais jamais soigné personne.

— Ton flanc gauche, lui, renferme un poison unique au monde. Une goutte suffit à paralyser la victime et, à dose plus importante, il est mortel.

Un poison ? Cette idée me fit frissonner de honte et j'en eus mal au cœur. Que serait-il arrivé si la lame du couteau de Kara avait atteint ma jambe gauche ? J'aurais empoisonné William.

— J'étais loin de m'en douter, confiai-je, incrédule.

Je revis aussi le jour où Anna et moi avions fait un échange de sang : par chance, elle avait pris ma main guérisseuse et non ma main empoisonnée.

— Je suppose que ce poison a le même effet sur les… êtres humains ?

Cela me faisait drôle de considérer Anna comme un être humain, et donc de me classer dans une autre catégorie. Étions-nous si différentes ? Iosif grimaça.

— Il nous est interdit d'exercer nos dons sur les êtres humains, Elyse, mais sinon, la réponse est oui. Ton sang les guérit ou les tue de la même façon.

Il me fallut un moment pour digérer la première moitié de sa phrase.

— Et pourquoi n'aurais-je pas le droit de soigner un homme ? demandai-je, troublée par l'idée que je l'avais déjà fait.

— C'est la loi. Une loi très stricte.

Je décidai de garder mon secret, par prudence.

— Excusez-moi. Je n'ai pas été élevée dans une communauté. Mes parents m'ont tout caché. Ils ne m'ont jamais confié que nous étions des gens différents et qu'il y en avait d'autres comme nous.

— Ils ont fait leur devoir, à la fois dans l'intérêt de notre monde et dans le tien.

— Que voulez-vous dire ? interrogeai-je, frustrée. William m'a vaguement expliqué que la dernière guérisseuse était très attendue. Comment a-t-il pu m'identifier ? Et comment savez-vous qui je suis ?

— William est impatient, répondit Iosif avec un demi-sourire, et il a raison. Oui, nous t'avons attendue, et il est très important que tu ne révèles ton identité à personne. Jusqu'ici, nul ne l'a devinée.

Je ris.

— Bon ! Ça ne devrait pas être trop difficile, étant donné que moi-même, je ne sais pas qui je suis.

— En effet, il est temps que tu l'apprennes. C'est pour cette raison précise que je t'ai fait venir.

Adoptant une position plus sérieuse, il compléta :

— Pour t'apprendre la vérité sur nous et sur toi. Depuis des siècles, nous sommes opprimés. Les autorités constituées ont pris goût à la détention du pouvoir.

Il avait un regard intense, les oreilles tendues.

— Avant ta naissance, ma femme a eu une vision : elle a aperçu celle qui allait mettre fin à tout cela, celle dont le destin pèserait tant sur l'avenir qu'il faudrait la protéger. Cette nuit-là, nous sommes partis à la recherche des parents qui mettraient cette enfant au monde, et nous leur avons dit qu'ils devraient vivre en retrait, hors des communautés, afin que leur enfant ignore tout de sa véritable identité. Cette enfant, c'est toi, et le moment est venu.

— Je ne comprends pas. Quel moment ?

— Le moment pour toi d'accomplir la prophétie, de partir en guerre, de vaincre l'ennemi, déclara-t-il avec de grands gestes enthousiastes.

Je ne pus me retenir de rire.

— Vous n'êtes pas sérieux !

Malgré cela, il ne changea pas d'expression.

— Je suis on ne peut plus sérieux.

— Sans vouloir vous offenser, repris-je avec franchise, je n'ai jamais rien entendu d'aussi ridicule.

Il n'y avait pas une chance sur un million pour que je sois cette sauveuse prophétique. J'en étais certaine. Jamais une fille aussi jeune et émotive que moi ne pourrait avoir une telle influence.

— Il n'est pas nécessaire d'accepter la prophétie pour qu'elle se réalise.

— Vous ne croyez tout de même pas que je vais changer le monde !

— C'est inévitable.

— Si ça concernait quelqu'un d'autre, peut-être, contestai-je. Moi, je ne sais rien sur... sur rien. Je ne connais pas votre univers. Il y a erreur sur la personne, professeur.

— Je te jure que non.

J'examinai ses yeux bleus de dément, qui semblaient avoir pâli avec l'âge. Son regard était honnête, franc, sincère, à tel point que cela me fit peur.

— Je ne saurais pas quoi faire. D'ailleurs, je n'ai rien contre... ceux que vous considérez comme vos ennemis.

— Il s'agit du Conseil, précisa-t-il, et tu auras bientôt des arguments contre lui.

Comment croire cette espèce de vieux fou ? De toute évidence, il avait perdu la tête depuis des années.

— Écoutez, il faut que j'aille en cours, là. J'ai été vraiment... ravie de parler avec vous.

Ayant trouvé un prétexte pour m'en aller, je me levai et gagnai la porte sans attendre son autorisation.

— Souviens-toi de ce que je t'ai dit, m'avertit-il tandis que je sortais. Ton destin te rejoindra. Au fait, l'histoire des origines, c'est dans la salle 22A.

Sans me retourner, je m'engouffrai dans le couloir devenu désert et, quand j'eus trouvé la bonne porte, j'abaissai les épaules pour effacer de ma mémoire la conversation que je venais de subir.

J'entrai dans la salle avec plus d'une demi-heure de retard, au beau milieu du cours.

— ... nous devons nous montrer responsables. Les conséquences de nos choix ne portent pas que sur nous.

Malgré mon manque de ponctualité, le professeur m'adressa un regard exprimant son agréable surprise. Son attention étrange me troubla. Heureusement, William était assis au fond de la salle, près d'un siège libre sur lequel je me jetai, pressée d'échapper aux yeux des curieux.

Le nom *Dr Nickel* était écrit sur le tableau noir, en lettres élégantes. L'homme était grand et beau, avec une chevelure grise bien taillée et une silhouette musclée, compte tenu de son âge. Son sourire charismatique rayonnait dans toute la pièce, exprimant pleinement son amour de l'enseignement. Je le reconnus instantanément. Je savais que je l'avais déjà vu, sans me rappeler où.

— Nous accueillons une nouvelle étudiante, annonça-t-il, incitant tous les élèves à se tourner vers moi.

Je levai la main sans trouver un mot à dire.

— Nous sommes tous initiés à l'histoire de nos ancêtres, j'en suis conscient, et pourtant je vais en présenter un bref résumé pour Elyse, afin qu'elle rattrape le niveau de votre classe au plus vite.

Apparemment, le docteur Nickel savait lui aussi qui j'étais. Les étudiants se retournèrent vers lui tandis que je m'adossais sur mon siège.

— Que vous inspire le mot « mythe » ? Quelqu'un veut répondre ? Quels mots vous viennent à l'esprit ?

— Légende !

— Imaginaire !

— Fable !

— Oui, une fable, approuva le professeur avec un large sourire. Le mot grec à l'origine du terme « mythologie » signifie récit ou fable, mais en vérité, on dit souvent que la mythologie est considérée comme vraie par telle ou telle civilisation. Ainsi, la mythologie grecque était vérité, pure vérité, aux yeux des êtres humains conscients de l'existence de nos ancêtres. Celle qui s'enseigne aujourd'hui découle d'un épisode particulier de l'Histoire, quand nos ancêtres négligèrent les conséquences de leur intégration à la société humaine. La plupart des événements furent alors idéalisés au-delà du réel, mais il en reste quelques épisodes, qui représentent des moments cruciaux de notre histoire. Nous le savons tous, la guerre de Troie, devenue une fable très intéressante, est à l'origine de notre décision de vivre reclus. Cette guerre a opposé notre peuple aux êtres humains, et non les êtres humains entre eux. Avant cela, nous étions pleinement intégrés à la société humaine, au point de vivre en paix pendant des années. Qu'est-ce qui a changé ? En somme, qu'est-ce qui a déclenché ce conflit qui nous a divisés ? Si nous voulions nous réintégrer aujourd'hui, à quels obstacles devrions-nous faire face ? Y en aurait-il de nouveaux ?

— L'hostilité des hommes ! brailla un rouquin, lui-même assez hostile.

— Pas forcément, contesta sa voisine.

Des voix s'élevèrent un peu partout dans la salle :

— Si on raisonne à partir du passé de notre peuple, l'hostilité des hommes serait incontestablement un problème.

— Ça remonte à des siècles ! Les temps ont changé !

— L'histoire est une éternelle répétition.

Le docteur Nickel leva la main pour faire revenir le silence.

— Bien... Analysons les raisons qui nous ont si longtemps exposés à l'animosité des hommes, proposa-t-il pour recentrer la discussion.

— Nous avons été arrogants, répondit une autre élève. Nous avons voulu passer pour des dieux.

— C'est vrai, approuva quelqu'un d'autre. Donc, si nous cessions de regarder les humains de haut, ils réagiraient autrement.

— Tu plaisantes ? attaqua une jeune acariâtre à queue-de-cheval. Des centaines de Descendants ont été tués, en ce temps-là. Les hommes ne voulaient pas de nous. Ils se sentaient menacés. Alors qu'aujourd'hui, tout se passe bien.

— Selon quels critères ? lui demanda soudain William. Tu ne vas pas me dire que tu n'as jamais entendu parler du Conseil. Tu parles de l'animosité des hommes, mais n'oublions pas notre propre agressivité envers eux !

— Les deux camps ont des torts, coupa le docteur Nickel, et ce n'est pas sans conséquences.

Je restai sagement assise pendant encore une heure, tandis que le professeur pesait le pour et le contre de la révélation des Descendants aux êtres humains. Pour : cela créerait un monde meilleur, offrant plus de liberté et la possibilité d'être publiquement nous-mêmes, de changer de vie, de réduire la criminalité, de développer les relations entre individus, pour ne citer que quelques exemples. Contre : cela alimenterait l'hostilité des hommes, encouragerait les expériences secrètes et la persécution, allant peut-être jusqu'à déclencher une autre guerre entre eux et nous, sans oublier les querelles de pouvoir au sein du Conseil. Là aussi, la liste était longue.

Quand le docteur Nickel nous remercia, je m'attendais à voir William quitter la salle avec le reste des élèves. Au lieu de cela, il me prit par la main pour me mener vers le professeur.

— Salut, papa, dit-il.

C'est alors que je le reconnus. Je l'avais vu sur la photo, à côté de mes parents. Il m'accueillit :

— Bonjour, Elyse.

— Bonjour, répondis-je, désormais habituée à entendre des inconnus prononcer mon prénom.

— Ça va, tu prends tes marques?

— Ça allait, répondis-je en riant, jusqu'à ce qu'un vieux fou m'annonce que je dois sauver le monde.

— Je savais bien qu'il t'en parlerait, râla William. Il a dit autre chose?

— Autre chose? Une prophétie délirante, ça ne te suffit pas?

William jeta un petit coup d'œil à son père et me contredit :

— Ça n'a rien de délirant.

— Ne parlons pas de ça ici, trancha le docteur Nickel en regardant la porte de la salle, restée ouverte. Venez avec moi.

Je les suivis vers un bureau lumineux et bien rangé. William ferma la porte derrière nous et s'assit sur une chaise contre le mur, tandis que je piétinais sans trop savoir à quoi m'attendre.

— Elyse, assieds-toi donc, tu veux? suggéra le docteur Nickel. Je me rends compte que tout ça doit être dur à avaler.

Je m'assis sans un mot. Il n'était pas facile de balayer la parole de cet homme-là ni de la mépriser. Il était solide, professionnel, et il avait connu mes parents.

— Notre oracle voit tout l'avenir, mais seuls demeurent présents dans son esprit les événements qui influeront profondément sur le cours des choses, qui feront basculer le futur. Savoir ce qui arrivera est une lourde tâche. Quand les choses ne se déroulent pas comme elles le devraient, faut-il regarder défiler les catastrophes, ou s'impliquer afin de les éviter? Peu de temps après ta conception, elle t'a vue, Elyse. Elle a vu ce qui arriverait si elle ne faisait rien, cette nuit-là.

— Quelle nuit?

— La nuit où tes parents sont partis se cacher. Réfléchis. Pourquoi ont-ils quitté les leurs?

Je regardai alternativement le père et le fils en me rongeant les cuticules.

— Qu'êtes-vous en train de me dire?

Je n'avais rien d'un être particulier. De toute évidence, ces gens me prenaient pour quelqu'un d'autre.

— Il sous-entend que Iosif a raison, répondit William.

Je ne savais plus quoi dire. Que lance-t-on à ceux qui vous considèrent comme leur réponse? Je n'étais pas celle qu'ils croyaient. Pas plus que je n'allais les sauver.

— Comment savez-vous que je suis la bonne personne?

— J'étais présent le soir où la prophétie a été énoncée, confia le docteur Nickel. Richard et Sarah ont alors hésité.

Les prénoms de mes parents avaient surgi sur ses lèvres comme s'il les avait prononcés mille fois.

— Pourtant, ils n'avaient pas le choix. Selon l'oracle, il était crucial que tu survives car, le moment venu, tu nous guiderais vers une nouvelle ère et le Conseil, si corrompu, disparaîtrait. Pour tes parents, la seule option était de se cacher avant ta naissance, avant que tu ne sois inscrite sur la liste des noms d'une communauté. Le Conseil a pas mal d'outils à sa disposition, et il était évident que, tôt ou tard, il apprendrait le sens de ton existence. Voilà pourquoi tes parents ont tout quitté, et pourquoi tu n'as rien su jusqu'à ce jour.

Mes lèvres se raidirent sous l'effet de la colère. Je voulais reprocher mon ignorance à quelqu'un.

— Pourquoi tu ne m'as pas expliqué tout ça quand on s'est rencontrés? demandai-je à William d'un ton accusateur.

— Ben voyons… Tu vois les choses du bon côté, peut-être ?

— L'avenir n'est jamais certain, Elyse, ajouta le docteur Nickel. Pour être honnête, rien ne garantit que tu vivras un tel avenir. Certains faits sont nécessaires pour que les choses se déclenchent. Sans eux, il n'y a pas de prophétie.

— Quels faits ? demanda William.

— Je n'ai pas le droit d'en parler, répondit son père, son regard exprimant des regrets sincères. Cela nuirait à l'enchaînement des événements.

William examina son père d'un œil soupçonneux tandis que je le questionnai :

— Si je comprends bien, toute cette histoire repose sur une supposition ?

Il opina.

— Dans un sens, oui, mais le fait de te protéger a lancé les choses dans le bon sens.

— Iosif a l'air de croire que c'est inévitable.

Le docteur Nickel sourit.

— Il est un peu optimiste, puisqu'il est marié avec l'oracle.

Je n'en croyais pas mes oreilles. Toute ma vie, j'avais été élevée sous cloche, « protégée », afin de devenir le pion idéal entre les mains de quelqu'un d'autre. Je n'avais jamais rien choisi. Je pensai à mes parents et je sentis monter la douleur de la trahison. Comment avaient-ils pu me cacher cela ? Tout le monde était-il au courant de cette prophétie, sauf moi ? Les Nickel, mes parents, le monde des Descendants, le Conseil ? Soudain, la peur me fouetta le cœur. Si le Conseil était aussi corrompu qu'on le disait, et si j'en étais réellement l'ennemie, alors ne m'avait-il pas déjà condamnée à mort ?

— Parlez-moi du Conseil. Qu'est-ce qu'ils savent ? Pourquoi n'essaient-ils pas de…

— De faire quoi ? coupa William.

Ils me regardèrent tous les deux, attendant ma réponse.

— De me tuer.

— Moi-même, je me suis posé la question, répondit le docteur Nickel. Ils connaissent la prophétie, j'en suis certain, mais, pour dire les choses franchement, je ne suis pas sûr qu'ils aient compris qui tu étais, Elyse. Quand ils en prendront conscience, l'oracle nous le dira.

— Qu'est-ce que je dois faire en attendant ?

— Mener ton petit bonhomme de chemin, je suppose.

— Mon petit bonhomme de chemin ?

Voilà qui semblait plus facile à dire qu'à faire.

— Eh bien, je ne devrais peut-être pas rester ici, si exposée, repris-je, incertaine.

Je ne voulais pas m'en aller, mais si tout cela était vrai, j'étais peut-être condamnée à fuir toute ma vie.

— Il vaudrait mieux que je reste cachée...

— Tu as vécu cachée assez longtemps, coupa le docteur Nickel. Tu devras regarder l'avenir en face, tôt ou tard. Il est temps que la prophétie s'exécute. Nous avons besoin de toi.

8

Les jours suivants, il me fut facile de faire comme si rien n'avait changé. Le déni était un vieil ami à moi, et William m'offrait une distraction parfaite. Il resta près de moi dans mon appartement, m'excusant auprès de l'Institut en prétendant que j'attendais une livraison de meubles. Quand il constata que je n'avais pas mis le nez dehors depuis trois jours, il décida de prendre les choses en main.

— Terminé! annonça-t-il depuis mon nouveau canapé violet.

— Hein?

Couchée sur le dos, je contemplais les lames de mon ventilateur.

— Il faut qu'on sorte. Regarde-toi!

Je soulevai la tête pour le regarder brièvement, puis je me laissai retomber sur le tapis.

— Il est interdit de rester allongé par terre, peut-être?

— Tu fais toute une comédie! râla-t-il en sautant sur ses pieds. Lève-toi!

Je soupirai en me forçant à m'asseoir.

— Il n'est plus l'heure de sortir.

— Si on est une vieille dame, non.

— Quatre-vingt-neuf ans, c'est vieux, soutins-je, refusant de me lever.

Il plissa ses yeux verts si puissants.

— Ne me force pas à te convaincre. J'en suis capable, ajouta-t-il, taquin.

Je souris. J'avais du mal à lui dire non.

— Bon... Où veux-tu aller ?

— Je veux te présenter à mes amis.

Ses amis. Cette idée m'avait à peine effleurée, et elle me rendait à la fois impatiente et nerveuse. Je pouvais désormais me lier d'amitié avec des gens comme moi.

— D'accord, admis-je, et je me levai.

* * *

Quand l'océan apparut, assez proche pour que je voie des vaguelettes s'écraser sur le rivage, je compris pourquoi William m'avait conseillé de m'habiller chaudement.

— La plage ?

La surprise dilua mon anxiété. Je n'avais pas l'habitude d'aller à la rencontre des autres.

— Oui. La nuit, comme elle est à la fois ouverte et déserte, nous pouvons y exercer nos dons.

— Vous ne craignez pas d'être remarqués ?

— Nics se charge de ce détail, expliqua-t-il tout naturellement. Tu es prête ?

— Mouais, répondis-je en me rongeant la peau autour des ongles.

William m'aida à enfiler mon manteau, puis nous descendîmes vers le sable. Une lumière argentée scintillait au-dessus de l'eau calme, elle-même d'un bleu profond, mais ce rayonnement n'était rien comparé aux yeux lumineux de William.

— Détends-toi, me dit-il quand il remarqua mon appréhension. Tu n'as pas de souci à te faire.

— Je sais. C'est juste que… je n'ai plus de relations sociales depuis si longtemps.

Il s'arrêta devant moi, me prit les mains et glissa ses doigts entre les miens, geste auquel je n'étais toujours pas habituée. Dans la froideur de la nuit, la chaleur qui monta entre nos paumes me fut agréable. J'avais tant de choses en tête que je l'avais presque oubliée.

— Pourquoi nos mains se réchauffent-elles comme ça? demandai-je. Est-ce que tous les Descendants ressentent cet effet?

— Non. Rien que nous deux.

Son visage brillait sous la douce lueur du ciel nocturne, comme un être surnaturel gravé par la main de la perfection. Ses traits s'intensifièrent et se magnifièrent sous sa peau rayonnante. Ses lèvres, d'un rouge sang brillant, saisirent mes yeux quand elles formèrent le sourire hypnotisant qui me faisait vibrer l'estomac.

— Est-ce que ça veut dire quelque chose? demandai-je.

— De toute évidence, ça veut dire que tu es attirée par moi.

— Arrête… Franchement, grondai-je.

— Pourquoi? Ce n'est pas le cas?

— Tu parles sérieusement?

— Je te l'ai dit : ça nous protège. Quand nous sommes en contact, nos dons sont décuplés. Nous sommes plus puissants ensemble.

Nous longeâmes lentement la longue plage vers le mystérieux lieu de rencontre. Je marchais prudemment, jouant avec la marée en restant juste hors de portée des vagues. William, quelques pas devant moi, donnait des coups de pied dans l'eau et s'éclaboussait. Il me taquina :

— Allez, Elyse, profite de la vie.

Je souris. J'étais heureuse qu'il soit naturel en ma présence, qu'il se sente assez à l'aise pour jouer les petits garçons s'il en avait envie.

— Je ne veux pas me mouiller, expliquai-je.

Il secoua la tête.

— Mauvaise excuse.

— Pourquoi donc ?

— On s'en fiche que tu te mouilles, ironisa-t-il.

— Pas moi. Je n'ai pas envie d'avoir froid.

— Qu'est-ce que ça peut faire ?

— Eh bien, ça n'a rien d'agréable, insistai-je, croyant mettre fin à la discussion.

Il rit bien fort, longtemps et à pleins poumons.

— Donc, tu vas passer ta vie dans ta coquille parce que là, au moins, c'est confortable ?

Il se tourna vers le large, montrant d'un geste le paysage splendide.

— Songe donc à tout ce que tu raterais. Tu dois sortir de ton terrier, apprendre à aimer le froid. Parce que si tu…

Sans le laisser achever sa phrase, je me penchai et saisis une poignée d'eau froide que je lui jetai sur le cou.

Il se figea. Je redoutais sa réaction, craignant d'avoir été trop loin. Quand il se retourna d'un bond, son expression était incompréhensible et je ne sus pas quoi penser.

— D'accord, je vois… annonça-t-il tandis qu'un sinistre petit sourire lui montait aux lèvres.

Et, d'un coup, il bondit vers moi. J'émis un cri instinctif tandis qu'il me poursuivait sur la plage abandonnée. Sans réfléchir ni me soucier de mes pieds et de mon pantalon, je courus dans l'eau. Le rire de William résonnait juste derrière moi tandis qu'il m'éclaboussait.

J'avais l'impression d'être libre, d'être redevenue une petite fille, de briser les règles tacites de l'âge adulte ; mon rire m'échappa. Ainsi détendue, j'eus le courage de me tourner vers mon poursuivant. J'adoptai une position accroupie qu'il imita aussitôt.

— Tu vas voir ce que tu vas voir, menaça-t-il avec un sourire magnifique.

— Et toi donc ! ripostai-je.

Alors la folie des éclaboussures nous reprit. Suffoquant de rire, nous nous effondrâmes bientôt sur le sable, étendus sur le dos. Nous étions mouillés d'un bout à l'autre et fatigués par la course.

— Tu as froid ? demanda-t-il entre deux inspirations.

— Oui, admis-je.

— Ça valait le coup ?

Je souris.

— Sans aucun doute.

Le froid me gelait jusqu'à l'os et me faisait trembler, mais je m'en moquais. William avait raison. Hors de mon terrier, la vie était plus belle.

— Tu veux toujours rencontrer les autres ? vérifia-t-il en se tournant face à moi sur le sol, ses cheveux mouillés et sombres plaqués au visage.

— Bien sûr, allons-y, répondis-je avec un courage revigoré.

— Bon, c'est juste un peu plus haut sur la plage. Mais tu ne verras rien tant qu'on n'aura pas franchi l'écran de Nics.

— L'écran ? demandai-je tandis que, d'une main puissante, il m'aidait à me relever. Quel est donc le pouvoir de Nics ?

— Elle descend de Nyx, déesse de la nuit et de l'obscurité. En vérité, elle se contente de manipuler la lumière, au point de donner parfois l'impression qu'il fait noir. D'où son nom. C'est très utile quand nous nous réunissons ici.

— Intéressant...

J'imaginai les mécanismes que ce pouvoir cachait.

— Au fait, m'avertit William, il faut que tu saches : ça fait un drôle d'effet de le traverser. L'écran, je veux dire. Nics crée un mur en supprimant la lumière, et l'obscurité peut être troublante quand on ne s'y attend pas.

— Un mur noir, ce n'est pas trop visible aux yeux des gens que nous voulons éviter ?

— Non, il reste invisible tant qu'on ne l'a pas franchi.

— Alors comment ça peut être un écran, si on voit à travers ? demandai-je, confuse.

Devant mon insistance, il rit sans pour autant éluder la question.

— On voit à travers ce que Nics a choisi de laisser voir. Elle ordonne à la lumière de refléter telle ou telle chose à travers l'écran, et si elle veut que certaines formes restent cachées aux yeux des passants, nos silhouettes par exemple, elle fait en sorte que la lumière ne les reflète pas.

— Ça m'a l'air plutôt compliqué.

— Peut-être, mais pas pour elle, dit-il en souriant.

À mesure que nous approchions de notre destination, j'entendis au loin un mélange de rires et de voix.

— En tout cas, ça ne retient pas les sons, notai-je.

— Non, mais nous sommes loin de tout, personne ne vient jamais ici.

— Les voilà !

La voix d'une fille que je ne voyais pas s'était élevée tandis que j'avançais fébrilement dans le noir le plus profond. Je retins ma respiration, frappée par l'intensité de l'air.

— Ça va ? vérifia William près de moi.

Je n'y voyais rien, sinon une noirceur vide et compacte, et pas même mon corps. Je parvins à répondre :

— Je crois, oui.

— Toujours tout droit. Là…

Je sentis sa main chercher la mienne, que je lui tendis.

— C'est encore loin ?

— Pas trop, à cinq ou six mètres.

J'avançai lentement et prudemment, m'efforçant de ne pas trébucher dans le sable. Les yeux fermés, je guidai ma concentration vers la main sableuse et chaude de William, et non vers les abysses obscurs qui m'entouraient. Quand nous atteignîmes le mur, j'avais toujours les paupières serrées, et seule la voix de William m'indiqua que c'était fini.

— C'est bon, Elyse, pouffa-t-il, ouvre les yeux.

Une fille venait à notre rencontre. Son sourire blanc contrastait avec sa peau, noire comme du café. Elle était belle, avec un physique d'athlète et des tresses rastas à hauteur d'épaule qui lui allaient très bien.

— Coucou, dit-elle en faisant un petit geste. Je suis Nicole, mais tout le monde m'appelle Nics.

Soudain, elle s'étonna.

— Qu'est-ce qui vous est arrivé ?

Nous nous regardâmes tous les deux, ne voyant pas pourquoi elle posait cette question.

— Vous êtes tombés à l'eau ? suggéra-t-elle en riant.

— Oh… souffla William quand il comprit que nous étions ruisselants et couverts de sable. Non, on a juste… C'est elle qui a commencé !

— Salut, lança un grand et beau garçon aux cheveux blonds et courts.

Il était ébouriffé, mais son visage expressif souriait ouvertement.

— Sam? demandai-je.

Je me souvenais l'avoir vu faire l'inventaire dans l'arrière-salle du café.

— Oui, confirma-t-il, débordant d'énergie et d'excitation, sa grosse main tendue vers la mienne. Content de te rencontrer enfin, Elyse.

Je rougis un peu en l'entendant dire mon nom. William lui avait-il parlé de moi?

— Moi aussi, répondis-je.

Je vis deux autres silhouettes, côte à côte, sous la lueur orangée d'un feu de camp qui flambait furieusement au loin. Je me demandai pourquoi ceux-là n'étaient pas venus nous accueillir, mais je n'eus pas le temps de poser la question : ils quittèrent le sol pour flotter dans les airs. En un clin d'œil, la fille s'évanouit, se transformant en un rayon de lumière scintillante et multicolore qui décrivait des cercles autour du garçon, comme un arc-en-ciel en mouvement. Ignorant les efforts qu'il faisait pour l'attraper, la fille lumineuse continua de sauter en avant et en arrière, hors de sa portée. Quand elle s'éloigna de lui, il s'envola pour la poursuivre ; ils voletèrent alors en spirale au-dessus de nous.

— Tu vois pourquoi il nous faut un écran, nota William.

Je fus heureuse de constater que je n'étais pas la seule à les regarder bouche bée.

Quand le rayon lumineux s'approcha, la fille reprit d'un coup sa forme humaine, à terre. Ses boucles blondes, jusque-là soulevées par le vent, retombèrent sur ses épaules. Elle avait un corps modeste et voluptueux, plus rebondi que la moyenne, mais ses lignes sensuelles renforçaient une beauté classique. Quant au garçon, qui atterrit doucement près d'elle, il avait des cheveux noirs coupés à ras et un corps lui aussi court et musclé, à peine plus grand que la fille.

— Elyse, je te présente Paul et Rachel, intervint William.

— Bonjour, dis-je, un peu intimidée. Désolée de vous avoir observés, mais je n'avais encore rien vu de pareil.

— Pas grave, répondit Rachel, dont le visage s'illumina. Venez nous rejoindre près du feu, vous devez être gelés.

Elle nous adressa un regard interrogateur, se demandant de toute évidence pourquoi nous étions mouillés, avant de me prendre la main pour nous ouvrir la voie. Paul l'imita, suivi de William, Nics et Sam.

— De quelle lignée es-tu issue ? m'interrogea Paul.

À l'entendre, poser cette question était aussi naturel que me demander ma profession.

— De quelle lignée ? répétai-je, un peu perdue.

Il jeta un coup d'œil vers William, comprenant que je ne savais pas grand-chose de moi-même.

— De qui descends-tu ? traduisit William.

— Oh. D'Asclépios.

J'espérais que ma réponse le satisferait. Cela me faisait tout drôle de me réclamer d'un dieu grec. Je m'attendais presque à l'entendre rire.

— Ça donne un pouvoir de guérison, non ?

Il réfléchit un moment, puis reprit :

— Je croyais que c'était rarissime.

Rachel se tourna vers Paul.

— Ouais, rare comme une prophétie.

— Allez, c'est bon, coupa William en me regardant. Cette histoire de guérison n'est qu'une rumeur.

Soudain, je me rappelai que Iosif m'avait conseillé de ne révéler mon identité à personne.

— Quel est ton pouvoir, Paul ? enchaînai-je pour détourner la conversation.

— Je descends d'Hermès, dit-il tandis que les regards restaient fixés sur moi. C'est assez répandu. En revanche, Rachel a un pouvoir plutôt rare : elle est l'héritière d'Iris. Nous sommes des messagers, elle et moi.

Il s'assit sur le sable, les mains tendues vers les flammes. La chaleur me réconfortait tant que je m'assis le plus près possible du feu.

— Moi, je vais plus vite que lui, annonça Rachel d'un ton fier.

— Ça doit être dur de résister à la tentation quand tu es en public, notai-je.

— Très dur.

Elle regarda Paul, qui confirma d'un mouvement de tête.

— Au moins, on peut voler à l'Institut, c'est déjà ça.

— Bon, à mon tour.

C'était William qui avait parlé, derrière moi. Je me retournai, impatiente, pour le regarder dans les yeux.

— William, gémit Rachel. Elle vient à peine d'arriver. Toi, tu la vois tout le temps.

Elle avait parlé d'un ton d'enfant gâtée, mais son regard de toutou malheureux n'émut pas William pour deux sous.

— Tant pis, lança-t-il d'un ton léger.

Rachel décolla aussitôt, frustrée et vexée.

Paul roula des yeux et m'adressa un regard d'excuse avant de décoller pour suivre la boule lumineuse en plein vol.

— C'est beaucoup mieux comme ça, dit William, assis près de moi.

— Pourquoi les chasser ? Je croyais que tu voulais me présenter tes amis.

— Eh bien, je te les ai présentés, et maintenant, je t'ai pour moi tout seul.

Sa franchise me fit rougir.

— Où sont passés Sam et Nics ?

— Oh, ils se battent dans l'eau, juste là. Ils aiment bien.

— Eh, vous voulez nous aider, Nics et moi, à faire un château de sable ? nous cria Sam.

— Pas vraiment, répondit William.

— Moi non plus, ça ne me tente pas, confia Sam. C'est Nics qui me force.

— Comment ça, elle te force ? demandai-je.

— Elle m'a menacé d'éteindre la lumière autour de ma tête si je refusais, expliqua-t-il, les doigts sur le front. C'est désaxé, non ?

Je ne pus me retenir de rire.

— Donne-lui donc un petit coup de jus, ça la calmera, proposa William.

— Un petit coup de jus ? interrogeai-je. Tu envoies des décharges électriques, c'est ça ?

— Je voudrais bien, s'esclaffa Sam. Dis, William, tu ne lui as pas expliqué que j'avais un don petit format ?

— Tu te rends compte ? On n'a pas encore abordé tous les sujets, riposta William.

Sam l'ignora et reprit :

— Je tiens de Dionysos, le dieu du vin et du théâtre. En gros, je transforme en vin n'importe quel liquide.

— Y compris tes fluides, ajouta William. Il est capable de te griser, ou même de te mettre en état d'ébriété sans que tu aies le moindre souvenir d'avoir participé à une soirée démentielle. Impressionnant, non ?

— Je trouve ça plutôt bien, commentai-je.

— Je ne sais pas… Ça ne vaut rien par rapport à ça…

Il désigna le duo qui flottait dans le ciel, loin au-dessus des flammes, exécutant une sorte de spectacle lumineux.

— Sam! appela Nics, au loin.

— À ta place, je ne la ferais pas attendre, conseilla William. Sers-lui un verre, je te dis, comme ça elle te fichera la paix.

— Ben tiens! se moqua-t-il. Je voudrais bien t'y voir... Non, je reste ici. Au moins, si elle me fait mal, Elyse pourra me soigner.

Il me donna un petit coup de poing sur l'épaule avant de s'asseoir à côté de moi.

Je n'étais pas sûre de moi. Je n'étais pas une véritable guérisseuse, et ce qu'il attendait de moi me rendait nerveuse.

— J'ai des doutes, lui confiai-je. Nics est donc si violente?

— Non, me rassura William avec un petit rire. C'est lui qui est ridicule. Nics est super.

— Pff!

De toute évidence, Sam n'était pas d'accord.

— Eh, tu ne connais pas l'expression «tenir la chandelle»? lui demanda William.

— Désolé, mais chandelle ou pas, Nics est folle, et moi, je reste ici.

William me regarda discrètement, comme pour me faire deviner un secret, avant de plaquer ses yeux sur ceux de son ami. Soudain, Sam sembla hypnotisé, le visage mou et hébété. Cela ne dura pas longtemps, mais je compris ce que William tentait de faire : influencer Sam grâce à son don. Soudain, il se détourna en riant et mit fin à la connexion.

— Tu es nul, Will, grogna Sam en se levant pour rejoindre Nics. Je t'ai déjà dit de ne pas faire ça. Je n'y crois pas, tu es... franchement ridicule.

— Au moins, ça nous a débarrassés de toi, ricana William.

Soudain, venant de nulle part, la lumière multicolore rayonna devant nous et Rachel reprit forme humaine.

— On approche, avertit-elle, à la fois sérieuse et apeurée.

— Combien ? Ils sont plusieurs ? demanda aussitôt William.

— Trois garçons et une fille, répondit Paul, qui s'avançait avec les deux autres Descendants. Ils sont jeunes. Ados.

— Qu'est-ce que je fais ? demanda Nics. Je rabats l'écran ?

— Non, protesta Sam en nous faisant signe de parler moins fort. Si tu fais ça, on va apparaître d'un coup, au milieu de rien. Ça révélerait ton pouvoir.

— Ils ralentissent, nota William.

Quatre jeunes s'arrêtèrent près du mur noir invisible. La fille pouffa d'un ton d'avertissement :

— Rick !

— Quoi ? Tu aimes ça !

— Ouais, confirma un autre garçon en rigolant.

— Hé ! cria la fille tandis que le troisième la tirait vers lui pour l'embrasser. Qu'est-ce que tu fais ? Arrête, Steve ! Arrête !

— Il faut réagir, dis-je, gênée de la voir se débattre.

— Surtout pas, répondit Rachel.

— Nous n'avons pas besoin d'employer nos dons, ajouta William.

Le cri perçant qui traversa l'écran de Nics nous fit tourner la tête. L'un des agresseurs venait de jeter la fille par terre.

— Non, ne fais pas ça ! plaidait-elle.

— Je dois y aller, déclara William en s'approchant des jeunes.

Sam le saisit par le bras.

— William. Tu ne peux pas. Ça révélerait le pouvoir de Nics.

La jeune fille se releva tant bien que mal. Elle se remit à crier quand deux des garçons la saisirent pour déchirer ses vêtements.

— Nous devons intervenir, déclarai-je d'un ton grave.

Sam jeta à Nics un regard plein de regrets, puis il se concentra sur les agresseurs. Ses yeux se figèrent, puissants et tranchants, comme ceux d'un animal qui repère sa proie. Nics l'avertit :

— Sam...

— Je ne me sens pas bien, grogna l'un des garçons avant de tomber sur les genoux, le nez dans le sable.

— Sam, ne fais pas ça, insista Nics.

William l'empêcha d'aller plus loin.

— Trop tard.

Alors qu'elle se débattait, les deux autres adolescents trébuchèrent et s'évanouirent près de leur victime. D'un regard paniqué et chargé de larmes, la fille parcourut les alentours. Affolée, pressée de s'enfuir, elle saisit son sac à main et décocha un coup de pied dans le ventre du blond avant de disparaître.

Quand William relâcha Nics, celle-ci bondit pour jeter Sam par terre.

— Espèce d'idiot ! hurla-t-elle, prête à pleurer. Pourquoi ? Pourquoi tu as fait ça ? Qu'est-ce que ça te rapporte ? S'ils l'apprennent, tu sais ce qu'ils feront !

Tout le monde resta silencieux. Une ligne avait été franchie et l'interdit, violé. Les regards se baissèrent et l'atmosphère se chargea d'une tension mêlée d'incertitude.

— Will ?

Je levai la tête vers Sam, qui avait pris la parole. Inquiet, les yeux agrandis par l'émotion, il espérait que William lui donnerait raison. Son regard m'apeura.

— Je n'allais quand même pas rester là sans bouger... Cette fille ne devinera jamais rien. Ça n'ira pas plus loin, hein ?

— Non, répondit William un peu trop vite pour que ce soit vrai. Tu sais... c'est... Elle n'a rien vu.

Il était bouleversé. Aucun d'entre eux n'aurait pu jurer des conséquences de cet acte.

— Et eux, on les laisse là ? demanda Rachel à la cantonade.

— Oui, décida William, prenant la situation en main. Filons.

Il regarda tous ses amis avant de hocher la tête.

— On se retrouve chez Cearno.

Nous nous séparâmes sans un mot, trop secoués pour discuter.

9

Chez Cearno, tout était calme. Quelques clients esseulés sirotaient leur thé ou leur café, le nez dans un livre ou un journal. Un couple parlait tout bas, dans un recoin à peine éclairé. Cearno faisait la vaisselle derrière le comptoir.

D'après ce que William m'avait confié, Cearno n'aurait jamais pu échapper à ses clients, qui l'auraient retrouvé n'importe où. Son talent était trop précieux pour qu'ils lui permettent d'en profiter égoïstement. Tout ce qu'il cuisinait devenait irrésistiblement délicieux. C'était un grand maître. Ainsi, le simple thé glacé aux fruits de la passion que je savourais lentement emplissait ma bouche d'une saveur exceptionnelle, douce et acidulée, transformant chaque gorgée en expérience.

Paul avait choisi de rentrer en compagnie de Sam et de Nics, sous prétexte de jouer les médiateurs. William, Rachel et moi les attendîmes donc un moment autour d'une table, dans un coin de la salle. Le temps passait, nous enfermant dans la tension et le silence. Je finis par briser la glace en bredouillant :

— Va-t-il être arrêté ?

Ma voix trahissait ma frustration. Pourquoi ne discutaient-ils pas ? S'il devait arriver quelque chose à Sam, ils ne pouvaient donc rien pour lui ? J'avais l'impression de regarder un troupeau de moutons qui se disperse à l'approche du loup.

— Que va-t-il se passer ?

— Je n'en sais rien, répondit William d'un ton mal assuré.

— Qu'est-ce qui pourrait lui arriver de pire ? relançai-je, angoissée par son manque d'assurance.

— Ils pourraient l'exécuter, répliqua Rachel, écœurée. C'est leur façon de résoudre tous les problèmes.

Je voulus m'assurer qu'elle faisait de l'humour noir, car cette réponse sarcastique ne lui ressemblait guère.

— Ils ne le tueraient pas, quand même ?

— Non, coupa William. Ils ne le tueraient pas.

Lui aussi semblait douter de ses propres mots, comme s'il exprimait un vœu plutôt qu'une certitude.

Rachel râla et se concentra sur sa paille. Personne ne savait vraiment ce qui allait arriver. L'un des leurs serait-il mis à mort pour un acte aussi léger ? Mon cœur se mit à battre la chamade de manière désordonnée.

— D'où ça vient ? marmonnai-je.

— Quoi donc ? demanda Rachel, curieuse.

— Cette chose, là, le Conseil. Qui sont-ils ? Je veux dire, est-ce que ces gens ont été élus ou…

— Élus ? pouffa Rachel en écartant les boucles d'or qui tombaient devant ses yeux. D'où tu tiens ça ? Le Conseil n'est pas élu, loin de là.

— J'ai bêtement supposé que les communautés étaient une démocratie.

J'avais du mal à croire que des gens dotés de capacités hors du commun se laissent mener malgré eux.

— Depuis des millénaires, le Conseil s'autoproclame héritier légitime du pouvoir. Comme une famille royale. On ne vote ni pour les élire ni pour les remercier. On se contente d'espérer que la prochaine génération remettra les choses à leur place, ce qui n'arrive jamais.

William, soucieux, dévisageait et étudiait les gestes des autres clients. Je me demandai si cette paranoïa était aussi évidente pour Rachel que pour moi.

— Vous ne devriez pas parler de ça ici, coupa-t-il.

Ses lèvres serrées et ses sourcils froncés renforçaient le ton sérieux de sa voix, sans que cela nuise à sa beauté.

— Personne n'a jamais essayé de les renverser? demandai-je.

Il y eut une longue pause. Rachel laissa à William l'occasion de répondre, mais il regarda ailleurs, et elle reprit la parole de bon cœur.

— Ces gens descendent des Olympiens de première génération. Il est impossible de les renverser.

William lui lança un regard glacé que je compris mal. Je l'interprétai comme une réaction excessive, un signe d'inquiétude. Je renchéris :

— La première génération? Celle de Zeus?

— Exactement. Ils sont six.

Elle se tut et se tourna vers William pendant un court instant. Elle reçut le même regard glacé, mais cette fois, je sentis flotter entre eux une tension.

— Cinq, à vrai dire, reprit-elle. Ils descendent de Zeus, Héra, Hadès, Déméter et Hestia, et leurs pouvoirs ne sont pas négligeables, si tu vois ce que je veux dire.

William cessa ses manœuvres subliminales destinées à détourner la conversation. Il écouta Rachel m'expliquer plusieurs choses, des points de leur culture dont ils n'étaient pas fiers.

Je n'aimais pas voir William s'inquiéter. C'était comme si j'éprouvais moi-même les douleurs qui lui tordaient l'estomac.

Quand il était dans cet état, j'avais de la peine à me concentrer, mais je voulais tout savoir.

— Le pire, c'est Christoph, continua Rachel. Comme il descend de Zeus, il estime qu'il doit tout dominer. Plus que les autres, il aime punir.

— Quel est son pouvoir ? Jeter la foudre, quelque chose comme ça ?

— Cette histoire de foudre n'est qu'une légende. Il existe une lignée de Descendants qui manipule l'électricité, mais Zeus lui-même n'employait ce pouvoir que pour se dissimuler. C'était assez astucieux. Ça le protégeait. Ses héritiers sont ceux qui détiennent les dons les plus puissants. Christoph est capable de te priver de ton pouvoir d'un seul regard, ou de le multiplier par 10, si ça l'arrange.

— Uniquement sur les hommes, précisa William. Adrienne est son équivalent féminin. Elle descend d'Héra, et elle a le même effet sur les femmes. C'est une façon pour la nature de rétablir l'équilibre, je suppose.

— Sauf s'ils sont nuisibles l'un et l'autre, ajoutai-je.

— C'est le cas, confirma-t-il d'un ton lourd de honte. En vérité, si la fille de la plage n'a pas tout oublié et qu'ils s'en aperçoivent, les conséquences ne seront pas jolies.

— Christoph pourrait priver Sam de son pouvoir, reprit Rachel. Antec, descendant d'Hadès, pourrait l'envoyer dans les enfers pendant je ne sais combien de temps.

— Attends... les enfers ? coupai-je, stupéfaite. Tu veux dire que ça existe ?

— Sous forme de prison, oui, décrypta William. Ils sont sous l'autorité d'Antec. En fonction de ta sentence, il peut te faire disparaître d'un coup.

— C'est comment, là-bas ?

J'imaginais un gouffre ardent.

— Personne n'en sait rien, répondit Rachel. Le temps de compter jusqu'à trois, les condamnés n'existent plus.

De toute évidence, il existait une autre sanction, que j'étais capable de deviner. Pourtant les détails me choquèrent.

William soupira sous le coup du remords.

— Dimitri propose un autre scénario. Lui, il descend de Déméter.

— La déesse des moissons?

J'avais du mal à imaginer comment cette divinité pouvait infliger la souffrance, mais depuis un moment, les mythes grecs n'avaient plus rien à voir avec ce que j'en savais.

— Elle-même, confirma William. Le pouvoir qu'elle a transmis à ses héritiers est bien plus funeste que tu ne l'imagines.

— Dimitri peut faire croître et prospérer, mais aussi tuer, n'importe quel être vivant. Y compris nous, révéla Rachel.

— Appliqué aux plantes, ce pouvoir n'est pas dangereux, mais nous, Dimitri peut nous faire vieillir, nous priver de plusieurs siècles de vie.

— Ou encore nous tuer, rien qu'en posant une main sur nous, annonça la voix de Sam, qui s'approcha de la table.

Nous sursautâmes tous. Il s'était faufilé jusqu'à nous sans problème. Je me demandai depuis combien de temps il nous écoutait. Nous avait-il entendus disserter sur le triste sort qui l'attendait?

— Ça va? lui demanda William.

— Il va s'en tirer, mec, coupa Paul en donnant une tape sur les épaules de Sam. Personne n'a rien vu.

— Tu parles comme un jeune, maintenant? se moqua Nics en le rejoignant.

Ils semblaient moins traumatisés que nous par les événements.

— Les temps changent, man. Faut s'adapter pour encaisser les coups, insista Paul en rigolant.

Rachel roula des yeux et secoua la tête, mais un sourire attachant lui traversa le visage.

— Bon, sérieusement, il va s'en sortir.

— Absolument, assura Nics. Ces gars étaient probablement soûls avant que Sam ne leur fasse un sort. Même si, à leur réveil, ils se souviennent de tout, tout le monde pensera qu'ils avaient trop bu.

— En plus, reprit Sam pour se convaincre lui-même autant que les autres, la fille n'a rien vu de précis. Elle n'aura pas grand-chose à raconter. Trois garçons soûls sont tombés dans les pommes alors qu'ils étaient sur le point d'abuser d'elle... ça ne pèse pas lourd, franchement.

J'hésitai à poser ma question. Tout semblait s'arranger, mais un point troublant me trottait dans la tête.

— Le Conseil a-t-il les moyens d'apprendre si un Descendant a exercé ses pouvoirs sur quelqu'un ?

— Uniquement si un agent se trouvait dans les parages, répondit Nics, confiante. Dans la plupart des cas, le pouvoir des Descendants s'exerce sur un rayon limité, et il faudrait donc qu'un agent se soit trouvé sur les lieux.

Soudain, je sentis la culpabilité me peser sur la conscience. Un agent avait peut-être assisté à la scène, à cause de moi. Kara me suivait partout.

— En plus, on était loin de tout, et sous protection, ajouta Sam.

Il semblait plein d'espoir. Je ne pus me résoudre à parler de Kara.

Jusque-là, le vent tournait dans le bon sens, même si personne n'aurait osé nier le malaise qui nous alourdissait. Seul le temps pourrait nous apporter la réponse.

— Bon, je vais commander de quoi manger avant que Cearno ferme le café, indiqua Paul, détournant la conversation, l'air de rien. Vous voulez quelque chose ?

Après avoir complété notre commande, Cearno fit le ménage et rassembla ses affaires pour rentrer chez lui.

— Tu penseras à verrouiller en partant, rappela-t-il à William avant de passer la porte.

Il était très tard, mais aucun d'entre nous n'était capable de dormir. Tout ce que nous pouvions faire, c'était attendre et espérer que tout se passerait bien.

Nous étions seuls dans le café. Paul et Rachel prirent possession du jeu de fléchettes et s'enfermèrent dans leur petit monde où tout allait bien. De temps à autre, j'apercevais un rayon de couleur explosive, ou je les voyais flotter au-dessus du sol, phénomène auquel je n'imaginais pas m'habituer un jour.

Sam profita de son pouvoir. Sans boire le moindre verre, il s'enivra, tout en cherchant à le cacher. Il resta collé contre Nics, et elle, malgré son goût pour la provocation, se tint tranquille et compréhensive. Ils avaient monopolisé le jukebox pour valser comme des ivrognes à chaque chanson.

William et moi restâmes à table pour grignoter les restes de pâtisserie et siroter les célèbres cafés au lait de couche-tard de Cearno.

— Pourquoi tu ne m'as pas parlé de tout ça, William ? Du Conseil ? lui demandai-je.

Il me regarda, à la fois coupable et soumis. Son regard ne faiblit pas : honnête et droit, il était comme une salle garnie de miroirs, où il est impossible d'échapper à soi-même.

— On compte six Olympiens de première génération. Rachel en a oublié un.

— Poséidon, confirmai-je. J'avais remarqué.

Je tirai un bleuet de mon muffin pour le jeter dans ma bouche et savourer son goût.

— Sauf que Poséidon n'est pas un Olympien de la première génération. Le sixième, c'est Arès. C'est comme pour Zeus : Poséidon était son pseudonyme.

— Donc, quel est son pouvoir ? demandai-je, m'attendant à entendre quelque chose de pire que la mort.

— Il imite tous les dons. Comme c'est le dieu de la guerre, il peut défier n'importe quel adversaire et exercer le même talent que celui-ci.

— Bon...

Je voyais mal ce que cela impliquait. Pour moi, il n'avait rien de plus terrifiant que les autres membres du Conseil.

— Pourquoi Rachel a-t-elle préféré ne pas parler de lui ?

Il inspira profondément.

— Mon père appartient à la lignée d'Arès.

— Ton père ?

— Oui. Je ne tiens pas de lui.

— Et c'est un membre du Conseil ?

— Disons... oui et non.

Il se frotta la nuque en glissant ses doigts entre ses mèches. C'était un tic que j'avais déjà remarqué. Son visage n'exprimait aucune hésitation à répondre, mais il hésitait quand même.

— Tu n'es pas obligé de tout expliquer, concédai-je, déçue.

Il ne se sentait pas assez à l'aise pour aller plus loin. Pourquoi se serait-il forcé ? Nous ne nous connaissions pas depuis long-temps, malgré les apparences.

— Je le sais bien, convint-il.

Perdu dans ses pensées, il prenait le temps de choisir ses mots, ou bien peut-être hésitait-il encore. Il reprit enfin :

— Mon père ne m'en a parlé qu'une fois, mais sinon, j'aurais appris ça pendant les cours. Il n'y a pas très longtemps, une grave guerre civile a divisé notre peuple. C'est lui qui l'a... déclenchée.

Il leva vers moi ses yeux inquiets, cherchant une réaction qui ne venait pas. Espérant que ma voix ne trahirait pas ma surprise, je lui demandai :

— Qu'est-il arrivé ?

— Il a passé la plus grande partie de sa vie parmi eux. Il siégeait au Conseil, au même niveau que Christoph. Pourtant, au bout d'un certain temps, il a commencé à contester les règles. Christoph s'était attribué un rôle dominant sans que personne s'en aperçoive. Éloquent et convaincant, il sait s'y prendre. Selon mon père, il persuaderait une poule qu'il est doux de se faire plumer. C'est un manipulateur redoutable.

Je sentis la haine monter en lui comme une épaisse fumée, sombre et menaçante. Jamais encore je n'avais vu cette expression dans ses yeux, qui rayonnaient d'hostilité. Moi-même, je n'eus aucun mal à haïr celui qui lui inspirait un tel sentiment.

— Quand la situation a commencé à dégénérer, reprit-il, mon père est allé voir Lilia. Son pouvoir est le plus vital de tous. Elle descend d'Hestia et sans elle, déesse du foyer, aucun don ne fonctionnerait. Si elle n'est pas proche d'au moins deux des membres du Conseil, tous leurs pouvoirs disparaissent. Elle restait neutre envers Christoph, et mon père comptait la convaincre de s'en aller : selon lui, c'était la meilleure chose à faire, la seule manière de remettre chacun à sa place, pour établir une véritable démocratie. Hélas, Christoph l'avait vu venir, et il avait déjà persuadé Lilia de choisir son camp. Il lui avait raconté qu'elle devait lui rester fidèle, que sans eux, le chaos régnerait, que les Descendants étaient incapables de vivre en démocratie. Ils avaient toujours été régis par le Conseil.

— Donc, Christoph a renvoyé ton père ?

— Non. C'est mon père qui est parti. Pour lui, la seule autre solution était de renverser le Conseil. Il a été suivi par des gens qui ont lutté avec lui pendant des années. Il y a eu des morts, chez les Descendants et chez les humains. Mais tout s'est effondré, alors que certains alliés de Christoph, très puissants, avaient été vaincus. Christoph a lancé un ultimatum : si la guerre continuait, il tuerait les humains en masse, tout en s'assurant que la faute en reviendrait aux humains eux-mêmes. Conscient que mon père avait un bon fond, il comptait terroriser la race humaine jusqu'à ce qu'il baisse les bras. Et ça a marché : mon père a baissé les bras. Tous ces morts, tout ce sang versé, c'était inutile.

— Non, pas inutile, le contredis-je en partageant son amertume. C'est pour ça que tu ne m'avais rien dit, parce que tu avais honte ? Tu sais, il n'est pas trop tard pour…

— Non, ce n'est pas pour ça, coupa-t-il. Je sais qu'il a défendu une juste cause. Je ne voulais pas que tu te fasses des idées, voilà tout.

— Des idées ?

J'étais choquée et troublée par sa remarque. Quel genre d'idées craignait-il donc ? Certes, il me croyait née pour réaliser la prophétie, mais qu'est-ce qu'il imaginait ? Que j'allais partir à l'assaut, une épée à la main ? Je ne pus me retenir de rire.

— C'est ridicule !

— Je sais, avoua-t-il aussitôt.

Nous nous penchâmes sur notre café, sans regarder alentour.

— Je fais souvent le même rêve, dit-il. Nous sommes en ville, toi et moi, réfugiés dans les recoins des bars obscurs, pour que personne ne nous voie. Comme nous sommes suivis, nous nous déplaçons sans cesse, nous avons très peur et toi, tu refuses de me dire pourquoi ils te pourchassent. Soudain, on part en courant. Un homme qui court derrière nous m'attrape par ma veste, je me retourne, et là, je m'aperçois que c'est mon père. Il me dit : « Il faut qu'elle aille au combat. » Toi, dès que tu le vois, tu me plantes pour le suivre. Voilà, c'est tout. À cause de sa guerre, je te perds pour toujours.

— Ce n'est qu'un cauchemar, William, le rassurai-je en secouant la tête.

— Je sais.

Il regarda ses chaussures. Ses yeux restèrent baissés, cachés derrière ses longs et fins sourcils. Si son aveu le gênait ou lui faisait honte, moi, je le savourais : il avait voulu me protéger de l'idée selon laquelle nous pourrions nous perdre. En de tels instants, il était pour moi comme la lune au-dessus de l'océan : une perspective fascinante qui agrippe le regard. Il serra les dents involontairement et les muscles de sa mâchoire se contractèrent, ses douces lèvres tendues en une jolie grimace. Je glissai un doigt sous son menton pour le forcer à lever le nez.

— Un cauchemar, rien de plus, insistai-je.

Je souris devant la crise d'angoisse que lui avait inspirée une idée si absurde. Compte tenu de l'épisode de Sam, j'avais du mal à croire que William s'inquiétait pour si peu.

Ses lèvres, pulpeuses et parfaites, frôlèrent les miennes avec une douceur de pétale de rose. D'abord, elles les touchèrent à peine, comme s'il avait peur qu'un baiser plus appuyé m'écrase. Je sentis le désir dans la pointe de ses doigts, qui trouvèrent ma joue. Sa bouche exprimait bien plus que du désir, et s'il m'embrassait, ce n'était pas seulement par bravade. C'était un baiser éperdu qui articulait l'aveu : « J'ai besoin de toi. »

— Allez faire ça dans une chambre, brailla Sam de l'autre bout de la salle.

Nos yeux timides se croisèrent, rougissants et gênés, et un petit rire nous échappa.

— La ferme, espèce de pochetron, riposta William.

— Tu me mets au défi, là ?

— Non, dit William en riant.

C'était bon de le revoir sourire.

— Il n'y a qu'une façon de nous départager, affirma Sam en prenant deux queues de billard.

— Tu veux jouer ? me proposa William.

— Je suis fatiguée, avouai-je. Vas-y, toi. Je monte me coucher.

Il poussa sa chaise.

— Je viens avec toi.

— Tu n'es pas obligé. J'habite juste au-dessus, je me débrouillerai.

— Mais oui, elle se débrouillera, bafouilla Sam avant de trébucher sur une chaise et de s'écrouler au sol.

— Il vaudrait mieux que tu restes ici, constatai-je en regardant Nics se plier en deux, prise de fou rire sous l'effet de la boisson.

— Bon, je vais surveiller ces deux-là, admit William. Ça ira pour toi, tu es sûre ?

— Absolument, affirmai-je avec un hochement de tête.

Il sourit et me tapota la joue avant de relever le défi de Sam.

— Allons-y !

10

En remontant du café, à moitié somnolente, je trouvai la porte de l'escalier entrouverte. Je saisis la poignée pour la pousser prudemment, persuadée que j'avais oublié de la verrouiller en partant. À tout hasard, je lançai :

— Il y a quelqu'un ?

Pas de réponse. Je refermai derrière moi.

Quand j'atteignis la dernière marche, je compris que ma paume était humide et que j'avais du sang sur la main. Je m'approchais du lavabo, cherchant où j'avais bien pu me couper, quand j'entendis soudain une voix derrière moi.

— Ce n'est pas ton sang, me révéla Kara, ce qui me fit sursauter.

— Qu'est-ce que tu fais ici, toi ? demandai-je d'un ton dur et méfiant.

La dernière fois que je l'avais vue, elle m'avait enfoncé un couteau dans la jambe. Là, elle était affalée par terre, ensanglantée, dans le coin de la cuisine. Le choc dut se lire sur mon visage.

— Qu'est-ce qui t'est arrivé ?

J'attendis sa réponse, mais elle se contenta de me regarder brièvement, agacée par ma question, avant de lever les yeux vers le lointain.

— Tu es blessée ?

Puisqu'elle se taisait, il fallait que je trouve la vérité moi-même. Je m'agenouillai pour examiner ses mains, ses bras et son visage tachés de sang. Elle ne semblait pas blessée.

— Ce n'est pas mon sang non plus, reprit-elle en me regardant enfin dans les yeux.

— D'où vient-il, Kara ?

— Ça n'a pas d'importance.

— Bien sûr que si, réfutai-je. Quelqu'un est blessé ?
Elle secoua la tête.

— Non, elle n'est pas blessée. Elle est morte.

— Qui ça ?

— Celle que vous avez cru sauver ce soir. Pourquoi vous êtes-vous mêlés de cette histoire ?

Mon estomac se retourna. Cette fille était très jeune, 18 ans tout au plus.

— Pourquoi est-elle morte, Kara ?

— Qu'est-ce que tu imagines ? Il a fallu que je l'abatte. Il me l'a ordonné.

— Oh, bon Dieu…

Sous le choc, je m'assis à côté d'elle. L'angoisse me plombait la poitrine. J'ignorais qui était ce « il », mais si l'on forçait Kara à tuer des gens, quelque chose ne tournait pas rond.

J'avais oublié que Kara lisait dans les pensées. Cela me revint quand je l'entendis répondre :

— Ryder, mon chef.

— Pourquoi un tel ordre ?

— À cause de toi et de tes copains. Voilà pourquoi. Nous ne devons pas appliquer nos pouvoirs aux êtres humains.

Ses mots faisaient mal. Sam avait simplement voulu secourir quelqu'un.

— Mais elle ne l'a pas vu. Elle n'a rien pu deviner.

— Peu importe, cracha-t-elle. Ce n'est pas permis.

Je secouai la tête, prise de colère. Cette fille n'avait rien fait de mal. Elle n'était qu'une victime.

— Et les garçons ?

— Morts. Ryder s'est occupé d'eux.

Nous restâmes muettes un moment, le temps que j'encaisse cette réalité morbide. J'examinai les taches sèches qui lui rougissaient les mains et les bras.

— Ne bouge pas, dis-je en me levant pour aller chercher un linge. Il faut que tu t'essuies. Tu peux prendre une douche si tu veux.

Elle posa sur moi un regard absent, vide.

— Tu ne devrais pas être si gentille avec moi.

Je lui tendis la serviette que je venais d'essorer.

— Pourquoi ?

— Parce que le jour où ils comprendront qui tu es vraiment, ils me lanceront à ta poursuite, et je ne pourrai pas dire non.

C'était une idée si terrible que je la balayai comme une erreur.

— On a toujours le choix de ses actes.

— Pas moi.

Je ne la croyais pas capable de me nuire, à moins d'y être contrainte et forcée. Je devrais m'assurer que cela n'arrive jamais. William saurait peut-être m'aider à contourner le problème.

Kara rit toute seule en se relevant.

— Qu'est-ce qu'il y a ? demandai-je.

— Parce que tu crois qu'il pourrait contourner le problème ? En se débrouillant pour que tous les gens qu'il croise tombent amoureux de lui, c'est ça ?

— De quoi parles-tu ?

— De sa lignée, dit-elle, puis elle me laissa un instant pour comprendre. Il ne t'a rien dit, hein ?

— Quoi donc ?

— William est de la lignée d'Aphrodite, révéla-t-elle avec un sourire narquois. La déesse de l'amour. C'est ça, son pouvoir :

faire tomber amoureux de lui n'importe qui. Il va falloir que tu trouves une autre solution, permets-moi de te le dire.

Tandis qu'elle s'approchait de la douche, mon ventre commença à se nouer serré. J'étais écœurée, humiliée. Je n'étais donc qu'un jeu, une marionnette que William faisait danser en tirant sur les fils ?

— Au fait, Elyse, reprit Kara, interrompant ma diatribe muette. Ryder sait pour Anna.

Elle baissa les yeux et ajouta :

— Je suis désolée.

Sur ce, elle s'enferma dans la salle de bain et les tuyaux se mirent à gronder quand elle tourna le robinet.

Le temps sembla se figer, ou alors c'était mon cœur qui s'était arrêté. Je tremblais de peur. Qu'avait-elle voulu dire à propos de Ryder et d'Anna ? Je devais comprendre. Je courus vers la salle de bain.

— Hé ! Il faut que je te parle !

Pas de réponse.

— Kara ! hurlai-je, de plus en plus hystérique. Comment ça, il sait ?

Je secouai la poignée, mais la porte était verrouillée. Kara lança :

— Hein ? J'entends que tu me parles, mais je ne comprends rien !

Son ton moqueur m'accabla.

— Sors de là ! ordonnai-je en tambourinant contre la porte. Sors ! Il faut que je sache si Anna va bien.

Le besoin soudain de voir Anna m'envahit. Je ne pouvais pas attendre après Kara. Je devais partir. De toute façon, peu importe ce qu'elle me dirait, je ne pouvais pas me fier à Kara. Je devais vérifier par moi-même, sur place.

Je descendis l'escalier et sortis en courant. Si ce type, Ryder, connaissait l'existence d'Anna, et si c'était lui qui avait fait tuer la fille, je devais réagir. Une fois dans la rue, j'hésitai en passant devant la façade du Cearno, en pensant à William.

Un autre sentiment de trahison m'incita à courir sans ralentir. Quoi qu'il arrive, je devais le fuir. Pourquoi m'avait-il caché qu'il détenait le pouvoir d'Aphrodite, sinon pour l'exercer sur moi ? Je ne savais pas trop s'il viendrait à ma recherche. Je savais qu'il s'inquiéterait, mais cela m'importait peu.

Tandis que je courais à toute vitesse, mon corps tout entier s'était rigidifié pour résister à l'air nocturne glacial. Mes muscles m'étiraient la peau, me propulsaient loin de la source de mes ennuis, comme s'il était possible de leur échapper. Je ne sais plus à quel moment les larmes me vinrent, mais je les sentis couler et piquer sur mes joues tandis que le vent me fouettait le visage.

À travers les rues sombres, j'étais contente que les lampadaires éclairaient des parties. Sous l'effet du froid qui me mordait la peau des bras et des jambes, je regrettai de n'avoir pas enfilé une veste.

Quand j'atteignis la station de métro, j'étais sur le point de m'effondrer. Je m'assis sur un banc, épuisée, m'efforçant de me convaincre que tout irait bien. Et pourtant, je ne savais pas comment je réagirais si Anna était blessée, ou pire. Il fallait que je lui téléphone.

Chaque sonnerie était un martyre. Elle ne décrochait pas. « Tu es chez toi. Tu vas décrocher, là », suppliai-je intérieurement. Mais je fus redirigée vers la messagerie. Après une deuxième et une troisième tentative, je dus renoncer. Peut-être qu'elle dormait, tout simplement. Il était tard.

L'attente ne fit qu'aggraver mon sentiment, comme si le fait d'être assise à cet endroit, impuissante, m'exposait à tous les coups, toutes les douleurs. Les remparts que j'avais passé ma vie à construire étaient en train de s'effondrer tandis que je me tenais là, nue et brisée, mes sanglots ruisselant malgré moi. Les passants pouvaient bien me regarder, je m'en moquais. Tant que j'avais vécu cachée, tout s'était bien passé. Désormais, le monde tombait en miettes.

Pour aggraver mon inquiétude envers Anna, je ne pouvais m'empêcher de penser à William. Du coin de l'œil, je surveillais les alentours pour voir s'il m'avait suivie. Je songeai à ce que j'allais lui dire. Pourquoi ? Comment avait-il pu me mentir ? N'était-ce qu'un jeu ? Je fouillai mon cerveau à la recherche d'une réponse, d'une raison, d'un indice. Que comptait-il gagner en m'attirant ainsi vers lui ? Devais-je me reprocher de n'avoir rien vu venir ? Je m'essuyai les joues et le nez d'un revers de manche, puis j'essayai de joindre Anna une fois de plus. Sans succès.

Les lumières du métro me tirèrent à peine de mon délire. Heureusement, mon sac était resté pendu à mon épaule, et je pus en tirer de quoi payer mon trajet.

Une fois installée, je me tins sage et inerte tandis que de rares passagers montaient et descendaient toutes les deux ou trois stations. Au fond, dans un recoin, j'avais choisi de m'enterrer dans ce refuge mobile. Quelques lumières tremblantes dansaient sporadiquement, et je me fondis dans le mouvement. Après tout, n'était-ce pas le jeu de William, de me faire le désirer ou pas selon son bon vouloir, sans que je ne puisse rien y faire ? C'était cruel de me rendre esclave de mon propre cœur ; un cœur manipulé et trompé. Il était impitoyable et je détestai le fait que je l'aimais encore malgré cette histoire. Peut-être que si je m'éloignais assez de lui, j'arriverais à fermer mon cœur à ce déversement de sentiments.

Le front calé contre la vitre, j'observai la ville défiler devant mes yeux abrutis et gonflés. Je regardais l'heure à chaque instant, pressée d'arriver chez Anna. Les parois serrées du train étaient mon seul réconfort. Je m'en voulais d'avoir mis en danger mon amie et sa fille.

Tout en filant vers sa maison, je la rappelai sur mon téléphone cellulaire. Je n'avais jamais pensé qu'il pouvait s'avérer dangereux d'être mon amie. Comment aurais-je pu m'en douter? Je l'avais vue un nombre incalculable de fois, et jamais personne ne l'avait approchée ni menacée. La situation avait-elle changé? Je n'allais tout de même pas me priver de la voir. J'en étais incapable. Elle et sa fille Chloé, c'était tout ce qui me restait, un semblant de famille.

Elle habitait loin de chez moi : à plus d'une demi-heure en comptant un changement pour prendre le réseau de banlieue, et je crus que des heures s'étaient écoulées. J'avais pensé que le trajet me détendrait et me permettrait de reprendre mes esprits, mais j'étais encore plus angoissée en arrivant. Les événements de la soirée me pesaient sur la conscience et avaient fait de moi une loque.

« Du moment qu'Anna va bien, je vais bien », me dis-je pour me réconforter. Quant à mon début de relation avec William, j'allais m'en remettre. Ce genre de problème était très courant. Bon, peut-être pas celui-là exactement. Être trahi par les effets amoureux d'un coup de foudre mythologique, ce n'est pas courant, admettons; malgré cela, tout le monde a eu un jour le cœur brisé, a affronté la douleur et réussi à aller de l'avant. Voilà ce que je devais faire : aller de l'avant.

Mes sentiments passèrent ainsi de la confiance à l'effondrement profond, jusqu'au moment où j'entrai dans le lotissement d'Anna. Littéralement épuisée, j'errai entre les maisons de ville, à la recherche du numéro 32B. Seule la peur me maintenait sur pied. Mon corps tout entier réclamait le sommeil.

Une fois devant le bâtiment, je fus saisie d'un doute. N'allais-je pas risquer de la mettre encore plus en danger ? J'avais peut-être été suivie ? Je regardai prudemment alentour, sachant que, si ce « quelqu'un » était là, je ne le verrais probablement pas. Je ne supportais pas d'avoir mis en danger les deux dernières personnes qui m'étaient chères. Les yeux rivés sur la porte d'entrée, j'en conclus qu'il valait mieux faire demi-tour.

Gardant mon calme, je franchis maladroitement la haie mal taillée pour m'approcher de la fenêtre. Il me suffirait de jeter un œil à l'intérieur, de constater que tout était normal, pour être soulagée. Les mains au-dessus du front, je la vis enfin, assise sur un fauteuil relax, saine et sauve. Je détendis mes épaules et sentis la peur s'évaporer. Elle allait bien.

Je rebroussais chemin, heureuse de l'avoir vue vivante et entière, quand je trébuchai sur la bordure et basculai vers l'arrière. Un grand cri m'échappa. J'entendis la porte s'ouvrir.

— Elyse ? lança Anna, alarmée. Qu'est-ce que tu fais ici ?

Elle rit en constatant que j'étais étalée dans ses buissons.

— Tu m'espionnes ?

Mon cœur fut apaisé en voyant son visage familier. Comme toujours, son petit nez rond était couvert de taches de rousseur, ses cheveux lisses et soyeux avaient pris quelques teintes argentés avec les années. Elle sourit et ses yeux se plissèrent un peu quand ses joues remontèrent.

— Je te jure, à chaque fois que je te vois, je...

Je bondis sur mes pieds.

— Chut !

Je lui pris la main et la pressai à l'intérieur.

— Qu'est-ce qui se passe ? demanda-t-elle tout bas.

— Pourquoi tu ne réponds pas au téléphone ?

— Je n'en sais rien. Il est peut-être en mode silencieux. Il y a quelque chose qui cloche ?

— Tout, annonçai-je, les yeux fermés le temps de faire un vœu pour que tout redevienne normal. J'ai peut-être été suivie. Mais peut-être pas. Il va falloir faire attention.

Tous les soucis que je m'étais efforcée de repousser ressurgirent soudain.

— Vérifie que tu as fermé à clé et…

— Elyse ?

Mon cœur s'emballa sous l'effet de l'anxiété.

— Est-ce que tout va bien ?

— Non ! avouai-je.

Je tombai dans ses bras, en quête de réconfort. Tout en pleurant sur son épaule, je remarquai qu'elle était menue et fragile, beaucoup trop menue.

Après quelques minutes de consolation longtemps attendue, elle me guida vers le canapé. Je ne me souvenais pas que la pièce était si petite et si encombrée. Des chaussures étaient alignées par terre, près de la porte, des DVD étaient entassés près du téléviseur, et des livres étaient empilés dans le moindre recoin ; malgré cela, tout était bien rangé.

Je m'assis sur un canapé usé, couleur caramel. Anna m'apporta une couverture et un bol de tisane à la cannelle en attendant que je sois assez calme pour lui parler. Comment lui annoncer qu'elles étaient en danger, elle et Chloé, et que c'était à cause de moi ? J'appréciais le fait qu'elle me laisse le temps de m'installer et de constater que tout allait bien. Qu'elle allait bien. Sa présence me rassura et me rendit si nostalgique que je remarquai à peine ses yeux vieillissants. Alors que je voyais en elle la fillette qu'elle avait été, mes souvenirs me revinrent.

Comme un rêve oublié qui remonte sans prévenir, je revis notre ville paisible, qui s'endormait chaque soir au coucher du soleil. Les environs étaient si sûrs que nous avions le droit de s'aventurer jusqu'aux balançoires installées derrière notre vieille école en brique, même après le dîner. Nous tirions vers nous la vieille barrière abîmée pour nous faufiler discrètement dans cet espace clos, où nous jouions à notre guise.

— Je vais partir d'ici, Elyse, me confia-t-elle un jour. Pas question que ce lieu m'avale comme il a avalé les autres.

Le vent nous sifflait aux oreilles tandis que nous nous élancions dans la lueur du jour finissant. J'adorais plonger ainsi, la tête la première, dans un bain de lumière d'été, tandis que l'horizon, sous le soleil couchant, prenait la couleur d'un sorbet à l'arc-en-ciel.

— Je ne vois pas pourquoi. On n'est pas mal ici.

À mes yeux, nous étions au paradis. Je trouvais là tout ce dont j'avais toujours rêvé : l'école, des amis, une vie normale — Anna, elle, voulait autre chose. Elle voulait la vraie vie.

— Pas mal ? Voyons, Elyse, le vrai monde est ailleurs. Tu n'as pas envie de l'explorer ?

Nous nous frôlions régulièrement, jouant des jambes pour nous balancer plus fort.

— Je te jure, dès que j'aurai 18 ans, j'irai vivre en plein centre de la plus grande ville du monde. Je veux m'endormir au son des rues qui bourdonnent et sortir dîner à 1 h du matin. J'habiterai peut-être à Broadway, sauf si je voyage avec un groupe de musique, un truc comme ça.

— Ta mère va adorer, raillai-je, mes cheveux flottant derrière moi comme des rubans fouettés par le vent.

— Je m'en fiche pas mal. Je ne vais quand même pas me marier avec mon voisin, Charlie Stanton, pour passer ma vie à repasser ses chemises et préparer le dîner.

Je ris en l'entendant évoquer, d'un ton écœuré, le projet que sa mère nourrissait.

— Si tu le fais quand même, tu n'oublieras pas de m'envoyer ta photo de mariage. Je ne voudrais pas rater ça.

— Tu plaisantes ? Si j'épouse Charlie Stanton, toi, tu épouseras Billy Casey, ce qui veut dire que nous resterons voisines et que je viendrai me plaindre chez toi tous les jours.

— Je ne me marierai pas avec Billy Casey. Il pue la viande séchée.

— Je sais ! pouffa-t-elle. De toute manière, si je devais me marier, ce serait avec un chanteur ou un guitariste. Pas avec Charlie Stanton.

— Moi, je crois que je ne me marierai jamais, annonçai-je comme s'il s'agissait d'une décision personnelle et non d'une réalité qui s'imposait à moi.

— Ouais. Moi non plus. On n'aura qu'à aller à Los Angeles et prendre une colocation.

— Ça serait chouette…

J'avais des doutes sur nos projets : quand elle aurait 18 ans, moi, j'aurais encore l'allure d'une jeune du début du secondaire. Je serrai les doigts autour de la chaîne métallique de ma balançoire.

— Tu crois qu'on s'entendra toujours, à ce moment-là ?

— Pourquoi pas ? On est des vraies amies, et on restera amies jusqu'à nos 80 ans ; là, on ira jouer au bingo tous les mardis pour gagner le gros lot.

M'asseoir dans son salon, au cœur d'une réalité bien éloignée de ses rêves, m'avait rappelé ce souvenir l'espace d'un instant.

— Je ne sais pas comment j'ai fait pour me retrouver dans un tel pétrin, lui avouai-je. J'aurais fini par découvrir la vérité, tôt ou tard, mais…

— Quoi ?

— Tu ne vas pas me croire.

Elle secoua la tête en signe de désaccord.

— Étant donné la façon dont tu as résisté au temps qui passe, je suis prête à te croire même si tu me dis que tu es Wonder Woman.

— Non, pas Wonder Woman, avouai-je. Mais je sais enfin qui je suis.

Pour l'avertir de ce qui se passait, de la menace que le Conseil faisait planer sur nous, je devais commencer par le commencement. Je ne voyais pas comment faire autrement. Il fallait qu'elle soit au courant afin de se protéger, ainsi que Chloé.

Ses yeux s'écarquillèrent.

— Comment ça ?

J'avalai une gorgée de tisane en glissant mon pied sous le plaid.

— Il y en a d'autres. Ici, à San Francisco.

— Tu plaisantes.

Elle se tut un moment, attendant que je reprenne, puis elle s'impatienta.

— Allez, accouche ! Qu'est-ce qu'ils t'ont dit ?

— Tu ne dois en parler à personne, affirmai-je.

— Dis donc, on est sœurs de sang, pas vrai ?

Un sourire satisfait lui souleva les lèvres quand elle ajouta :

— Je suis fière de te le dire, j'ai gardé ton secret bien caché.

C'était vrai. Chloé elle-même ignorait tout du jour où j'avais guéri Anna.

— Tu te souviens quand je t'ai expliqué que j'étais suivie, quand je t'ai parlé de William et de Kara...

— Ils sont comme toi... devina-t-elle.

J'opinai.

— Ils se nomment les Descendants. Chacun d'eux est doté d'un pouvoir et vieillit aussi lentement que moi. Ils se disent héritiers des dieux grecs, à ceci près que les dieux grecs n'étaient pas des divinités. Ils étaient comme moi, et si mal compris qu'on les a pris pour des dieux à cause de leurs pouvoirs et de leur façon de ne pas prendre de l'âge.

— Tu es une déesse grecque ? demanda-t-elle, les yeux pétillants.

Je ris.

— Non, pas du tout, mais je crois que cette époque exerce une certaine influence sur leur... sur mon peuple, parce qu'ils emploient toujours les noms des Grecs. Selon William, je descends d'Asclépios, le dieu de la guérison.

— Sans blague, Sherlock, commenta Anna en riant.

— Tu vois, on avait à moitié deviné que je peux tout guérir, mais écoute un peu : ma main gauche a le pouvoir inverse. Elle empoisonne le sang.

— Ben voyons, railla-t-elle, ne sachant trop si elle devait me croire. Tu es sérieuse, là ?

— Je n'en ai aucune preuve, mais je ne tiens pas à essayer.

Je me félicitais d'avoir décidé de ne plus guérir personne après l'incident des sœurs de sang. J'aurais pu tuer quelqu'un.

— Bref, est-ce que les choses tournent bien ? demanda-t-elle en prenant un peu de tisane. Tu n'as pas d'ennuis avec ces gens-là, au moins ?

Des « ennuis » ! C'était une façon de voir.

— Si, répondis-je franchement. Je crois que si. Je crois que nous avons tous des ennuis.

Je lui racontai tout : comment le réseau des Descendants organisait son fonctionnement selon un système complexe, inconnu du reste du monde, dont il était interdit de révéler le moindre point aux êtres humains. Et que cela la mettait en danger. Je lui rapportai les événements de la nuit : comment la décision innocente de sauver une jeune fille avait causé sa mort et celle de ses agresseurs. Comment ils étaient tous persuadés que je les sauverais de la corruption et du mal qui régnaient sur leur race secrète… et qui menaçaient aussi Anna. Enfin, je lui avouai la profonde déception que j'avais ressentie en apprenant que mon amour naissant pour William n'avait rien de réel.

— Admettons que je sois en danger… Pourquoi personne ne m'est tombé dessus ? objecta Anna. Qu'est-ce qui te prouve que Kara a bel et bien tué la jeune fille ? Elle t'a peut-être raconté des mensonges par jalousie. Rien de tout cela ne m'inquiète, conclut-elle. Parle-moi plutôt de ce garçon.

— Ce n'est qu'un… un garçon, répondis-je en riant à moitié.

Je plaquai mes mains de chaque côté de ma tasse pour me réchauffer. Cela me rappela le contact avec celles de William.

— Tu le sais, je ne me suis jamais autorisée à ressentir le moindre sentiment pour personne. Maintenant que j'ai franchi le pas, je m'aperçois que ce n'est pas authentique.

— Regarde les choses du bon côté, souligna-t-elle. Il n'est pas seul au monde. Tu peux trouver quelqu'un, même si ce n'est pas lui.

— Tu as raison, admis-je, un peu soulagée.

La porte de la chambre de Chloé s'entrouvrit et la tête de la fillette parut, les yeux cernés, les cheveux en bataille. À chaque fois que je la voyais, je trouvais qu'elle ressemblait davantage à sa mère. C'était comme si je me penchais à une fenêtre donnant sur le passé. Elle incarnait l'enfance que nous gardions en mémoire, Anna et moi, et qui m'avait manqué quand je m'étais retrouvée seule avec Betsy, après mon départ. Elle avait les yeux chocolat et les cheveux noirs et raides d'Anna. Ses lèvres et ses joues venaient de quelqu'un d'autre, mais je reconnaissais le reste.

— Salut, moucheron, lui dis-je avec un grand sourire.

— On parle trop fort? s'inquiéta Anna.

Vêtue d'un pyjama rayé en flanelle, la fille sortit et vint se blottir contre moi.

— Pourquoi vous ne dormez pas?

— C'est à cause de moi, répondis-je.

Elle m'examina de la tête aux pieds et sourit quand son regard croisa le mien.

— Je te rattrape, déclara-t-elle.

— Inutile d'insister, grondai-je en la serrant sur mon épaule. Pour moi, tu auras toujours trois ans.

— J'en ai 14.

— Zut alors... soupirai-je en regardant Anna. Quand elle semblera plus âgée que moi, je vais perdre les pédales.

— Moi aussi, admit Anna avec un petit mouvement de menton.

Chloé lui transmit un message muet dont j'étais exclue, une inquiétude qu'elles partageaient sans moi.

— Qu'est-ce qu'il y a? demandai-je en relevant cet instant.

— Rien, rien... balaya Anna. On devrait toutes retourner se coucher.

Mon corps flanchait sous la fatigue.

— Bonne idée. Je suis épuisée.

— Est-ce que le canapé sera assez confortable?

— Oui. C'est parfait.

— Bon, à demain, alors, conclut-elle après avoir sorti du placard un oreiller et une couverture supplémentaire.

— Bonne nuit, moucheron, lançai-je tandis que Chloé regagnait sa chambre.

11

Je m'étais endormie sans m'en rendre compte ; j'avais dû sombrer juste après le moment où Anna était montée dans sa chambre. Comme c'était souvent le cas depuis sa mort, un rêve me fit revivre un instant de ma vie avec Betsy, que je regrettais tant.

— Chérie, tu veux bien ouvrir les yeux ?

Dans mon rêve, Betsy me parlait calmement, sans la moindre inquiétude. J'eus beau l'entendre, je n'osai pas bouger. J'étais désorientée, comme quand on sort soudain d'un profond sommeil et qu'on ne sait plus où l'on est. Je tentai de retourner dans l'obscurité apaisante, plus ou moins consciente de l'horreur à laquelle je devrais faire face si j'ouvrais les yeux, mais la conversation en cours attira mon attention et je me concentrai.

— Elle est dans un état flottant, ces jours-ci. Je suis sûre qu'elle s'en sortira, mais vous pourriez peut-être revenir demain, plutôt ? disait-elle d'un ton interrogateur.

— Oh non. Elle est entre de bonnes mains, je n'en doute pas. Nous voulions simplement voir comment elle s'en sort.

— C'est très gentil, vraiment.

J'osai entrouvrir mes paupières, juste assez pour distinguer l'homme qui se tenait dans le couloir. Grand et mince, il portait un manteau de laine gris. Je ne voyais pas son visage, mais il était accompagné d'un garçon de 9 ou 10 ans, qui profitait de la porte ouverte de ma chambre pour y glisser un œil curieux. Il me regardait d'un air triste, loin de se douter que je l'observais moi-même.

— Sans indiscrétion, est-ce que vous comptez la placer en famille d'accueil ? demanda l'homme.

— En fait, j'ai l'intention de l'accueillir chez moi, répondit Betsy d'un ton détaché.

— Très bien. C'est mieux pour elle.

Apparemment soulagé par cette disposition, il tira le petit garçon vers lui.

— C'est exactement ce que je me suis dit, moi aussi, confirma-t-elle.

— Bonne journée, mademoiselle.

La femme était complètement cachée mais, quand elle se pencha à l'entrée de la pièce, je vis sur ses yeux le reflet de mon visage inquiet.

— C'est maintenant que tu te réveilles, constata-t-elle. Tu as faim ?

Elle fila sans attendre vers la cuisine pour fouiller le frigo. Elle se comportait comme si ma présence était parfaitement normale. Elle avait des cheveux brun cendré, tressés le long de son cou. D'âge moyen, elle semblait fatiguée, sans rien perdre de sa beauté sauvage.

— Je m'appelle Betsy, m'expliqua-t-elle en revenant avec un sandwich à la dinde. Je t'ai apporté quelques livres, au cas où tu t'ennuierais, mais je n'ai pas la télé.

Elle posa le sandwich sur le buffet, me laissant le temps de lui répondre. Ce que je ne fis pas.

— Si tu as besoin de moi, je suis dans la salle de séjour.

— Je m'appelle Elyse, articulai-je tant bien que mal. Ellie.

Ce fut tout ce que je parvins à dire. Je n'osai pas formuler les questions qui flottaient aux frontières de mon subconscient.

— Quel joli prénom !

Elle sourit et s'éloigna.

Je compris que je me trouvais dans une chambre apparemment aménagée pour moi. Quelques vêtements pendaient dans un placard ouvert ; sur un buffet rose, dans le coin, je vis des livres et quelques poupées, adossées au mur, dont le visage joyeux se moquait bien de mon chagrin enterré. Sur la table de chevet se trouvait une lampe d'un rose assorti au meuble. Quant au couvre-lit, lui aussi rose, il semblait neuf. La vérité surgit alors : Betsy avait fait de cette chambre la mienne.

Les jours passèrent sans que je trouve la force de parler. La police passa plusieurs fois, et l'enterrement de mes parents se déroula sans que je sorte du brouillard. Seule avec moi-même, je fermais ma porte pour m'engloutir dans un chagrin noir et flou que je voyais dans le moindre recoin. Je passais mon temps à me perdre dans des livres et à dormir. Les mots de mon père résonnaient sans cesse dans ma tête : « Les gens comme nous ne pourraient pas vivre normalement s'ils étaient exposés. » Malgré mon comportement, Betsy vivait selon ses habitudes. Comme elle était infirmière, elle partait régulièrement en me laissant somnoler, et n'entrait dans ma chambre que pour m'annoncer son retour. Un soir, alors que je ne m'attendais pas à voir notre routine évoluer, la tête de Betsy apparut et prononça une phrase qui me prit de court.

— Bonjour, Elyse.

Elle se tut et reprit :

— Veux-tu venir lire dans le salon ce soir ?

Je ne parvins pas à la regarder dans les yeux. J'avais le cerveau en ébullition, ne sachant quoi dire ni quoi ressentir. On m'avait appris à rompre les liens avant même qu'ils ne se tissent.

— Bon… dit-elle en refermant la porte.

Mon combat intérieur avait sûrement duré trop longtemps.

La présence de cette femme était un rappel constant de l'absence de ma famille, un vide qui me paralysait, me creusait jusqu'aux os. J'en ressentais la douleur à chaque seconde. Désormais, tout ce que mes parents pouvaient me donner, c'était un creux — un creux avec lequel je devais apprendre à vivre, auquel je devrais m'habituer, parce que si je me laissais aller à aimer quelqu'un d'autre, cette perte se répéterait.

Malgré ma souffrance, je sentis que Betsy me traitait gentiment et je ne voulus pas être ingrate. Je franchis la porte entrouverte pour la rejoindre dans un coin confortable, près du feu. Elle m'adressa un regard ravi et se remit à tricoter, assise sur le canapé, absorbée par son émission de radio. Ce changement d'atmosphère me frappa et soudain, je sentis monter la peur, le trouble et la tension nerveuse. Je perçus sur ma bouche le goût salé des larmes, comprenant que, pour la première fois, je pleurais sur ce qui avait eu lieu. Me demandant si Betsy l'avait remarqué, je levai la tête. Elle me regardait, les bras tendus, et je me pelotonnai dans son affection chaleureuse, libérant un océan de chagrin.

— Comment je suis arrivée ici? demandai-je enfin.

C'était comme si je fendais la brume. Enfin je voyais quelque chose paraître devant moi. J'avais tant de questions à poser!

— Un gentil monsieur et son fils t'ont déposée ici. Ils se sont arrêtés sur les lieux de l'accident. Ma maison était la plus proche. Tu as eu de la chance qu'ils passent par là pour rentrer chez eux quand la tempête de neige s'est déclenchée.

Je n'avais pas l'impression d'avoir eu de la chance, non. Une culpabilité énorme et incessante m'écrasait la poitrine. Elle la lut sur mon visage et me serra plus fort.

— Tu n'aurais rien pu faire, Elyse, expliqua-t-elle avant de me laisser réfléchir un moment.

— Où sont mes affaires, la maison… tout ce qui appartenait à mes parents ?

— Ne t'en fais pas pour ça. Ici, l'adulte, c'est moi, d'accord ? J'en ai parlé au policier, il va s'occuper de tout. La maison t'appartient, ainsi que tout ce qu'elle contient. Je t'y emmènerai quand tu voudras.

Être ainsi consolée, m'entendre dire que tout irait bien, me soulagea. Les choses ne tourneraient peut-être pas rond, la situation basculerait quand cette dame apprendrait mon secret — j'étais plus âgée qu'elle — mais pour le moment, avoir 10 ans ne me déplaisait pas et j'étais heureuse de tenir sur ses genoux. Au bout d'un moment, elle reprit la parole.

— À mon tour de te poser une question. Comment se fait-il qu'une fillette de 10 ans adore lire Shakespeare ?

Je jetai un œil vers l'exemplaire de *Roméo et Juliette* que je serrais contre ma poitrine et je souris en moi-même avant de répondre.

— Il faut croire que je suis plus mûre qu'il n'y paraît.

Nous étions étrangement à l'aise ensemble, comme si elle faisait partie de ma vie depuis très longtemps. Je n'étais pas obligée de l'aimer, mais je sentais que c'était déjà le cas — et on n'éteint pas l'amour.

— Plus mûre, hein ? Mûre au point d'avoir quel âge, 37 ans ? demanda-t-elle d'un ton plaisant.

Elle n'était pas tombée loin, songeai-je. Je répondis trop vite :

— Dix ans. Pas plus.

— Ça veut dire que tu es en… en quelle classe ?

— Je ne sais pas. Il n'y a pas de classe dans l'enseignement à domicile.

— À domicile ?

La question s'adressait plutôt à elle qu'à moi.

— Ça serait un peu trop dur pour moi, ma puce. Je travaille, moi. Ça te plairait d'aller à l'école ?

J'étais mitigée dans mes sentiments. Pour moi, il n'avait jamais été question d'aller à l'école. Qu'allait-il se passer, sachant que je ne vieillirais pas ? Je ne pouvais rien en dire à Betsy. Elle m'aurait prise pour une folle. Accepter était vraiment risqué, je le savais, mais ma croissance retardée et mon secret ne poseraient pas de problème immédiat, et je dis oui.

— L'école, ça serait amusant, admis-je sans trop de conviction.

C'était une grande décision, et je ne pus retenir une certaine impatience devant cette expérience nouvelle. Après tout, il était courant de changer d'école. Dire adieu à ses amis, quoi de plus normal pendant l'enfance ? J'expliquerais tout à Betsy, le moment venu. Inévitablement. Pour le moment, j'allais sortir de l'angoisse persistante qui découlait de la perte de mes parents.

Pendant trois ans, tout alla bien — trop bien, même. Je me souvins du jour où cela prit fin, quand Betsy lança la conversation qui bouleversa ma vie.

— Elyse, il faut que je te parle, commença-t-elle alors que nous dînions. Depuis deux ou trois mois, je reçois des coups de téléphone. Les profs, la principale et même quelques parents d'élèves sont assez inquiets.

Cela me choqua. Pourquoi ces gens téléphonaient-ils ? J'avais de bonnes notes, de bons camarades, un bon comportement… Betsy répondit à ma question muette.

— Il s'agit de ton poids, ma chérie.

Elle regarda mon assiette, à moitié garnie de poulet, de petits pois et de pommes de terre.

— De ta taille, plus précisément. Il faudrait que tu passes des examens de contrôle à l'hôpital, je crois. Ces coups de fil ne m'ont pas inquiétée. Tu es en bonne santé, je le sais. Je te nourris. Je te fais faire des bilans de santé. Tu n'as jamais eu la moindre grippe. Tu comprends, je suis infirmière. Je pense pouvoir affirmer que ma fille est en bonne santé. Les gens se croient tout permis...

Je devinai qu'elle s'en voulait, qu'elle pensait avoir commis une erreur. Sa voix rageuse tremblait tandis qu'elle retenait ses larmes. Elle posa sa fourchette pour serrer sa tête entre ses mains.

— Hier, les services sociaux sont venus pour une visite de contrôle, Elyse, quand tu étais chez Anna. Je ne sais pas quoi faire.

Elle attendit. Un mot de consolation, un conseil, une explication, peut-être. Je devais lui parler, je le sentais. Je n'arrivais pas à croire que le moment était venu. Cela ne faisait que trois ans. Je n'avais pas prévu de passer à l'acte si tôt. Étais-je vraiment si petite ? Je redoutais les conséquences de mon aveu. C'était une sentence de mort qui détruirait mon quotidien, qui exploserait comme un rêve quand le réveil sonne.

— Maman...

C'était la première fois que je l'appelais ainsi. Ses yeux se levèrent comme si tout était normal, alors même que j'allais détruire tout espoir de normalité. Je fis tourner les pois dans mon assiette. J'étais incapable de regarder Betsy.

— Tu n'y es pour rien. J'ai un secret. J'aurais dû te le dire depuis longtemps.

Ses sourcils se rapprochèrent et se plissèrent profondément.

— Mes parents m'en avaient parlé.

Son trouble se transforma en inquiétude.

— De quoi s'agit-il ?

Et si elle ne me croyait pas ? Allais-je la perdre, elle aussi ? Quoi qu'il advienne, j'étais le dos au mur. Je n'avais pas de prise sur sa réaction, et je devais tout dire.

— Je sais pourquoi je suis si petite. C'est génétique, mais pas comme tu le crois. Je suis différente. Je vieillis plus lentement que les autres, beaucoup plus lentement. Comme mes parents.

— Pourquoi tu ne m'as jamais parlé de tes soucis de santé, Ellie ? Tu aurais été suivie par un médecin.

— Non, répondis-je d'un ton assuré. Ça n'a rien à voir. Les gens comme nous ne pourraient pas vivre normalement s'ils vivaient à la vue de tous.

— Les gens comme vous ?

— C'est mon père qui disait ça.

— Qu'est-ce que tu racontes, ma puce ? Je ne suis pas sûre de comprendre.

— Tu vas me prendre pour une folle, mais c'est la vérité, je te le jure. Quand mes parents sont morts, ils avaient presque 200 ans.

Elle eut un rire gêné, espérant que j'avais transformé la discussion en plaisanterie. Mon visage resta immuable, le temps qu'elle admette ce qu'elle entendait.

— Elyse, tu es sûre que ça va ? Tu sais bien que c'est impossible, voyons. La disparition de tes parents t'a fait souffrir, d'accord, mais tu es un peu…

— … Un peu folle, complétai-je.

J'allais la perdre. Elle ne me croyait pas. Je me mis à jouer nerveusement avec mes ongles. Qu'avais-je donc espéré ? J'allais devoir m'enfuir. Elle essaierait de m'emmener chez un médecin et là, tout s'écroulerait. J'aimais Betsy, mais je ne voulais surtout pas passer le restant de mes jours à me faire examiner et palper par des scientifiques obsédés par la mise au point d'une formule anti-âge. Le soir même, je m'enfuirais.

— Bon, Elyse, je sais que tu as une imagination débordante, mais là, c'est trop. Si tu es atteinte de graves troubles de santé, tu dois consulter un médecin, point final, annonça-t-elle fermement.

Ses mots me blessèrent. Je me sentais trahie et seule. Je détestais être ainsi prisonnière d'un corps d'enfant qui dissimulait toutes les années que j'avais vécues. Personne ne croit jamais un enfant. Je cherchai dans ma mémoire un détail que j'aurais entendu ou vu, jadis, et qui aurait prouvé que j'étais déjà vivante à cette époque-là, mais je ne trouvai que des souvenirs personnels. Et puis, soudain, cela me revint avec la force d'un coup de tonnerre.

— Emmène-moi dans ma maison! implorai-je en la suppliant du regard. Emmène-moi là-bas avant de prendre une décision, et si tu ne me crois toujours pas après ça, alors j'irai chez le docteur.

Les 30 minutes de route vers la ville perdue de Chilcoot furent silencieuses. Betsy avait les yeux rivés sur la chaussée, et ses sourcils froncés ne se relevèrent pas un instant. Devant les champs d'armoise qui s'étendaient à perte de vue, mon esprit se détendit, malgré l'idée de revoir ma maison, qui me mettait sur les nerfs.

— Il faut tourner ici, lui rappelai-je.

Nous nous engageâmes dans un chemin presque invisible, abandonné et envahi par les végétaux. Sur plus d'un kilomètre, il serpentait sur le sol accidenté, suivant les crevasses naturelles qui fendaient la terre, puis la vallée apparaissait, creuse comme un bol. Betsy y était déjà venue, mais la vue ne pouvait pas lui faire le même effet qu'à moi. La maison était là, au cœur du vallon, comme si elle avait glissé jusqu'au point le plus profond du trou. Pour des gens non initiés, elle était insoupçonnable, cernée de grands arbres qui la camouflaient.

Devant l'entrée, Betsy soupira. Je l'entendais presque penser, tant son expression trahissait ses sentiments.

— Faut-il que j'entre avec toi ? demanda-t-elle.

— Non.

— Alors je te laisse un quart d'heure. Ensuite, on rentre et tu finis la journée dans ta chambre.

Cette punition était le cadet de mes soucis.

— Bon, lui lançai-je en claquant ma portière.

D'un pas rapide, je gravis le perron et franchis la porte sans prendre une seconde pour réfléchir. Je n'étais pas venue déterrer des souvenirs. Je devais me concentrer. Je longeai la table de la cuisine, résistant à la tentation de m'asseoir, pour filer vers la chambre de mes parents.

La porte était fermée. J'avais moi-même veillé à la tirer. Pénétrer dans cette pièce ravivait mes plaies ; je n'y mettais jamais un pied, sauf lorsqu'il le fallait absolument. Le lit était toujours défait, les produits de beauté de ma mère posés en vrac sur la coiffeuse. Tout était resté intact, comme sur une scène de crime, afin de me prouver qu'ils avaient vécu là. Toutefois, la poussière démontrait au contraire qu'ils ne reviendraient pas. Je pris le temps d'accepter cette idée, de humer le parfum fleuri de ma mère et d'examiner les objets qu'ils avaient laissés. Même leurs vieilles serviettes de bain poussiéreuses me semblaient désormais précieuses.

Je songeai que je ne disposais que d'un quart d'heure, et m'empressai de m'agenouiller près du lit pour glisser ma main sous le matelas. Mes doigts rencontrèrent une latte surélevée, que je tirai pour libérer la boîte dorée, celle qui expliquerait tout. Sans l'ouvrir, je la saisis et quittai la chambre en tirant la porte.

Constatant que je revenais les mains pleines, Betsy ne put se retenir et oublia qu'elle devait faire mine d'être en colère.

— Eh bien ? Vas-tu me montrer ce qu'il y a dans cette boîte ?

Elle était incapable de rester fâchée. Là, sa curiosité n'avait rien de surprenant. Le coffret, d'une belle couleur dorée, était gravé de motifs floraux sur toute sa surface. Grâce à un loquet élaboré, il fermait aussi soigneusement qu'une malle au trésor. Un tel emballage contenait forcément des secrets de famille bien enfermés.

Pourtant, ce qui s'y trouvait semblait plutôt ordinaire : un tas de photos, des lettres d'amour que mes parents avaient échangées au fil des ans, quelques bijoux, de vieilles pièces de monnaie.

— Voilà, dis-je en la tendant à Betsy. Tu trouveras là-dedans des photos de moi quand j'étais bébé. Je suis née en 1923. Elles ne sont pas géniales, mais tu me reconnaîtras.

Son expression vide, elle feuilleta les images du bout des doigts ; le temps qu'elle mit à réagir me sembla interminable.

— Tiens, celle-ci, conseillai-je en glissant la main dans la boîte, sur ses genoux. Regarde ce qui est écrit derrière : *Elyse Ellen Adler, été 1939*. On dirait que j'ai trois ans, mais en vérité, j'en avais 17.

Je pris un autre cliché.

— Là, je suis avec ma mère près du ruisseau. J'allais y jouer tout le temps. *Juillet 1953*. J'ai l'air d'avoir six ans alors que j'en ai 30.

Je sélectionnai ainsi photo après photo pour lire les inscriptions, au dos, afin de prouver ce que j'avais vécu. Quand je m'arrêtai, Betsy rassembla les images et les remit dans la boîte, perdue dans ses pensées.

— Je ne sais pas quoi dire, Ellie.

Elle me regarda en face, soudain plus attentive à celle qu'elle voyait.

— C'est vraiment…

Sa voix se perdit dans le silence de sa réflexion.

La peur me tendit les nerfs. J'avais chaud et ma tête tournait. Était-ce une erreur de lui parler, de l'aimer ? La confiance était si trompeuse. J'avais tout misé là-dessus, mais c'était une faiblesse qui allait me perdre.

— Il va falloir partir, annonça-t-elle, certaine de sa décision. On ne doit pas rester ici. C'est trop risqué. Nous déménagerons tous les quatre ou cinq ans. Tout ira bien.

Ces mots me soulagèrent et balayèrent mon inquiétude comme un filet d'eau fraîche éteint le feu. J'avais été folle de penser qu'elle me trahirait. Ce qui m'avait trahie, je le compris alors, c'était la peur.

— D'accord, gémis-je sans remarquer mes larmes.

— N'aie pas peur, ma chérie, me rassura-t-elle. Tout ira bien.

Je sentis la peau douce de sa main essuyer ma joue humide.

— Je t'aime, Elyse. On s'en sortira.

Je me serrai contre elle le plus possible sur la banquette de la Chrysler pour me blottir dans le creux de son coude, et je me mis à sangloter.

* * *

Je m'éveillai en larmes, mais je revins bien vite à la réalité. Anna s'affairait dans la cuisine et je sentis un merveilleux parfum de petit déjeuner. Je m'essuyai les joues et me redressai.

— Je t'ai préparé ce que tu adores, annonça-t-elle en s'approchant de moi et de la table. Des crêpes et des œufs.

— Merci.

Je ne me souvenais pas à quand remontait mon dernier vrai petit déjeuner. Depuis que j'habitais en ville, je me contentais de pop-tarts, de bagels, de céréales et de ce que je pouvais trouver chez Cearno, rien que du tout-prêt.

— Ça sent bon.

— Dis donc, j'ai pensé à William cette nuit. Est-ce que tu lui as laissé le temps de s'expliquer, au moins ? demanda-t-elle non-chalamment en faisant sauter une crêpe.

Anna n'était pas du genre à tourner autour du pot. Elle allait droit au but, comme toujours. J'aurais voulu jouer celle à qui une bonne nuit de sommeil a remis les idées en place, faire comme si Kara, Ryder et William s'étaient évaporés avec la brume du matin, mais j'en étais loin.

— Il n'est pas celui que je croyais, affirmai-je en m'efforçant de cacher ma déception.

— Oui... admit-elle.

Je compris que je n'avais pas réellement répondu à sa question.

— Il m'a trahie... manipulée. Il n'y a rien à expliquer.

— Mais tu éprouves toujours des sentiments pour lui, acheva-t-elle.

Elle avait raison, évidemment. Cela se lisait sur mon visage.

— Ça ne se commande pas, tu sais.

— Peut-être que si. Qui te dit que tu ne ressens pas de véri-tables sentiments pour lui, en plus de ceux qu'il a déclenchés sciemment ?

— Peu importe. Je ne veux pas aimer quelqu'un qui a voulu se jouer de moi.

— Donc, tu ne lui as jamais demandé pourquoi il avait agi comme il l'a fait ? insista-t-elle.

— Non. En fait, je ne lui ai pas parlé. Je me suis enfuie.

— Quand je pense que tu es censée être plus mûre que moi ! pouffa Anna. Tu as 89 ans. Comment fais-tu pour être aussi naïve ?

— Avant lui, je n'ai jamais été amoureuse, plaidai-je. J'ai beau être débutante, je suis quand même assez fine pour me rendre compte qu'on profite de moi.

— Ce que je veux te faire comprendre, c'est qu'il y a peut-être une bonne raison pour expliquer tout ça. Tu y as pensé ?

Elle me tendit mon assiette et s'assit pour manger.

— Je sais ce qu'il y a derrière, avouai-je entre deux bouchées d'œufs. Et j'estime que ce n'est pas une bonne raison.

— Malgré cela, il est important de lui permettre de s'expliquer.

Elle resta silencieuse, le temps que j'adopte son point de vue tandis qu'elle mangeait ses crêpes. Son plaidoyer était assez efficace, je dus l'admettre. Elle tentait peut-être de me consoler, tout bêtement.

— Tu sais, dit-elle en brisant le silence, tu peux emprunter une tenue à Chloé, si tu veux prendre une douche et te changer.

Je me penchai vers mes vêtements. Le sang de la jeune fille avait taché mon tee-shirt et mon jean.

— Où est Chloé ? demandai-je pour éloigner Kara de mon esprit.

— Au lycée.

Elle attrapa sa boîte à pilules verte, au milieu de la table, et ouvrit le casier du jour.

— Zut. Je voulais lui dire au revoir.

Anna venait de glisser dans sa bouche une bonne poignée de médicaments. Une gorgée d'eau les fit disparaître en un instant.

— Pas grave, me consola-t-elle. Tu la verras à l'Action de grâce. Tu viendras faire la fête avec nous, pas vrai ?

Elle parlait d'un ton délibérément enthousiaste, comme pour détourner mon attention de sa boîte à pilules.

— Pas de problème, dis-je sans me laisser distraire. Depuis quand tu avales tous ces cachets ?

J'étais allée droit au but, selon sa propre méthode.

— Je suis vieille, Elyse. Qu'est-ce que tu t'imagines ?

Elle s'efforça d'en rire, mais je ne me laissai pas duper et j'attendis une véritable réponse. Elle me regarda dans les yeux, les sourcils levés, comme pour me dire, sans prononcer un mot : « C'est la vie. »

— Qu'est-ce qui ne va pas ?

Ma question la troubla plus que je n'aurais voulu et, quand elle trouva la force de me répondre, la muraille derrière laquelle elle se cachait jusqu'alors s'effondra.

— J'ai un cancer.

Son aveu fut comme un coup de vent glacial et dévastateur.

— Est-ce que tu...

Je fus incapable d'achever. Je ne parvenais pas à prononcer le mot, ni même à penser qu'elle était peut-être gravement atteinte.

— C'est un cancer du sein en phase terminale, confessa-t-elle, les larmes aux yeux, malgré ses efforts pour les retenir.

— Chloé est au courant ?

— Oui. Elle le sait, répondit Anna avec un soupir découragé.

— Ça va aller, lançai-je avec espoir. Pas vrai ? Tu sais, il y a plein de gens qui survivent au cancer.

Ma tentative de consolation, qui insistait sur une triste vérité, produisit l'effet inverse, et Anna ne put retenir ses sanglots.

— Que dit ton médecin ? Il n'y a donc rien à faire ?

Ses yeux répondirent avant qu'elle ne parle.

— On a essayé, mais c'est trop avancé. Il n'y a plus d'espoir.

Je restai muette. Que dire ? Il n'existait pas de mots assez rassurants, rien ne pouvait améliorer la situation.

— Je m'en veux beaucoup. Si seulement j'y étais allée plus tôt...

— Ce n'est pas ta faute, coupai-je, choquée.

— Mais si! lança-t-elle. J'ai trahi ma fille. Chloé n'est encore qu'une enfant. Et moi, je vais l'abandonner!

— Tu n'as pas choisi, Anna. C'est injuste, oui. Mais pas…

— Quelle importance, au fond? demanda-t-elle avec rage. Son père est parti, et quand je m'en irai, elle sera seule.

— Je serai là, moi, avançai-je dans l'espoir de l'apaiser.

Elle me sourit malgré son chagrin.

— C'est gentil, Elyse, mais c'est de sa mère qu'elle a besoin. Personne ne peut remplacer une mère. Jamais personne ne l'aimera comme moi.

La douleur familière qui me revint alors somnolait en moi depuis des années; non, jamais on ne guérit d'avoir perdu sa mère. Elle avait raison. Une mère ne se remplace pas. Betsy m'avait aidée, adoptée, mais elle n'était jamais parvenue à combler le trou laissé par la perte de ma mère. Personne ne pouvait la faire revenir. Soudain, ma souffrance se réveilla. Elle m'était insupportable, tout aussi insupportable que l'idée de voir Chloé revivre mon propre cauchemar. Anna me regarda dans les yeux, apparemment consciente de mon refus de la vérité.

— Il existe des maladies incurables, Ellie, conclut-elle pour passer à autre chose. Bon, je vais te sortir des vêtements et une brosse à dents. Il faut que tu te fasses une beauté avant de rejoindre ce garçon, et moi, j'ai rendez-vous chez le médecin, donc…

Je saisis sa main à l'instant où elle passait près de moi.

— Tout ira bien.

— Je sais, mentit-elle.

— Je trouverai une solution, dis-je, espérant que mon pouvoir la guérirait. Combien de temps avons-nous?

Elle se tut et j'en eus la nausée.

— Un certain temps, affirma-t-elle sans prendre ma promesse trop à cœur.

Elle serra ma main jusqu'à ce que je la lâche, puis monta l'escalier pour me chercher des habits.

Je réglai le robinet au plus chaud pour me prouver à moi-même que je n'étais pas engourdie. L'eau produisait un effet agréable, comme si je passais mon désespoir à la machine; je fis durer la douche bien plus longtemps que nécessaire. Le merveilleux sourire de William me brûlait toujours le crâne, mais je m'efforçai de le repousser. Le regard d'Anna m'avait donné un nouveau but, et j'avais bien l'intention de ne jamais la laisser tomber. Soigner : c'était peut-être le but de mon existence.

Je ne voulais pas rentrer chez moi. Ni revoir William. Rien que de penser à lui, je sentais un grand vide se former dans ma poitrine.

J'enfilai le Levi's moulant de Chloé et son chandail rose vif, orné d'un cœur en strass, je me brossai les dents, puis je me coiffai. Une nuit de larmes salées m'avait asséché la peau. En cherchant un pot de crème, je tombai sur une collection d'antirides et de sérums anti-âge. Je fus prise d'une montée de culpabilité en regardant mon reflet dans le miroir. Mes joues de nonagénaire étaient fermes et roses, et mes cheveux, d'un brun intense et rayonnant, n'avaient pas blanchi. J'incarnais la santé dans toute sa splendeur.

— Tu es bientôt prête ? demanda Anna derrière la porte.

— Oui. J'arrive.

Je m'efforçai de remettre à sa place chacun des élégants pots de cosmétique.

— Voilà, je suis prête. Désolée d'avoir traîné, mais la douche était agréable. C'est à quelle heure, ton rendez-vous ?

— Dans une dizaine de minutes, dit-elle en descendant l'escalier devant moi.

— Je devrais t'accompagner.

— Non, tu devrais rentrer chez toi. Va trouver William et écoute-le. Si ce qu'il dit ne te plaît pas, tu lui lâcheras ce que tu as sur le cœur, et on n'en parlera plus.

— Je préférerais rester ici.

Elle roula des yeux.

— Pas question. Je te fiche dehors, c'est décidé. Tu vis un moment important, Elyse. Il existe d'autres gens comme toi. C'est un monde nouveau. Il faut que tu y trouves ta place.

Je fourrai mes vêtements sales dans mon sac avant de passer la porte avec elle.

— Tu n'as peut-être pas tort, admis-je.

Mais mon raisonnement était tout à fait différent. Ce n'est qu'en rentrant que je pourrais trouver le moyen de la guérir.

— J'ai même raison, insista-t-elle. On ne résout pas un problème en le fuyant, Ellie.

— Et toi, tu y vas toute seule, ça ne pose pas de difficulté? Fais attention, surtout. Si tu es suivie, appelle-moi.

Elle m'adressa un regard bien décidé.

— Je suis une grande personne, Elyse. Je m'en sortirai.

— Au moins, n'éteins pas ton portable.

Je la pris dans mes bras en me demandant combien de temps il me restait pour la sauver. Elle me serra avec toute la force de son corps pourtant fragile, sans craindre d'en faire trop. Nous étions plus proches que jamais, sans la moindre gêne ni le moindre verbiage, de véritables amies, tout simplement. Des sœurs de sang, pour toujours.

12

Sur le chemin du retour, qui fut long, je ne pus m'empêcher de noter que j'étais encore plus accablée par mes pensées. Même si ma nuit chez Anna m'avait calmée et aidée à regarder autrement ma relation avec William, sa maladie était venue s'ajouter à mes inquiétudes et, plus je m'éloignais d'elle, plus je me sentais impuissante. « Chaque chose en son temps », me dis-je. Rentrer chez moi allait répondre aux problèmes de santé d'Anna, car c'était pour moi le seul moyen d'apprendre comment la guérir.

Mon envie de revoir William ne se relâcha pas. J'en vins à ordonner au train de rouler plus vite. Cette énergie, irrationnelle et hésitante, me poussait de l'avant aussi fort qu'elle m'avait d'abord incitée à m'enfuir. Voir William était une étape pour apprendre à soigner ; néanmoins, je ne pouvais pas me cacher mon désir de le voir pour lui-même. Malgré mes efforts pour la repousser, cette envie omniprésente s'était enracinée.

Arrivée à ma station, je longeai en courant, ou presque, les immeubles qui me séparaient encore de chez moi. Quand je tournai le dernier coin de rue, quelque chose en moi s'attendait à le voir, et je poussai un profond soupir de soulagement en le voyant apparaître. Il m'attendait devant chez moi, assis sur le perron, les bras croisés autour des genoux. En entendant mes pieds frotter le sol, il tourna la tête, fatigué et défait. Aucun sourire ne me réchauffa le cœur. Nos regards se rivèrent, le sien porteur d'inquiétude, le mien exprimant une reddition irréfutable.

— Tu es là depuis longtemps ? demandai-je en m'efforçant de parler d'une voix calme et posée.

— J'y ai passé la nuit, dit-il en restant assis.

— Tu as dormi là ?

— Dormi ? Pas beaucoup, non.

Je n'y comprenais plus rien. Il ne se comportait pas comme un manipulateur, ou alors il était vraiment très fort.

— Pourquoi ? lui demandai-je d'une voix suppliante.

— J'étais inquiet. Kara m'a parlé de la fille. Pourquoi tu t'es sauvée, Ellie ?

Je lui adressai un regard perplexe. À quoi jouait-il ? La raison de mon départ n'était donc pas évidente ? Il se leva, les sourcils froncés, pour m'interroger :

— Que s'est-il passé ?

Je ne pouvais pas lui parler d'Anna, mais plus je pensais à ses mensonges, plus je me sentais frustrée. Sous le coup de ces émotions contradictoires, je ne voulais qu'une chose : rester forte et lui rendre la monnaie de sa pièce, comme je m'y étais préparée.

— Tu t'es bien moqué de moi, répliquai-je d'une voix tremblante tandis que mes premières larmes coulaient et que, malgré mon effort, une vague de questions m'échappait. Que fais-tu ici ? De quel droit me traites-tu comme ça ? Pourquoi es-tu venu m'attendre ? Est-ce que…

— Moi, je me suis moqué de toi ? coupa-t-il. Qu'est-ce que je t'ai fait ?

Il était plus près de moi, affichant ses traits fulgurants comme autant d'armes destinées à réduire mon envie de me mesurer à lui. Ses lèvres rouge rubis étaient à ma portée, humides et offertes. Je mourais de désir malgré mon souvenir très clair du sort qu'il m'avait infligé.

— Tu m'as menti, ripostai-je. Tu m'as manipulée pour que je tombe amoureuse de toi.

Submergée, éperdue, je m'apprêtai à repartir en courant quand les paroles d'Anna me revinrent en mémoire. « On ne résout pas un problème en le fuyant, Ellie. »

Deux bras finement sculptés s'enroulèrent autour de moi pour apaiser mes épaules tremblantes. Je sentis son visage s'enfouir sous mes cheveux, son corps se serrer contre mon dos. Je soupirai profondément, incapable de repousser le plaisir de ce contact.

— Tu crois vraiment ça ?

Son buste trembla et il se mit à rire.

— Ça n'a rien de drôle, arguai-je en le repoussant malgré moi.

Je me remis face à lui.

— Tu es amoureuse de moi, affirma-t-il avec un grand sourire.

— Uniquement parce que tu manipules mon cœur et mes sentiments par je ne sais quels moyens. Kara m'a expliqué que tu descendais d'Aphrodite. Crois-moi, jouer ainsi avec les émotions des autres, c'est de la cruauté.

— Elyse, mon pouvoir ne s'exerce pas de cette manière, répliqua-t-il sans perdre son sourire.

— Comment ça ? Quelle manière ?

— Je dois être en présence de la personne visée pour que ça ait de l'effet. En plus, je n'ai fait qu'un essai sur toi, et les effets ne sont jamais permanents.

J'avais encore des doutes. Je préférais peut-être penser que c'était trop beau pour être vrai. Je croisai les bras pour me protéger. Comment être sûre qu'il n'était pas en train de me manipuler ?

— Je ne suis pas convaincue, dis-je d'un ton sceptique.

— Tête de pioche… ironisa-t-il.

Ses yeux verts se firent plus tranchants et ma sensation d'euphorie se répandit soudain. Je ne pouvais plus parler. J'étais sous l'effet d'une force puissante, plus proche de l'entichement que de l'amour. Il m'était impossible de penser à autre chose que la beauté de William. J'étais sa victime, son esclave, parce qu'il était là. Un élan me poussait à tout faire pour lui plaire, et je savais, sans le moindre doute, que j'étais prête à lui obéir en tous points. Enfin, ses yeux se fermèrent et il se détourna, le temps que je revienne à moi.

Je toussotai, rougissant de gêne, tandis que la sensation se dissipait. Je fus horrifiée par mon comportement, et en même temps soulagée de savoir que William n'était pas le traître que j'avais soupçonné.

— … donc, comme je le disais, tu es amoureuse de moi.

J'étais figée devant ma propre confession.

— Comment je pouvais le savoir ? demandai-je, morte de honte.

— Tu n'avais qu'à me le demander.

C'était probablement la réponse la plus rationnelle.

— Je suis désolée…

William redevint lui-même, satisfait par mes excuses maladroites. Je ne savais pas quoi dire, mais il n'avait pas besoin de mots. Il m'attira vers lui, prit ma tête entre ses mains et approcha sa bouche. Ses lèvres, veloutées et délicates, suivirent le même rythme que les miennes. Son haleine était douce et mentholée, et à chaque frôlement de ses lèvres, mon cœur battit plus vite pour inonder mon corps d'une chaleur bouillonnante. Quand il se détacha de ma bouche, ses lèvres ne s'éloignèrent pas, mais remontèrent de ma joue à mes oreilles.

— Je t'aime aussi, Ellie, murmura-t-il.

Je fondis au son de sa voix grave et grondante, sans être complètement libérée de mes doutes.

— Comment peux-tu en être sûr ?

— Je suis expert en la matière, non ? blagua-t-il.

— La ferme ! dis-je en riant. Donc, après avoir passé la nuit devant ma porte, tu as envie d'entrer, je suppose ?

— Non, en fait, je comptais rester assis pendant encore une heure ou deux.

Je roulai des yeux sans retenir un petit sourire.

— Mais oui, je vais monter chez toi, me rassura-t-il.

— Tant mieux, parce que j'ai besoin de ton cerveau. J'ai des questions à te poser, annonçai-je en déverrouillant la porte.

— Moi aussi, figure-toi, m'apprit-il, soudain plus sérieux. Où étais-tu ?

— Dans un motel, mentis-je tandis que nous montions vers mon appartement.

D'un ton soupçonneux, il reprit :

— Pas mal, ce chandail. Je ne savais pas que tu aimais le strass.

— Oui, bon... À cause de Kara, j'étais tachée de sang, et j'ai... récupéré ça dans une boutique d'occasion, pas loin d'ici. C'était tout ce qu'il y avait.

Je jetai mon sac sur le divan.

— Je reviens tout de suite. Je veux passer des habits à moi, justement.

Mon mensonge m'avait aussitôt fait honte, et je voulais me donner le temps de réfléchir à la situation d'Anna. J'étais certaine que William ne partagerait pas mon plan.

Il faisait si beau depuis la veille que j'enfilai un short en jean et un débardeur bleu. Je passai une main dans mes cheveux lisses avant de me pincer les joues pour me colorer le visage. Derrière la porte, William demanda :

— Tu es habillée ?

— Oui.

Il jeta un coup d'œil, une mèche flottant devant ses yeux de la façon qui me plaisait tant.

— Qu'est-ce que tu veux savoir ? reprit-il en retirant ses tongs pour s'allonger sur mon grand lit.

— Ah…

Je ne voyais pas comment formuler ma question. Je n'allais tout de même pas lancer : « Dis-moi, comment fait-on pour soigner un être humain atteint d'un cancer ? », surtout après l'épisode de la nuit précédente.

— C'est à propos de mon pouvoir. Je ne sais pas soigner autre chose qu'une plaie.

— C'est-à-dire ?

— Mettons… un œil au beurre noir, improvisai-je.

Il hocha la tête, le temps de réfléchir.

— Franchement, je ne sais pas. Si j'ai réussi à te soigner la jambe, c'était grâce à Kara. Je ne sais pas d'où elle tenait l'information mais, le soir où elle t'a lancé son couteau, elle m'a expliqué comment refermer la plaie.

Je m'adossai à ma chaise de bureau, face à lui.

— Je ne me souviens pas de ça.

— C'est normal. Entre autres dons, elle communique par télépathie.

— Quoi, elle t'a parlé mentalement ?

— Oui, confirma-t-il négligemment. Tu pourrais te renseigner auprès de Iosif. Il saurait, lui.

Je l'examinai, à l'autre bout de la pièce, notant les petits détails qui lui donnaient sa beauté unique. Il jeta un œil sur les livres posés sur ma table de chevet.

— *Roméo et Juliette*? releva-t-il en prenant le volume. « Si l'amour est brutal avec toi, sois brutal avec l'amour, perce l'amour qui te perce et tu le posséderas. »

Il m'adressa un bref regard à me rompre le cœur.

— C'est mon passage préféré.

Il tourna les pages sans se presser. En lui, tout me semblait littéralement parfait. Ses cheveux épais, de couleur miel doré, reflétaient la lumière quand il se passait la main sur la tête. Dans ses yeux, le vert était encerclé d'une fine ligne brune. Ses lèvres, faites pour embrasser à la perfection, glissaient sur ses dents en un sourire éblouissant. C'était un sourire contagieux, qui envahissait la pièce et attirait aussitôt l'attention. Quant à son corps, il était puissant et musclé, et les détails un peu frustes de son visage faisaient de lui un homme, et non un jeune garçon. J'aurais pu passer ainsi des heures, des jours, à l'examiner dans le moindre détail, la moindre imperfection, la moindre moucheture de sa peau.

— Tu es sûr que ton pouvoir ne…

— Ne quoi ? demanda-t-il avec impatience.

— … ne produit pas des effets à long terme ?

— C'est à toi de me le dire ! répondit-il en riant.

Je rougis en songeant à l'aveu que je lui avais fait sur le perron.

— J'aimerais mieux garder ça pour moi.

— La réponse est non. Personne n'en a éprouvé l'effet très longtemps.

— Pas même Kara ?

Jusqu'alors, je ne m'étais pas rendu compte que cette question me tourmentait. Je l'avais enfouie en moi, espérant ne jamais la poser, mais je voulais savoir à quoi m'en tenir.

William soupira en regardant ailleurs.

— Je craignais d'en entendre parler, admit-il.

— Il y a donc quelque chose entre vous.

— Non, assura-t-il. Kara… a des problèmes.

— J'avais deviné, ironisai-je en allant m'asseoir près de lui.

Il s'adossa à la tête de lit, et je me pelotonnai contre lui.

— Quand on était petits, on était les meilleurs amis du monde, elle et moi. Avant la guerre, on se voyait tous les jours. C'était pour ainsi dire ma sœur. Par exemple, quand elle venait chez moi, on jouait au gendarme et au voleur, on se cachait pendant des heures, au point de rendre fous nos parents, avant de les supplier de nous laisser passer la nuit chez l'un ou l'autre… Nous étions inséparables.

Je me tournai vers lui, fixant des yeux le muscle palpitant de sa joue.

— Qu'est-ce qui est arrivé ?

— La guerre. Au début, nous étions encore des enfants, on avait à peine une cinquantaine d'années. Il n'est pas facile de faire des rencontres pendant une guerre, surtout si on est le fils du chef des rebelles. Kara était ma seule amie. Quand le Conseil s'est aperçu qu'elle descendait de Prométhée, elle a été recherchée. Ils voulaient exploiter son pouvoir : lire dans la tête des autres. Ils ont fini par lui mettre la main dessus.

Je sentis mes lèvres s'écarter sous le coup de la surprise.

— Mais pourquoi est-elle restée de leur côté, William ? La guerre est finie, pas vrai ? Pourquoi ne se libère-t-elle pas ?

— Elle ne peut pas se libérer, Elyse. Elle n'a pas le choix.

— Pourquoi ?

Il reposa sur ma table de chevet le livre qu'il avait feuilleté et se mit face à moi. Pour lui, la réponse était une évidence.

— Ils les tueraient. Elle et sa famille.

C'était désespérant. On comptait donc sur moi pour combattre un ennemi si cruel ? Je me sentais déjà écrasée par une pression insupportable. Je ramenai mes genoux sous mon menton.

— Qu'est-ce qu'on attend de moi, William ? Je n'ai rien d'une meneuse. Je ne suis pas capable de… Comment pourrais-je vaincre le Conseil ? C'est impossible.

— Tu permets que je te parle franchement ? demanda-t-il en penchant la tête pour me regarder dans les yeux. Je ne tiens pas à ce que tu le fasses.

— Quoi ?

— Comme l'a dit mon père, rien n'est certain. Et si c'était toi qui avais raison ? Tu sais, je me croyais capable de rester neutre, convaincu que l'idée de te voir mener le combat ne me ferait ni chaud ni froid. Je ne savais pas encore que…

— Que quoi ?

— Que mon amour pour toi viendrait tout perturber.

Il avait déjà prononcé le mot « amour », mais sur le moment, je ne l'avais pas cru. Cette fois, le terme m'envahit et ma prudence en fut aussitôt pulvérisée.

— Comment réagirais-je si tu étais blessée ou tuée ? Je ne me le pardonnerais jamais.

Je voulais changer de sujet. Tout cela me dépassait. Je parvins à le forcer de parler d'autre chose.

— Pourquoi m'as-tu menti ? À propos de ton pouvoir.

Il réfléchit.

— Je n'ai pas menti. Au sens strict, précisa-t-il.

— Admettons… Pourquoi ne m'as-tu pas parlé de ta lignée ?

— Je ne sais pas. C'était débile de ma part, déplora-t-il en secouant la tête. Je ne voulais pas que tu doutes de tes propres sentiments. Ni que tu te demandes si tu ressentais vraiment quelque chose ou si c'était moi qui te forçais à l'éprouver. C'est bien réel, tu le sais, maintenant ?

— Oui, je le sais.

C'était en effet plus vrai que tout ce que j'avais connu jusqu'alors, à tel point que je ne voyais pas comment affronter une réalité qui ressemblait tant à mes rêves.

— Écoute, dit-il en se passant la main sur le cou. Je dois t'avouer autre chose.

Je sentis mon visage se tendre sous le coup de l'appréhension. Après tout ce qu'il m'a appris, je ne pouvais pas croire qu'il restait encore quelque chose à me faire savoir. Anxieuse, je l'encourageai :

— Quoi ?

— Je comptais sur Iosif pour t'en parler, mais apparemment, c'est lui qui compte sur moi.

— C'est donc si terrible ?

— Ça dépend, admit-il en riant. Je ne trouve pas, moi.

Il se redressa, toujours assis sur le lit, pour me prendre la main.

— Tu sens cette chaleur ?

Le rayonnement habituel passait de sa paume à la mienne.

— Oui.

J'attendais d'apprendre la vérité. Je sentais bien qu'il se tendait. Il déglutit avant de reprendre la parole.

— Cela se produit tous les 500 ans, entre deux personnes.

— Je m'en doutais, avouai-je en serrant mes doigts autour des siens. Je me doutais bien que c'était un signe.

— Ça nous permet de nous trouver et, une fois face à face, d'être absolument certains.

— Certains de quoi ? demandai-je impatiemment.

— Que nous sommes la nouvelle mère et le nouveau père. Les futurs parents de l'oracle de la prochaine génération.

Il attendit ma réaction, ne sachant si elle serait positive ou négative.

— Je ne comprends pas, plaidai-je. Nous sommes censés avoir un enfant? Quand? demandai-je, le souffle de plus en plus rapide. Maintenant?

Il rit, comprenant que j'étais au bord de l'hystérie.

— Mais non, me rassura-t-il. Pas tout de suite. Tout ce que ça veut dire, c'est que tu es coincée avec moi, que cela te plaise ou non. Le destin nous maintiendra ensemble, car nous sommes faits l'un pour l'autre, comme des âmes sœurs.

Il me posa un baiser sur la main pour me calmer.

— Quand tu seras prête, dans très longtemps peut-être, alors nous aurons un enfant.

— Comment peut-on être les parents d'un oracle? demandai-je, pas encore convaincue. Ni ta lignée ni la mienne ne possèdent un tel pouvoir.

— L'oracle n'est pas exactement un descendant d'une lignée précise. C'est plutôt un phénomène qui se manifeste tous les 500 ans sur un couple différent, quelle que soit leur ascendance. Cette fois, c'est sur nous que ça tombe.

Je savais que, pour William, c'était une chance. Je partageais vaguement son opinion, mais l'idée que mon avenir était écrit me faisait peur. Tant de gens comptaient sur moi, misaient tout sur mes actes et ma personne. C'était, là encore, une mission que je n'étais pas sûre de pouvoir accomplir. Mais il me plaisait de voir en William mon âme sœur, et d'être destinée à connaître l'amour. C'était ce que j'avais toujours voulu.

— Ça va? s'exclama-t-il, hilare, en m'adressant un sourire aussi beau que douloureux. Tu ne dis plus rien.

— Désolée, parvins-je à articuler. Je crois que je suis en état de choc.

— Oui, on est loin du traintrain quotidien.

La chaleur circulait toujours entre nos mains, comme pour nous rappeler que nous étions complémentaires.

— En tout cas, tu avais raison, lui dis-je pour le réconforter. Ce n'est pas une mauvaise nouvelle.

Je me penchai pour déposer un baiser sur ses lèvres délicates et savourer l'instant, mais il me repoussa bien trop tôt.

— Donc, tu es en train de me dire que tu m'aimes, me taquina-t-il.

— Ai-je le choix?

Il ne put se retenir de sourire.

— Non.

— Et maintenant? demandai-je en revenant à la réalité.

— Tu veux descendre au café avec moi? dit-il en regardant l'horloge. Je dois y aller.

13

Dès l'instant où j'entrai au Cearno avec William, je sentis que les choses ne tournaient pas rond. Rachel, Paul et Nics, tous les trois attablés, tournèrent la tête vers nous. William perdit son sourire.

— Où est Sam ? interrogea-t-il, incapable de cacher son inquiétude.

— On comptait sur toi pour nous le dire, répondit Paul tandis que Nics rabattait sa mèche et filait vers les toilettes, de toute évidence bouleversée.

Je la comprenais. Si elle en savait autant que moi, il était normal qu'elle ait envie de se sauver. Mon estomac se noua et j'eus envie de vomir. J'avais complètement oublié Sam. Kara avait été forcée d'exécuter la fille, mais elle n'avait pas parlé de Sam.

— Son téléphone n'a sûrement plus de batterie ? demandai-je en espérant que c'était le cas.

— Je n'en sais rien, dit Rachel, les yeux baissés vers la table. Il sonne dans le vide, et il n'y a personne chez lui.

Je consultai William, sachant que Kara lui avait tout expliqué ; il n'était pas rassuré.

— Aujourd'hui, il est de service, précisa-t-il pour rassurer tout le monde. Il va arriver.

— À condition que le Conseil…

William m'adressa un coup d'œil qui me fit taire. Rachel leva le menton vers une étudiante installée à la table voisine, en articulant le mot « humaine ». Je n'avais toujours pas intégré l'idée que nous devions être prudents, même au Cearno.

— Bon, je vais à la cuisine, déclara William en me déposant un petit baiser sur la joue.

Rachel esquissa un sourire.

— On dirait que ça marche bien entre vous, pas vrai ?

— Oui, faut croire, répondis-je, espérant que la conversation ne reviendrait pas vers Sam.

— Est-ce qu'il t'a déjà persuadée de… je ne sais pas, de lui masser les pieds ou de lui préparer son petit déjeuner ?

Je répondis d'un éclat de rire avant de prendre l'un des sièges vides, devant la table.

— Non, pas encore. En revanche, il m'a demandé de l'embrasser.

— Le vilain… ironisa-t-elle.

— Ça n'a duré qu'une seconde. Il n'a pas réussi.

— Hum…

Elle faisait mine de ne pas me croire. Je me sentis rougir.

— On devrait peut-être aller jeter un coup d'œil sur Nics ? suggérai-je.

— Elle n'aime pas les coups d'œil, répondit Paul. Ça la rend méchante.

Alors que j'étais sur le point d'insister, la porte des toilettes s'ouvrit et Nics sortit d'un bond pour revenir à sa chaise.

— Il me paiera ça, promit-elle. Si je suis en train de m'inquiéter pour rien, il me le paiera.

— Détends-toi, il va bien, insista Paul.

— La ferme, Paul !

— Tu vois ce que je voulais dire, conclut-il à mon attention.

Plus Nics s'inquiétait, plus j'étais convaincue qu'il était arrivé quelque chose à Sam et que j'en étais responsable. Si je n'avais pas été là, Kara ne les aurait pas suivis. Je devais intervenir. Mais je ne savais pas quoi dire.

— Vous avez revu Kara ? demandai-je enfin.

— Pourquoi ? demanda Nics après un moment de silence.

Je n'eus pas le temps de m'expliquer, car la sonnette d'entrée retentit.

— La voilà, murmura Rachel, apeurée. Avec Ryder.

Imitant mes compagnons, je baissai les yeux, résistant à l'envie de me retourner pour jeter un œil sur ce maudit Ryder, celui qui avait forcé Kara à tuer une innocente. J'avais peur. Que venait-il faire là ?

J'entendis Nics dire tout bas :

— Sam ?

Il fallait que je regarde. Je vis d'abord Ryder. Il était plus âgé que nous, dans les 50 ans à l'échelle humaine, et son visage coléreux affichait une barbe de 3 jours grisonnante. Il portait un blouson de cuir noir et une chaîne en or autour du cou, comme un caïd de la mafia. Il tirait derrière lui, en le tenant par la chemise, notre ami Sam, hagard et couvert de bleus. Quelque chose en lui avait changé, mais je n'aurais pas su dire si c'était à cause des coups ou parce qu'il avait subi le sort que tous redoutaient : être vieilli.

Sans lâcher le col de Sam, Ryder s'approcha de la jeune humaine.

— Dégage, ordonna-t-il.

Elle s'enfuit sans demander son reste, abandonnant ses cahiers.

— Vous quatre, là.

Il leva le menton vers quelques clients fidèles, des Descendants, et leur montra la porte. Ils obéirent, nous fixant d'un regard chargé de remords.

Dès que nous fûmes seuls, Ryder projeta Sam contre le mur. Le corps du garçon encaissa le choc et il tomba au sol.

— Hé! hurla Nics, ce qui nous fit tous bondir sur nos pieds.

— Tu la fermes, sinon c'est ton tour, aboya Ryder.

William débarqua de la cuisine en courant, mais Kara a dû le convaincre de rester derrière le comptoir. Elle le fixait du regard, et il ne bougea plus d'un centimètre.

Ryder infligea un coup de pied dans l'estomac à Sam, qui émit un grognement de douleur. Par réflexe, je voulus tendre la main, mais je fus incapable de bouger. Immobile, le corps figé, je ne pouvais même plus parler. J'essayai de faire un pas en avant, de lever les doigts ou les orteils, de tourner la tête; le pouvoir de Ryder, quel qu'il fût, m'avait rendue immobile.

— Aujourd'hui, vous allez apprendre une petite leçon, caqueta Ryder en relevant Sam par les cheveux. Si vous vous croyez autorisés à violer les règles, il va falloir vous mettre à jour.

Son poing craqua en percutant le profil de Sam, qui se mit à saigner du nez.

J'étais incapable de tourner la tête pour regarder ailleurs, exactement comme mes amis. Ryder nous avait tous statufiés. Impuissants, nous étions contraints de regarder Sam se faire démolir par ce fou en pleine crise.

— Que ça vous serve de leçon. Il n'y a pas d'acte sans conséquences.

Un nouveau coup fendit la lèvre inférieure de Sam; heureusement, il était déjà inconscient. Je sentis des larmes me couler sur les joues, consciente que tout cela était ma faute. Si mon corps avait pu bouger, j'aurais tout fait pour maîtriser mes sanglots.

Les yeux de Ryder se posèrent méchamment sur moi.

— Quant à toi...

Mon cœur battait sans retenue dans ma poitrine immobile. Je n'avais aucun moyen de me défendre ni de m'enfuir. S'il voulait me torturer, je ne pouvais qu'endurer. D'une main épaisse et rude, il me prit le menton, me pinçant les joues avec ses doigts puissants.

— Je ne sais pas où tu veux en venir, ni comment tu as fait pour que vous soyez étiquetés, toi et tes copains humains, mais je t'ai à l'œil.

Son poing me frappa au visage sans que je le voie venir. Je ne pus qu'inspirer profondément en attendant le coup suivant. Il me parvint de l'autre côté, et je sentis mon sang me couler sur la joue. Au troisième choc, l'évanouissement me soulagea.

Des voix faibles me ramenèrent à moi. Je les écoutai un moment avant de trouver le courage d'ouvrir les yeux.

— De quelle lignée est-il ?

— Je ne sais pas. Peut-être de Sophrosine ?

— La situation ne s'arrange pas.

— Ça me rappelle la guerre.

— Qu'est-ce qu'il a voulu dire quand il a parlé des gens « étiquetés » ?

— Aucune idée.

Une main se posa sur ma joue.

— Coucou, dit William, constatant que j'étais revenue à moi.

Je tentai de relever mes paupières ; elles étaient si gonflées que je ne pus les ouvrir complètement.

— Ça va ?

Je répondis d'un mouvement de tête. J'aperçus Sam à côté de moi. Nous étions couchés sur mon lit, chez moi, et les voix de Rachel, Nics et Paul résonnaient dans le salon.

— Et lui ?

— Pas terrible...

Je me redressai lentement, la tête palpitante. J'avais l'impression que mon visage était un ballon. Je passai les mains sur mes joues.

— Attends…

William prit un couteau de cuisine, posé sur ma table de chevet. Il s'entailla le bout du pouce, comme il l'avait déjà fait une fois, et attendit que le sang coule.

— À cause de moi, ça va devenir une habitude, hein ?

— Tais-toi, tu veux ? répondit-il doucement.

Il préleva le sang de son pouce avec un autre doigt et l'appliqua sur mon sourcil gauche, effaçant seulement une partie de ma douleur.

— Pourquoi fais-tu comme ça ? demandai-je. Tu ne cicatriseras pas.

— À gauche, c'est du poison, me rappela-t-il, et il plaqua son pouce coupé sur une autre plaie, à droite de ma lèvre, nous soignant ainsi l'un et l'autre.

Nos regards ne firent qu'un tandis que sa main s'attardait et que son visage s'approchait lentement du mien. Son baiser, lui aussi, était réparateur. Tout allait s'arranger. Après une telle épreuve, me séparer de ses lèvres si douces s'avéra difficile, et je me laissai emporter par mon élan.

— C'est dégoûtant… grogna Sam.

— Regarde de l'autre côté, ordonna William en nous cachant derrière sa main. Ou reste inconscient un peu plus longtemps.

— Bien sûr, riposta Sam. Faites pas attention à moi.

— Ça va mieux ? lui demanda William plus sérieusement.

Sans bien savoir de quoi j'avais l'air, j'espérais que je n'étais pas comme Sam. Il avait les yeux au beurre noir, l'un étant même complètement fermé. De petites coupures étaient dispersées çà et là, la plupart de ses blessures étant des contusions causées par des coups de poing et de pied. Son visage n'était qu'une masse difforme et, pour couronner le tout, j'avais vu juste : en une journée, son allure était passée de celle d'un garçon de 18 ans à celle d'un trentenaire. Je me demandai combien d'années lui avaient été retirées, et si même il le savait.

Sam soupira.

— Oui, ça va. De quoi j'ai l'air ? J'ai les cheveux blancs ?

— T'inquiète, tu plais toujours à Nics, se moqua William.

— La ferme, répliqua Sam en se retenant de rire. Elle est là ?

À ce moment, Nics déboula, suivie de Paul et de Rachel.

— Il est revenu à lui ? Merci de m'avoir prévenue ! râla-t-elle.

Sans le moindre mouvement, Sam posa son regard sur elle.

— Tu m'en dois une, dit-il en essayant de sourire malgré sa lèvre enflée.

Elle secoua la tête, se retenant de sourire en retour.

— Je t'avais dit de ne pas le faire.

— Tu m'en dois quand même une.

— Tu n'es qu'un idiot.

— Comment classerais-tu la douleur sur une échelle de 1 à 10 ? voulut savoir Rachel.

Il se redressa en grimaçant.

— Quelque part entre 10 et 500.

Je souris, heureuse de constater qu'il était de bonne humeur.

— Je peux te cicatriser, proposai-je, mais je ne sais pas comment te faire désenfler.

— Ce serait déjà bien.

Les quatre compagnons s'en allèrent pour me laisser la place de traiter Sam sans bousculade.

— C'est tout ce que je peux faire, je regrette, lui expliquai-je en refermant la dernière plaie de son visage.

Les boursouflures restaient pénibles à regarder. Je m'en voulus de ne pas m'être mieux renseignée auprès d'Iosef. Il me restait beaucoup à apprendre. La culpabilité me pesait.

— Tu plaisantes ? Je me sens nettement mieux, dit-il en fermant les yeux.

— C'est ma faute, Sam.

Il rouvrit les yeux.

— Kara me suivait, ajoutai-je. Si je n'avais pas été là…

— Non. Pas question que tu te mettes ça sur le dos, trancha-t-il. Ce sont eux qui m'ont maltraité, pas toi.

Je fus soulagée de l'entendre. Je me sentais encore responsable, mais je cessai de ruminer et de me demander qui m'en voudrait le plus.

— Tu te sentirais encore mieux si tu lavais le sang séché qui te colle au visage, suggérai-je. Veux-tu un peu d'eau chaude ?

— Honneur aux dames, répondit-il. Toi-même, tu n'es pas si fraîche.

Il referma les yeux, emporté par le sommeil, ou par l'envie de fuir la réalité.

— Je vais me reposer un peu…

J'avais du mal à imaginer à quel point il était fatigué ou même ce qu'il avait enduré.

Je me dirigeai vers la salle de bain. J'avais l'esprit plus léger, comme si le pardon de Sam m'avait libérée. Je me tournai vers lui.

— Merci. Merci de ne pas m'en vouloir.

— Y a pas de malaise, conclut-il sans rouvrir les yeux.

L'eau chaude vira au rose quand je la passai sur ma figure. Cela soulagea mes joues, mais je redoutais de voir à quoi elles ressemblaient. Une fois rincée et propre, je me regardai dans le miroir. Une contusion violette se formait déjà sous mon œil gauche et la moitié droite de mon visage était nettement plus volumineuse que l'autre.

Jamais encore je n'avais été battue ; cela me donna l'impression d'être plus forte, dure même. J'avais survécu et, la prochaine fois, je saurais à quoi m'attendre. Après cette expérience douloureuse, mon instinct se réveillerait peut-être pour m'ordonner de répondre aux coups.

Je m'approchai du miroir pour examiner de plus près mes blessures de guerre. Je n'arrivais pas à croire que ce type m'avait cognée. Une sensation lourde me pesa sur l'estomac quand Anna me revint à l'esprit. Le fait que Ryder connaisse son existence me révulsait, mais il ne m'avait pas emmenée ni traitée comme Sam ; être étiquetées signifiait peut-être que nous étions en sécurité.

— Qu'est-ce qu'il a voulu dire par « étiquetée » ? demandai-je à William quand il vint se placer devant la porte de la salle de bain.

— Je ne sais pas, confessa-t-il en tamponnant avec le linge les endroits que j'avais manqués. En tout cas, on dirait que ça t'a sauvé la vie.

J'aimais qu'il s'occupe de moi et je me tins tranquille le temps qu'il examine mon visage. Quand il eut terminé, je repris :

— Sinon, tu crois qu'il m'aurait tuée ?

— Tout dépend des actes que tu as commis, répondit-il avec un certain intérêt. Tu veux bien me l'expliquer ?

Je pensai alors à Anna. Toute ma vie, j'avais été son secret. Désormais, c'était elle, mon secret. Je secouai la tête.

— Non.

Nous passâmes le reste de la journée à regarder des films sur ma nouvelle télé. C'était la meilleure façon d'oublier ce qui s'était passé. Je m'installai avec Sam sur le canapé tandis que les autres s'affalaient par terre. C'était bon d'être ainsi entourée d'amis.

Malgré cela, je ne pouvais pas m'empêcher de penser à Anna. Je m'éclipsai dans ma chambre, le temps de lui téléphoner.

— Sois prudente, d'accord ? lui recommandai-je.

— Jusqu'ici, tout s'est bien passé, Elyse, répondit-elle. Il n'arrivera rien, j'en suis certaine.

— Anna. Promets-le-moi.

Elle soupira sur le combiné.

— Je te le promets…

Quand les amis s'en allèrent, William insista pour rester. Je ne m'y opposai pas. D'ailleurs, depuis la visite inopinée de Kara, il dormait dans mon salon.

— William, comment se fait-il que je sois venue habiter au-dessus du Cearno ? l'interrogeai-je, une fois seule avec lui.

— Comment ça ?

— Parmi tant de quartiers, tant de villes ? expliquai-je tout en me pelotonnant contre lui dans mon lit. À mon avis, Betsy savait quelque chose.

— Oui, admit-il.

Je le regardai, choquée.

— Comment ça ?

— Nous connaissons Betsy depuis l'accident. Ceux qui t'ont déposée chez elle, juste après l'accident, c'était mon père et moi.

Le souvenir me revint, la douleur soudain ravivée. Je revis l'image de la voiture en miettes, celle que j'avais tant voulu effacer de mon esprit, puis mes premiers jours chez Betsy, et la souffrance qui me taraudait. Mais, pour la première fois, un détail avait changé.

— C'était donc toi, le garçon.

Ce n'était pas une question. Je savais que c'était lui. En cet instant, il me fixait du même regard triste. Il confirma d'un signe.

— Nous allions vous rendre visite, pour la première fois depuis que tes parents avaient décidé de déménager. Mon père comptait profiter du blizzard pour rouler discrètement. Quand on a vu l'accident, on s'est arrêtés, sans savoir qu'il s'agissait de votre voiture. Nous n'avons rien pu faire pour tes parents, mais toi, tu étais toujours vivante.

Je laissai couler mes larmes librement sur mes joues, sans les essuyer, et cette fois, elles n'exprimaient pas que du chagrin. Un autre sentiment accompagnait la tristesse. William était présent depuis toujours. Cela me consolait.

— Je n'aurais jamais deviné, avouai-je.

— J'étais à côté de toi, à l'arrière, quand on a repris la route. Tu étais gelée, et c'est ce jour-là que j'ai senti, pour la première fois, ma peau brûler en touchant la tienne.

Remarquant la chaleur de son bras contre le mien, je souris. Je m'y habituais.

— Après ça, on t'a souvent rendu visite. Mon père disait toujours : « Allons dire bonjour à la fillette que tu vas épouser. »

— Je ne t'ai jamais vu, soulignai-je, trop troublée pour relever la fin de sa phrase.

— Tu n'étais pas censée me voir.

J'avais du mal à croire que Betsy ait pu garder un tel secret, mais elle n'avait cherché qu'à me protéger. Que penserait-elle donc maintenant, apprenant que j'étais au cœur de cette histoire ? Je sentis le sommeil monter en moi tandis que je pensais à elle. Au moins, elle me rendait visite pendant mes rêves. Les paupières lourdes, je fermai les yeux.

— Merci.

— Merci de quoi ?

— De m'avoir sauvée.

Nous n'avions pas prévu de partager mon lit, et pourtant c'est ce qui arriva. « Pourquoi pas ? » me dis-je en me laissant emporter par le sommeil, la tête posée sur sa poitrine comme sur un oreiller.

14

Me réveiller aux côtés de William fut à la fois une délicieuse surprise et une expérience des plus gênantes. Quand j'ouvris les yeux, sous la faible lueur du matin, il me regardait gentiment. Je n'aurais pas pu imaginer une plus charmante image pour éclairer les premiers instants de la journée, et pourtant... Depuis combien de temps m'observait-il ainsi ? Je lui souris timidement, consciente que mes jambes étaient étalées n'importe comment et mes cheveux, ébouriffés. Quand je souris, la douleur me rappela que mon visage était meurtri. J'avais sûrement une mine de déterrée. Je remontai les genoux vers ma poitrine.

— Salut, parvins-je à dire.

— Salut, dit-il avec un petit rire. Comment te sens-tu ?

— Mieux, dis-je en massant les points douloureux de mes mains. Ce n'est pas trop moche ?

Il haussa les épaules.

— Le rouge te va plutôt bien.

— Super... dis-je en riant.

— Si ça peut te consoler, le reste de ton corps me semble en parfait état.

Je lui adressai un regard interrogateur.

— Tu aimes dormir en diagonale, hein ? plaisanta-t-il.

— Ah bon ?

C'était humiliant. Comment avais-je pu le laisser partager mon lit ?

— En fait, c'est plutôt positif. Tu es nettement moins timide quand tu dors.

Il se redressa pour s'appuyer sur la tête de lit.

— Comment ça ? clamai-je, inquiète.

— Le mot « collante » ne suffirait peut-être pas, répondit-il d'un air excessivement satisfait.

J'eus un rire gêné tout en m'efforçant de rabattre mes cheveux rebelles sur mes bleus et mes contusions. J'étais troublée par l'idée que mon corps, une fois libéré de ma conscience, aurait succombé au charme de William sans la moindre résistance. Mes désirs inconscients, profondément refoulés, s'étaient peut-être manifestés au cours de la nuit. William avait eu de la chance : je ne l'avais pas étouffé. Soudain me vint l'image d'un enfant assez épris de son chiot pour le serrer mortellement contre lui. Je l'avais peut-être empêché de dormir.

— Tu aurais dû t'installer sur le canapé.

— Tu plaisantes ? J'y ai pris goût, figure-toi.

— Et si je t'avais asphyxié ? dis-je à moitié en blague, à moitié en considérant sérieusement la chose.

— Ma foi, il n'y a pas de plus belle fin. « Viens, Mort, sois la bienvenue, si Elyse le veut. »

— Parfait, Roméo, notai-je pour relever son allusion. Tu te souviens qu'il meurt à la fin, quand même ?

— Je suis prêt à prendre le risque.

Je consultai l'horloge à contrecœur. 11 h 26.

— On devrait se lever, suggérai-je sans enthousiasme.

— Oui, les cours vont bientôt commencer.

Dès que William partit vers la salle de bain, je m'étalai une nouvelle fois pour glisser mon visage dans les draps froissés qui avaient gardé son parfum.

Soudain, on frappa au rez-de-chaussée. Je descendis en pyjama, m'attendant à voir Rachel ou Nics. Quand j'entrouvris la porte, Kara me bouscula.

— Laisse-moi passer.

— Woah, dis-je.

Elle me doubla pour monter l'escalier d'un bond.

— Qui est-ce ? demanda William.

— Moi, répondit-elle.

Je les rejoignis dans le salon, me tenant à distance.

— Que fais-tu ici ? dit-il froidement.

— Moi aussi, je suis contente de te revoir.

D'une voix coléreuse, j'intervins :

— Qu'est-ce qui vous prend ?

Je n'avais pas encore pardonné à Kara d'être restée les bras croisés tandis qu'on nous tabassait, Sam et moi.

— Tu as bonne mine ! se moqua-t-elle.

— C'est bon, coupa William en la prenant par le poignet pour la pousser vers la porte. Fiche le camp !

Elle se libéra vivement.

— C'est comme ça que tu me remercies d'avoir sauvé ta petite chérie ?

William me regarda, puis se tourna vers elle.

— Explique-toi.

— C'est plutôt à elle de s'expliquer. Tu vas lui révéler ton secret, me lança-t-elle, ou tu préfères que je le fasse ?

Je secouai la tête. Il n'était pas question que je parle d'Anna à William.

— Elyse, de quoi s'agit-il ? demanda-t-il avec force, les yeux posés sur moi comme si je tenais une grenade prête à exploser.

— Ma meilleure amie est un être humain, dis-je à contrecœur. Elle habite à Oakland.

— Mademoiselle a couché chez elle, l'autre nuit, ajouta Kara.

Il passa ses doigts entre ses mèches pour les rabattre et dégager son visage.

— C'est donc là-bas que tu étais, le jour où tu n'étais pas rentré chez toi ?

— J'ignorais tout quand je l'ai rencontrée, expliquai-je. Je l'ai fréquentée pendant la moitié de ma vie. Sa fille et elle sont comme une seconde famille pour moi.

— Qu'est-ce qu'elle sait ? demanda William.

Kara répondit à ma place.

— Tout.

William secoua la tête.

— Et sa fille ? Elle est au courant, elle aussi ?

Kara parla en me regardant du coin de l'œil.

— Pas en détail.

William, torturé par la douleur et l'inquiétude, cherchait ses mots. Il s'assit sur le canapé, les yeux au sol. Perplexe, il finit par demander :

— Pourquoi Ryder ne les a-t-il pas abattues ?

— Elles sont étiquetées, expliqua Kara en haussant les épaules.

Je m'approchai d'elle, constatant qu'elle n'était pas menaçante.

— Qu'est-ce que ça signifie, au juste ?

— Qu'elles ont été amnistiées, expliqua-t-elle. Elles sont intouchables. Mais je n'y comprends rien. C'est la première fois qu'un être humain est étiqueté, à mon avis. C'est du jamais vu.

— Intouchable ? répéta William. Selon ton copain Ryder, Elyse aussi est étiquetée. Ça ne l'a pas empêché d'intervenir.

— J'ai fait de mon mieux, d'accord ? cracha Kara.

— Qu'est-ce que tu veux dire ? insista-t-il, agacé.

— Il allait tuer Elyse, brailla-t-elle. Pour l'en empêcher, je n'avais qu'un moyen.

Il se leva d'un bond.

— Kara, qu'est-ce que tu as fait ?

Les yeux de Kara imploraient son pardon.

— J'ai dû leur dire, William.

— Leur dire ? suppliai-je. Dire quoi, et à qui ?

— Il faut qu'on y aille, ordonna William. Tout de suite.

Il saisit ma veste, pendue au crochet, et me la jeta.

— Pourquoi ? bafouillai-je.

— Elle leur a révélé qui tu es, Elyse ! hurla-t-il.

— J'étais obligée, riposta Kara. Je savais qu'ils ne la toucheraient pas s'ils savaient qu'elle est la nouvelle mère, mais c'est tout. Je ne leur ai rien confié de plus.

— Ils vont enquêter, maintenant, tu le sais bien. Qu'est-ce qui arrivera quand ils feront le lien avec la prophétie ? questionna William d'une voix tranchante.

— Je n'en sais rien, soutint-elle, la voix lourde de remords.

William attrapa mon sac et me tira vers la porte presque violemment, abandonnant Kara au milieu du salon.

— C'est incroyable… grogna-t-il tout bas en conduisant comme un fou sur la route de l'Institut. Elle a gardé le secret sur ton identité pendant des années, et voilà qu'elle lâche le morceau.

— Elle n'a pas pu faire autrement, plaidai-je. Tu aurais préféré qu'on m'exécute ?

Son visage garda une expression dure, mais je devinai que, comme moi, il était reconnaissant envers Kara.

— Non.

— J'ai quand même du mal à croire qu'il comptait me tuer, songeai-je tout haut.

— Moi, j'ai du mal à croire qu'il n'ait pas abattu ton amie et sa fille.

Cette idée me paralysa. Anna et Chloé étaient en danger à cause de moi. Elles risquaient d'être éliminées uniquement parce qu'elles me connaissaient ! Non, cela me semblait trop délirant pour être vrai.

— Comment font-ils pour tuer tant d'innocents sans avoir d'ennuis ?

— À leurs yeux, c'est pour la bonne cause, répondit-il franchement.

Je restai stupéfaite quelques instants, tournée vers la fenêtre pour regarder les rues défiler. Mon silence incita William à reprendre la parole.

— C'est complètement tordu, je l'admets, mais ils s'en sortent en prétendant que ça nous protège et qu'il n'y a pas d'autre solution.

— Et personne n'intervient ?

Rien que d'y penser, j'en étais malade.

— C'est mal, on le sait, mais qu'est-ce qu'on peut faire ?

Pour moi, la réponse était évidente et claire.

— Résister.

Il secoua la tête.

— On a essayé. Ça n'a rien donné, expliqua-t-il en manœuvrant sur une place de stationnement. De toute façon, selon la prophétie, ça ne donnera jamais rien sans toi.

Je soupirai lourdement et sortis en claquant bien fort la portière.

— Qu'est-ce que je suis censée faire ?

— Je ne sais pas, avoua-t-il, et je ne tiens pas plus que toi à ce que ça soit vrai, mais c'est pour cette raison que personne ne leur a encore barré la route.

Nous marchâmes quelques minutes sans rien dire, puis je me sentis trop frustrée pour rester muette. William m'observait, attendant que je reprenne la parole.

— Eh bien, c'est complètement débile, ripostai-je.

Depuis combien de temps les choses fonctionnaient-elles ainsi ? Taire les pouvoirs de certains pour assurer la sécurité des communautés, c'était une chose, mais abattre des innocents ? Et qu'attendait-on de moi dans tout ça ? William m'immobilisa au milieu d'un labyrinthe de voitures garées pour me lancer sa réponse en pleine figure.

— Non, ce qui est débile, c'est de mettre en danger ceux que tu aimes pour défier une force qui s'abattra sur toi d'une main de fer, et qui effacera jusqu'au moindre souvenir de ton existence. Ça, c'est débile. Pourquoi prendre un tel risque quand on connaît la prophétie ?

— Et si cette prophétie n'était pas vraie ? Si Christoph l'avait tout bonnement inventée pour que chacun se tienne à carreau en attendant un sauveur qui ne viendra jamais ?

— La prophétie est vraie, Elyse. Mon père a entendu l'oracle en personne.

— Dans ce cas, Christoph n'a qu'à me tuer, tout simplement ! Éliminer l'ennemie avant même le conflit !

— C'est exactement ce que je redoute.

15

Notre conversation avait soulevé une tempête d'émotions à laquelle je n'étais pas préparée. J'ignorais totalement ce qui m'attendait. Si j'étais en danger, que se passerait-il quand l'ennemi se présenterait ? Je n'influençais que mes actes, mes propres choix. L'urgence était d'apprendre comment protéger Anna avant qu'il ne soit trop tard.

William partageait ma douleur, la douceur de son expression le montrait. Un homme nous rejoignit dans l'ascenseur et je sentis immédiatement une odeur de lavande. Ce parfum floral me détendit, si bien que je fus un instant libérée de mes soucis. Je recevais en quelque sorte une aromathérapie subreptice. Quand l'homme sortit de la cabine, il me fit un petit clin d'œil et la senteur disparut avec lui.

— Merci, Henry, lui dit William tandis que la porte se refermait et que l'ascenseur repartait vers le dernier étage.

— C'était quoi, ce cirque ?

— Je ne sais pas trop. D'habitude, il s'arrange pour que ça sente le chocolat. Il a dû penser que tu étais stressée.

— Je le suis.

Nous rejoignîmes le flot des étudiants. Les plus proches observèrent mon visage gonflé.

— Il faut que je trouve Iosif.

— D'accord, allons-y, répondit William d'un ton décidé.

Il devait supposer que je voulais en savoir plus sur l'attitude à adopter, maintenant que le Conseil était renseigné. Il n'avait pas tort, mais ma préoccupation première était le sort d'Anna.

— Il vaudrait mieux que j'y aille toute seule, objectai-je.

Il s'arrêta net. À son regard, je devinai qu'il me croyait fâchée contre lui, à cause de notre conversation. Il lâcha ma main et répondit :

— Pas de problème.

J'hésitai à m'expliquer, mais je ne sus pas quoi dire. Il ne devait rien savoir de mes projets envers Anna, sinon il tenterait de me freiner. Mieux valait qu'il me croie fâchée. Sans un mot, je partis vers le bureau de Iosif.

Le professeur me répondit avant même que je frappe.

— Entre, je t'en prie.

Il m'accueillit d'un sourire tout en dents.

— Bonjour, répondis-je en fermant la porte derrière moi.

— Je savais bien que tu allais revenir.

Apparemment content de lui, il s'assit derrière son bureau, penché en avant avec intérêt.

— Tu dois en vouloir au Conseil, encore plus que tu ne le croyais au début.

Ses yeux se détournèrent quand il remarqua mes bleus.

— Que puis-je faire pour toi, mon amie ?

La réponse me vint aussitôt mais, par prudence, je réfléchis pour la formuler soigneusement.

— Vous pourriez peut-être m'en dire plus sur mes dons, expliquai-je en m'installant face à lui.

Il était inutile d'être plus précise.

— Ah ah… Il y a autre chose, commença-t-il d'un air curieux. Un but bien spécial que tu voudrais atteindre, et pour lequel tu aurais besoin de maîtriser tes dons. Je me trompe ?

Loin de là, il avait tapé dans le mille. Mon cœur s'emballa. Savait-il ce que je comptais faire ? Était-il criminel de même songer à soigner un être humain ? J'aurais dû m'y attendre. Dans un établissement de personnes dotées de dons surnaturels, je prétendais m'informer subrepticement auprès de l'un des plus anciens professeurs. Quelle idiote ! Je n'avais pas songé un instant qu'il me percerait à jour ! Je me mordis la lèvre.

— Je t'assure que je suis de ton côté, jeune fille. Le destin t'a choisie pour que tu lui obéisses, et il m'a chargé, moi, de t'aider. J'ignore ce que tu me caches, mais tu peux tout me confier.

Je n'aimais pas sa façon de lire dans mes pensées, surtout quand celles-ci portaient sur Anna. Même s'il prétendait m'aider, mieux valait qu'il le fasse sans tout comprendre. Je préférai changer de sujet.

— Et vous, quel est votre pouvoir ?

— L'intuition.

Un large sourire effaça ses rides profondes.

— Je descends de Métis. Sans deviner tes pensées, j'en perçois la nature. Ne t'affole pas, voyons. Je suis là pour t'aider.

Son visage resta ouvert, ce qui m'incitait à lui faire confiance mais, dès qu'il reprit la parole, son expression devint moins légère.

— Ma mission, c'est de t'aider à atteindre ton but. Quelle que soit l'information dont tu as besoin, je te la donnerai.

Sa sincérité ne faisait aucun doute.

— Pourquoi feriez-vous ça ? Vous ne savez même pas ce que je vais vous demander.

— J'obéis à ma femme.

Là encore, il avait adopté un ton humoristique. Il ajouta :

— Comme tu le sais, elle n'a rien d'ordinaire.

Même s'il plaisantait sur l'oracle, je saisis aussitôt son allusion. Cette femme fourrait son nez partout, tirait toutes les ficelles.

— Elle est là pour t'aider : elle s'expose à de grands dangers pour que ton destin s'accomplisse.

— Mon destin…

L'idée que l'on pouvait écrire mon avenir à ma place me déplaisait, surtout depuis que je m'étais fixé un but. Cette femme avait vu, dans mon avenir, un détail qui justifiait toutes ces manœuvres. Cela m'accablait.

— Justement, repris-je, je comptais aborder la question.

— Je sais que tu redoutes la vérité, mais elle se déroulera devant toi.

— Même si j'ai des projets différents ?

— J'imagine. Quel que soit le chemin que tu empruntes, il te mènera là où il faut.

— Et si mon chemin supposait que je transgresse la loi des Descendants ?

Il se gratta le menton et ses lèvres se tendirent.

— Même si tes choix influent sur le déroulement des événements, la prédiction se vérifiera.

— Je sais comment mon pouvoir s'exerce quand je dépose mon sang sur une blessure ouverte, dis-je pour entrer dans le vif du sujet.

— Oui. Et plus cette blessure est grave, plus tu verseras de sang.

Je savais déjà que, pour soulager autrui, je devais m'infliger une certaine douleur, mais rien que d'y penser, j'en eus mal au ventre. Je redoutais la réponse à ma question suivante.

— Que se passerait-il si je décidais de soigner non pas une coupure mais un corps malade tout entier ?

Saisissant l'essence de ma pensée, Iosif fit un mouvement de tête.

— Cela t'exposerait à des risques considérables.

Il m'observa intensément pour évaluer ma réaction.

— Entendu… admis-je avant de me redresser sur ma chaise.

Je n'ignorais pas que mes actes auraient des conséquences, et j'étais prête à en payer le prix.

— S'il s'agissait d'une maladie interne, la personne concernée devrait avaler ton sang comme un médicament et, selon la gravité de son état… le prélèvement pourrait te coûter la vie.

Mon cœur cessa de battre. Me coûter la vie ?

— Pour soigner un cancer avancé, par exemple…

— … tu devrais te sacrifier, acheva-t-il.

Jusqu'alors, j'avais envisagé de fuir, de me cacher, de lutter contre le Conseil, mais jamais je n'avais imaginé que l'acte lui-même me tuerait. Il me fallut un moment pour digérer la nouvelle. Je regardai l'ongle de mon pouce, déjà coupé à ras, et j'arrêtai de le ronger. Iosif se trompait forcément. Mon corps était conçu pour guérir. Il ne pouvait donc pas être si faible ! Il devait y avoir un autre moyen, une faille, une astuce.

— Je pourrais procéder par prélèvements ? Mettre du sang de côté jusqu'à obtenir la quantité nécessaire ?

— Une fois hors de ton corps, ton sang perd son effet. La seule méthode efficace consiste à le transmettre immédiatement au blessé.

Ma dernière lueur d'espoir s'éteignit comme une allumette sous le vent. Mon sacrifice ou, pour mieux dire, ma mort, était le prix à payer pour sauver Anna.

— C'est difficile à entendre, je sais : ce n'est pas ce que tu attendais, compatit le professeur.

— Ce n'est pas ce que j'attendais, admis-je, mais s'il n'y a pas d'autre moyen… Je ne suis pas celle que la prophétie vous a annoncée.

— Une prophétie ne peut être ni interprétée ni modifiée. Elle se déploie à sa guise et nous prend par surprise. Ainsi, c'est peut-être le sacrifice dont tu parles qui déclenchera la guerre mettant fin au Conseil. Nul ne le sait.

S'il disait vrai, il n'arriverait qu'une seule chose : Anna ou moi, l'une d'entre nous mourrait. C'était bouleversant. J'en étais malade, abasourdie, vidée, comme si mon âme avait été aspirée loin de mon corps.

— Je crois t'avoir renseignée sur un acte qui causera très probablement ta mort.

— Oui, confirmai-je d'un ton ferme. C'est exact.

Iosif mit fin à notre conversation et je rejoignis William dans le hall ; il attendait des explications. En cet instant, je fus soulagée que ses yeux, qui portaient toute la beauté du monde et du ciel infini, restent aveugles au délabrement de mon cœur, malade d'amour. Si Iosif avait dit vrai, si je choisissais de sauver la vie d'Anna et non la mienne, William en serait brisé. À l'idée de le perdre, ma gorge se noua. Je ne devais surtout pas pleurer.

Je dus reconsidérer une décision que je croyais définitive. Serais-je capable d'aller jusqu'au bout ? Après tant d'années, j'avais enfin trouvé l'amour. Il était injuste de lui tourner le dos. Avant William, je me serais sacrifiée sans hésiter pour Anna, mais là, tandis qu'il me regardait, je voyais l'amour. Il avait besoin de moi, lui aussi. Peut-être par égoïsme, je devais trouver une autre solution.

— Alors ? demanda-t-il.

« Alors quoi ? » pensai-je. Avait-il entendu ce qu'il n'était pas censé entendre ? Il n'était pas question pour moi de lui avouer mon choix. Il ne comprendrait pas. Comment aurais-je pu le regarder dans les yeux, sachant que j'allais lui briser le cœur en sacrifiant notre amour à la vie d'Anna ? Pourtant, un cœur brisé se cicatrise, alors qu'Anna, sans mon intervention, mourrait à coup sûr. J'étouffais.

— Qu'est-ce qu'il a dit ?

Je m'efforçai de parler d'une voix posée, d'être moi-même et de lui rendre son sourire.

— Selon lui, les choses suivront leur cours, quoi que je fasse. Il écarta les mains.

— C'est tout ? Comment on doit réagir ? Fuir, se battre ? Il faut que je lui parle.

— Non, protestai-je en lui saisissant la main pour le retenir. William, je t'en prie. Iosif dit comme ton père : suivons notre petit bonhomme de chemin. Selon lui, quelle que soit la voie que j'emprunterai, elle me mènera au but. Contentons-nous d'attendre sagement.

Il poussa un profond soupir tandis que les portes de la salle de cours s'ouvraient et que les étudiants affluaient dans le hall désert.

— Attendre sagement…

— Oui, dis-je en le poussant d'un petit coup de la main.

Nous marchâmes sans un mot jusqu'à la voiture. Plus j'y pensais, plus je me sentais tenaillée. S'il fallait sacrifier Anna à mon destin, comment y survivrais-je en sachant que je détenais le remède, et que je l'en avais privée ? Des larmes me montèrent aux yeux. Je me tapotai les paupières pour les retenir. Je devais me convaincre que j'avais du temps, le temps de réfléchir avant d'agir.

— Ils se trompent peut-être sur mon compte, William, avançai-je quand nous eûmes retrouvé l'intimité de mon appartement.

En fait, ça ne changeait rien qu'ils aient raison ou non. Mon but premier était de sauver Anna et je me souciais peu que la sauver ou non réalise la prophétie.

— Non, ils ne se trompent pas.

Ses yeux trahissaient un fond d'incertitude. Tièdes, hésitants, inquiets, ils dissimulaient des pensées indéchiffrables. Sa concentration le détournait de moi.

— À quoi tu penses ? demandai-je.

Nos yeux se rencontrèrent, chacun cherchant chez l'autre une réponse à ses propres questions.

— Même s'ils ignorent la prophétie, ils savent que tu es la nouvelle mère. Et qui sait ce que Christoph a en tête ?

— Qu'ils viennent me chercher, je me battrai. C'est peut-être ainsi que tout commencera. Je ferai le nécessaire.

Du regard, je le suppliai de comprendre ce que je taisais, si c'était possible.

— C'est quoi, le nécessaire, Elyse ? Sais-tu seulement de quoi il s'agit ? Moi, je n'en ai pas la moindre idée.

Je ne répondis pas. Je ne pouvais rien lui dire. Je n'étais pas sûre d'avoir moi-même adopté mon idée. Quant à lui, il m'empêcherait certainement de l'appliquer. Jamais il n'en saurait davantage.

— William, pour l'instant, il n'est rien arrivé.

— Pour l'instant, répéta-t-il.

Il faisait les cent pas devant le canapé en se passant la main sur la nuque toutes les deux minutes.

— Tu as raison. Il n'est rien arrivé et je ne laisserai rien arriver. Je me fiche de cette prophétie ridicule. Je ferai le nécessaire. Je les tiendrai loin de toi.

— Et s'ils viennent, William, tu les rendras amoureux de toi ?

Il haussa les sourcils.

— Très drôle… Ne sous-estime pas la puissance de l'engouement que j'inspire aux gens. Quand j'exerce ma puissance, j'obtiens ce que je veux de mes adversaires. Ils rendent les armes, se laissent tirer dessus pour me sauver ou sautent d'une falaise pour sauver mon chien imaginaire.

Sa mâchoire se raidit. Je n'avais jamais envisagé la capacité de William sous cet angle : c'était une arme. Cela m'inquiéta pour lui, et je me remis à me ronger le pouce. Essaierait-il de lutter quand je serais partie ? Je ne voulais surtout pas qu'on en arrive là.

— Ton talent ne sera pas nécessaire, affirmai-je calmement comme pour me rassurer moi-même. Nous avons du temps.

— Elyse, dit-il en s'agenouillant, mes mains entre les siennes. Tu pourrais mourir. Tu es en danger à chaque seconde. Chaque jour est un jour durant lequel je pourrais te perdre.

Il me rabattit une mèche derrière l'oreille.

— Tant que tu leur résisteras, tu ne seras pas en sécurité, conclut-il.

Il était cruel de voir son si beau visage se tordre d'angoisse. Je ne voulais pas mourir. Ni le perdre. Et pourtant ma décision, quelle qu'elle soit, aurait de lourdes conséquences.

— Que faire, alors ? l'interrogeai-je. Je ne peux pas influer sur les prédictions. Je n'ai rien décidé, moi.

— Je sais. Mais moi, comment pourrais-je veiller sur toi si tu ne sais pas ce qui t'attend, ni quand ça aura lieu ?

— Il ne faut pas raisonner comme ça, William. Vivons l'instant présent. Si tu te projettes vers l'avenir, tu vas rater ce qui se passe ici et maintenant, et tu le regretteras.

Je m'efforçais d'écouter moi-même ce que je lui disais, d'appliquer mes propres principes. Je ne pouvais pas m'empêcher de penser que le temps était compté.

— Comment fais-tu pour prendre les choses si calmement ? demanda-t-il en s'asseyant enfin près de moi.

Je n'étais pas calme. Je tombais en miettes. Ma seule force, c'était lui, mais la peur n'allait pas faire tourner les horloges à l'envers. S'appesantir sur l'avenir n'allait pas le modifier, et montrer ma fragilité à William ne valait rien de bon.

— Me soucier ne changerait rien, répondis-je.

— Tu as sûrement raison, soupira-t-il.

— Promets-moi que ça ne gâchera pas tout. Selon ton père, l'avenir n'est pas écrit d'avance. Donc, tant que la prophétie ne sera pas vérifiée, nous devrions simplement profiter de la vie.

Si je ne trouvais pas d'autre solution pour guérir Anna, je voulais profiter au mieux du temps qui me restait à vivre.

— Écoute, je vais faire de mon mieux, mais il n'est pas question que j'agisse comme s'il ne s'était rien passé.

Sa réaction correspondait exactement à ce que j'espérais.

— Pourquoi donc ?

— Parce qu'il s'est passé quelque chose, justement.

Son entêtement était flatteur, et pourtant j'aurais préféré qu'il tienne un peu moins à moi. Cela m'aurait facilité les choses, et le choix en aurait été moins douloureux, pour lui comme pour moi.

— D'accord, concédai-je, mais je ne veux plus parler de ça.

— Dommage. Nous devons nous préparer, monter un plan, un projet.

— Un plan ? dis-je en riant. Quel genre ? Tu veux jouer au gardien de nuit devant chez moi ?

— Peut-être.

— Tous les soirs ? Voyons, William, sois raisonnable.

Il s'affala sur le canapé en soupirant, conscient qu'il était seul au front. Je me demandai si la bataille qu'il tenait tant à mener n'était pas perdue d'avance.

Dès lors, William coucha chez moi tous les soirs. Il refusa d'abord de dormir dans mon lit, protestant qu'il n'était pas là pour ça, que cela l'empêcherait de surveiller les alentours. Après la deuxième nuit, il revint sur sa décision. Il était aussi absurde de dormir dans des pièces séparées que de se retenir de respirer. Toutefois, même en sa présence, je ne pouvais repousser les idées cruelles qui m'envahissaient l'esprit quand je fermais les yeux.

Inutile de le nier, la peur m'habitait ; peur de l'avenir, du Conseil, de perdre Anna, de quitter William, et surtout de mourir. Cela m'empêchait de dormir. Je ne pouvais pas la fuir. C'était comme un cauchemar dont je ne sortais jamais. La fin, ma fin, la fin de tout. J'avais beau inventer mille façons d'accommoder la chose, j'en arrivais toujours à la même conclusion. Il n'y avait pas d'échappatoire. Par moments, je devais me rappeler que je n'étais pas un cas isolé. Nul ne quitte ce monde en vie et moi, au moins, je pouvais choisir comment je le quitterais, rendre ma mort utile. Et pourtant, mon destin, c'était peut-être William, la prophétie et le monde des Descendants. Allais-je tout abandonner, y compris mon peuple ? Les deux faces de ma conscience luttaient sans relâche, sans que je parvienne à accepter l'une ou l'autre forme de mon destin.

De temps en temps, je me débrouillais pour téléphoner discrètement à Anna. J'avais envie de la voir, mais William ne me lâchait jamais d'un pouce.

— Comment vas-tu ?

C'était la première question que je lui posais à chaque fois, et elle savait que c'était plus qu'une formule de politesse.

— Aujourd'hui, ça va, dit-elle, pourtant trahie par sa voix trop gaie.

— Qu'a dit le médecin ?

— Je n'y suis pas allée, soupira-t-elle.

— Pourquoi ?

J'avais voulu garder un ton calme, mais je m'entendis vibrer sous l'effet de l'incrédulité et de l'inquiétude.

— Il n'y a plus rien à faire, Elyse, expliqua-t-elle avec franchise. J'ai eu le docteur Mendez au téléphone, et on a joué cartes sur table.

— Qu'est-ce qu'il t'a dit ?

Mon cœur bondissait pour me fendre la poitrine.

— Ils pourraient essayer un nouveau cycle de chimio, mais...

Désespérée, elle n'acheva pas sa phrase.

— Je ne veux pas me lancer là-dedans si ça n'a aucune chance de marcher.

— Ça marcherait peut-être.

— C'est généralisé, Ellie, trop avancé.

Elle inspira profondément.

— Le cancer s'est métastasé dans mes os et mes poumons. Je suis en phase terminale. Si ça se trouve, tu n'y pourras rien, toi non plus.

— Si, dis-je d'un ton encourageant, ignorant la nausée qui me broyait l'estomac. Je ferai quelque chose. On trouvera une solution.

16

Pendant la semaine qui suivit la divulgation de notre secret par Kara, il ne se passa rien. La situation était calme, et j'espérais qu'il ne s'agissait pas du calme qui précède la tempête. La nuit, William me serrait comme s'il craignait que je tombe loin de lui. Je m'efforçais de vivre au jour le jour, sans me retourner. Depuis ma découverte de l'Institut, je n'avais assisté qu'à deux cours : « origines » et « dérobade ». J'étais trop préoccupée pour me pencher sur un sujet, quel qu'il soit, mais William tenait à me changer les idées, et je finis par céder.

Quand j'entrai dans la salle pour mon premier cours de défense des dons, toutes les têtes se tournèrent vers moi. Je me sentis de retour en cinquième année du primaire. La pièce était trois fois plus grande qu'une salle ordinaire. Il n'y avait ni sièges ni tables, rien qu'un grand espace garni de confortables fauteuils poires, répartis sur diverses zones de réunion, le long des murs. La lumière s'y infiltrait par des fenêtres en verre teinté, d'où l'on voyait les immeubles du quartier former un arrière-plan théâtral.

Je remarquai que William m'avait lâché la main, mais je me retins de la reprendre.

— Bien, commençons les exercices à deux, ordonna la femme qui menait la classe, d'un ton qui trahissait une ardeur impatiente.

Avec un petit sourire en coin, William rejoignit les élèves et me laissa près de la prof, qui m'invita à l'accompagner jusqu'à son bureau. Situé dans le coin, celui-ci était loin du brouhaha qui régnait dans la salle. Des rires et des voix, ainsi que des *crac! boum! paf!* et toutes sortes de sons inattendus remplirent bientôt l'atmosphère, tandis que les jeunes exploitaient leur talent.

Je m'assis face à elle, tournant le dos au désordre. Elle avait des cheveux roux, coupés ras, mais à en juger par ses yeux, je devinai qu'ils étaient gris sous la teinture. Elle me porta un regard affectueux, à travers ses fines lunettes en argent, avant de prendre enfin la parole.

— Tu ressembles beaucoup à ta mère.

Elle eut toute mon attention dès cet instant et j'arrêtai de tripoter mes doigts. J'avais définitivement remisé cet épisode de ma vie, espérant qu'il partirait en fumée, mais la braise somnolait toujours.

— Vous avez connu ma mère?

— Elle ne t'a jamais parlé de moi, j'aurais dû m'en douter... remarqua-t-elle avant de se taire un instant. Je m'appelle Helen. Nous étions deux grandes amies.

Ma curiosité fut multipliée. Peut-être savait-elle quelque chose qui m'aiderait à combler le trou qui restait béant depuis la mort de mes parents.

Soudain, elle fit un petit geste, et toute la salle se figea; non seulement l'horloge de son bureau, qui faisait jusque-là un tic-tac bien rythmé, mais aussi les étudiants. Tout devint immobile, paralysé en plein mouvement, comme pendant un arrêt sur image.

— Désolée d'arrêter le temps de cette manière. La première fois, ça surprend, mais c'est le seul moyen que j'ai trouvé pour cacher aux autres ce que j'ai de précieux. Avec les jeunes et leurs dons, il faut être prudent.

Elle fourra la main dans le premier tiroir de son bureau tandis que je regardais la scène, les yeux écarquillés. C'était surnaturel. J'étais tentée de toucher quelque chose, juste pour me prouver que ce n'était pas le fruit de mon imagination.

— Amusant, non ? dit-elle en souriant, après avoir trouvé ce qu'elle cherchait.

— Sidérant, même, confirmai-je en lui rendant son sourire.

— J'avais mis ceci de côté pour toi, déclara-t-elle en me tendant l'objet caché. C'est un bracelet. Il appartenait à ta mère. Elle me l'a donné avant de nous quitter. Elle disait qu'elle n'en aurait plus jamais besoin.

C'était un anneau d'or. Il était trop petit pour que j'y glisse ma main, mais je vis qu'il était pourvu d'un fermoir et d'une charnière, que j'ouvris. Une fois plaqué contre ma peau, il m'allait parfaitement.

— C'est magnifique, dis-je en examinant les motifs décoratifs.

Finement travaillé, un dessin courait sur toute la surface : le bâton d'Asclépios. Un serpent gravé s'enroulait autour d'une baguette.

— Ton père l'avait fabriqué pour elle, ajouta-t-elle. Il avait un grand talent pour ce genre de travail.

Je souris, me souvenant combien il aimait bricoler dans son atelier, derrière la maison. Même après une longue journée aux champs, il rentrait dîner chargé du parfum du métal et du bois. Tous nos meubles, ou presque, étaient son œuvre.

— Je n'ai jamais compris pourquoi elle me l'a cédé, expliqua Helen. En tout cas, j'en suis heureuse. Il te sera très utile le moment venu.

Elle me prit doucement la main pour désigner deux points en relief, au milieu du motif.

— Tu vois ça, là ? Appuie dessus, les deux à la fois.

Quand je fis ce qu'elle me demandait, un objet tranchant me piqua la peau, sous ma paume, et je poussai malgré moi un cri aigu.

— Aïe ! Qu'est-ce que c'était ?

Ma réaction la fit rire.

— Il va falloir t'endurcir !

Sans lâcher ma main, qu'elle tenait fermement, elle attrapa un mouchoir en papier pour tamponner les gouttes de sang qui tombaient d'un petit trou, au ras du bijou.

— C'est un outil de travail, expliqua-t-elle. Porte-le tous les jours.

Elle détacha le bracelet et se piqua le pouce avec une épingle pour soigner nos piqûres.

— Il ne fallait pas, voyons, lui dis-je tandis que ma blessure, qui ressemblait à une morsure de serpent, disparaissait comme par magie.

— Je faisais ça tout le temps pour ta mère. Ce n'est pas grand-chose.

— Est-ce qu'elle soignait beaucoup de monde ?

— Elle est intervenue sur moi plus d'une fois, répondit-elle. À vrai dire, nous n'étions pas très prudentes en ce temps-là. Comme je savais suspendre le temps et qu'elle savait tout guérir, nous repoussions sans cesse nos limites.

— Comment ça ?

Je souris en imaginant ma mère, si douce et si retenue, céder à la tentation de l'amusement imprudent.

— En ce temps-là, c'était différent. On ne pouvait pas encore s'amuser à sauter d'un avion en plein vol, mais on adorait se lancer des défis : faire une course à cheval, grimper au plus grand arbre.

Ça nous a fait une belle collection d'yeux au beurre noir et de fractures, crois-moi.

J'imaginai ma mère, l'anneau au poignet, en train d'appuyer sur les boutons en or avant d'exercer son pouvoir. Elle était pleinement consciente de sa puissance. Je me demandai si, un jour, elle avait été confrontée à une situation comparable à la mienne. Que m'aurait-elle dit ? Hélas, j'ignorais tout de ses convictions. J'étais seule avec moi-même.

— Et les humains ? demandai-je après une hésitation. Est-ce qu'elle a soigné des humains ?

— Tu sais bien que c'est interdit. N'est-ce pas, Elyse ?

Elle avait adopté un ton appuyé, et pourtant son expression la trahissait, comme si elle n'était pas sincère. Je lui fis une réponse neutre, ne sachant trop ce qu'elle pensait au fond d'elle-même.

— Oui. C'était juste pour savoir, par curiosité.

La salle de classe revint à la vie aussi vite qu'elle s'était immobilisée, d'un simple mouvement de main. Certains étudiants étaient silencieux et sages, confortablement installés sur leur pouf, les yeux fermés pour plus de concentration. D'autres, assis face à un camarade, s'efforçaient de susciter chez leur partenaire une réaction interne. Quant aux étudiants qui maîtrisaient mieux leur talent, ils étaient surexcités. Rachel et son petit ami voletaient dans la salle comme des mouches enfermées dans un bocal ; une brune frisée renversait des objets au moyen d'une force invisible ; des rayons électriques de couleur bleue crépitaient au ras du mur tandis qu'un garçon attirait l'énergie d'une prise de courant.

— Eh ! appela William, détournant mon attention. Je peux faire équipe avec elle, Helen ?

— Bien sûr, répondit-elle d'un air entendu. Amusez-vous bien.

— Ma parole, je rêve ! me dis-je en observant la scène, avant que William me tire vers l'un des gros coussins.

— Tu vas t'habituer, assura-t-il avec un petit sourire. Je t'avais bien dit que ça te plairait.

Assis en tailleur, face à face, nous étions assez proches pour que nos genoux se touchent.

— Qu'est-ce que je suis censée faire ? Voir combien de sang je peux perdre avant de m'évanouir ? demandai-je gaiement.

Le cours me remontait effectivement le moral.

Je tirai l'anneau, dont le sang avait été essuyé sur le mouchoir, et je vis ma peau nette et propre.

— J'ai un bleu au bras, tu pourrais essayer là, proposa William.

— Un bleu ? pouffai-je. Allons, allons… Tu peux t'en sortir tout seul.

Le bijou, d'une élégance trompeuse, jurait avec mes vêtements ordinaires. J'avais encore en tête l'image de la plaie vive, ma peau était encore tendre, et pourtant, elle était guérie.

— Je ne vais pas me saigner pour guérir un bleu.

— Mauviette… se moqua William.

Il avait pourtant raison. J'allais devoir m'y habituer. Je ne pouvais pas fuir mon pouvoir.

— Et si je m'entraînais sur toi, plutôt ? proposa-t-il.

— Ça marche, plaisantai-je.

— Je n'ai pas encore commencé.

— Je sais.

Le cours se déroula sans problème. Il fut même distrayant. William me rendit de plus en plus amoureuse, à en devenir folle ; c'était d'autant plus amusant que je me savais déjà folle de lui. Nics me persuada de cicatriser une coupure à la jambe qu'elle s'était faite en frappant le coin de la table, puis Sam nous enivra et nous dessoûla en 10 minutes chrono.

J'attendis impatiemment la semaine suivante, mais j'étais bien naïve d'imaginer que toutes les séances seraient aussi détendues et plaisantes. D'ailleurs, le cours était intitulé « Défense des dons ». Comment avais-je pu ignorer qu'il y aurait une certaine violence ?

Ce jeudi-là, j'entrai dans le bâtiment détendue, à l'aise et prête à apprendre. Tout commença comme d'habitude. Certains étudiants s'installèrent confortablement, prêts à suivre la leçon, tandis que d'autres exerçaient leur talent, seuls ou à deux.

William était près de moi quand Helen s'approcha. Nous lui adressâmes un sourire.

— Bonjour, Madame Stanzic, la salua William, heureux de lui signaler que j'avais décidé de revenir.

— Ravie de constater que tu apprécies mes cours, Elyse. Pour la séance d'aujourd'hui, j'ai eu une idée originale.

— Laquelle ? demandai-je, mordant à l'hameçon.

— Un peu de patience, voyons…

Je réagis en riant, sans me douter de rien, et j'accompagnai William jusqu'au coin de la salle où Nics et Sam se chamaillaient.

— Qu'est-ce qui ne va pas ? intervint William.

— Rien, cracha Sam.

Nics nous regarda avec réticence, puis leva les yeux au ciel.

— Il est furieux parce que je lui ai demandé de ne pas me défier au moment du duel. Je ne voudrais pas le ridiculiser.

— Je vais peut-être le faire, rien que pour te prouver que tu as tort, se défendit Sam.

— Comment ça, « au moment du duel » ?

William avait posé la question à l'instant même où elle m'était venue. Avant qu'ils ne lui répondent, Mme Stanzic prit la parole.

— Bonjour à tous, lança-t-elle d'une voix assez puissante pour attirer l'attention. On va commencer.

Sans se déplacer, les élèves tournèrent la tête vers elle, impatients d'entendre ses instructions.

— Comme vous le savez, il nous est interdit d'organiser le moindre duel en l'absence d'un guérisseur. Jusqu'ici, nous n'en avons jamais eu la possibilité. Je suis ravie de vous annoncer qu'aujourd'hui, c'est faisable. Donc, nous allons nous battre en duel.

Son regard croisa le mien. Elle comprit que je paniquais. Elle était donc folle ? Et si quelqu'un se blessait trop gravement pour que je le guérisse ? C'était terrifiant. Ces jeunes gens possédaient des dons impressionnants, et elle comptait sur moi pour intervenir, quoi qu'il advienne ? Je n'avais pas vraiment envie d'expérimenter mon talent de guérisseuse sur des blessés graves. Je secouai la tête en espérant qu'elle capterait mon message.

D'un geste, elle arrêta le temps, ne laissant qu'elle et moi vivre cet instant suspendu.

— Ne bouge pas trop, conseilla-t-elle. Sinon, ils devineront que j'ai suspendu le temps, et je n'y tiens pas.

— Pourquoi donc ?

— Ils ne doivent pas s'imaginer que tu doutes de toi.

— Précisément, cet exercice me met mal à m'aise.

— Je le sais. Pourtant, il faut que tu passes à l'acte, plaida-t-elle. Elyse, tu dois t'habituer à pratiquer, pour agir sans hésiter le moment venu.

Je me mordis la joue. Que savait-elle de la prophétie ? Seule certitude, elle ignorait tout de mon plan pour Anna, mais ses mots touchaient la corde sensible. Si je n'étais même pas capable de m'entraîner, jamais je ne trouverais la force de sauver Anna.

— Bon... Dites-leur quand même d'y aller doucement. Si quelqu'un est blessé trop grièvement, je ne pourrai pas le soigner sans...

— Je sais comment ça se passe, m'assura-t-elle. Je ne les laisserai pas déraper. Eux-mêmes, ils doivent apprendre à se défendre. L'avenir approche, et j'ai le devoir de les former correctement, de les préparer.

— Les préparer ? À quoi ?

Je connaissais la réponse, mais je voulais savoir jusqu'où elle irait.

— À la guerre, répondit-elle simplement avant de remettre l'univers en marche autour de moi. Qui veut commencer ?

William m'adressa un regard soupçonneux, comme s'il avait remarqué que le temps s'était suspendu.

— Cet exercice ne te gêne pas ? demanda-t-il d'un ton réprobateur.

— Ça ira, répondis-je en m'efforçant de paraître sûre de moi. J'ai besoin de me faire la main.

Sans être convaincu, il n'insista pas. Il se tourna vers Mᵐᵉ Stanzic pour vérifier si elle comptait m'épargner, mais elle affichait un visage sérieux et bien décidé.

Hésitant à se lancer, les élèves restèrent muets, puis je vis, du coin de l'œil, Sam défier Nics avant de se lever.

— Je suis volontaire, Madame Stanzic, annonça-t-il.

Curieusement, il n'avait pas renoncé à paraître en public depuis qu'il avait été vieilli ; plus étonnant encore, personne n'avait évoqué ce sujet. La classe semblait accepter les faits comme un coup de malchance, sans le moindre commentaire.

— Merci, Samuel. Qui d'autre ? Nous avons besoin d'un opposant.

Sam observait Nics avec impatience, mais celle-ci se détourna et nous jeta un coup d'œil, à William et à moi, en secouant à peine la tête pour dire «non». Quand Sam lui adressa un regard noir, elle se contenta de lui sourire, amusée, et me glissa à l'oreille :

— Je ne veux pas le ridiculiser.

Mme Stanzic interrogea une brune aux cheveux épais qui mâchait ouvertement sa gomme. Je reconnus la fille qui avait soulevé des objets avec une force surhumaine lors du cours précédent.

— Veux-tu essayer, Bianca ?

— D'accord, répondit-elle d'un air confiant.

L'élève se leva, affichant un grand sourire, et rejoignit le milieu de la salle. Même si le visage de Sam avait vieilli de 10 ans, l'attitude de cette fille trop sûre d'elle me fit m'inquiéter pour lui.

— Il ne risque rien ? demandai-je tout bas à William.

— J'espère que non. Il me doit 10 $.

Je rejetai sa blague et persistai :

— Je parlais sérieusement.

— Moi aussi ! dit-il en riant.

— Bien, voici les règles, déclara Mme Stanzic. N'exercez pas toute votre puissance. Nous ne sommes pas ici pour nous entre-tuer. Essayez aussi de laisser la salle intacte. Si vous cassez une fenêtre... eh bien, il faudra assumer, et je ne veux voir personne intervenir. Si l'un d'entre vous se laisse emporter, je me ferai un plaisir de le renvoyer de mes cours. En cas d'égalité, c'est moi qui désignerai le vainqueur. Si vous voulez abandonner le combat, vous devez déclarer forfait. Entendu ?

Sam et Bianca hochèrent la tête et se placèrent chacun à un bout de la salle.

— Prêts ? vérifia Mme Stanzic. Allez !

Bianca manifesta aussitôt une force si impressionnante que j'en eus le souffle coupé, et je ne fus pas la seule. Sa vigueur invisible traversa l'air comme une vague de chaleur et me troubla la vue. Je pris la main de William quand l'énergie frappa Sam de plein fouet. Surpris, il trébucha en arrière, le visage tordu de douleur, mais se redressa à temps pour échapper au coup suivant.

— Vas-y, Sam ! hurla Nics.

À ces mots, Sam parut plus sûr de lui. Bianca devait se douter qu'elle ne disposerait que d'une minute avant que Sam n'exerce son pouvoir ; elle lança donc une série de coups intenses, espérant le submerger. Il fit de son mieux pour les éviter, en attrapant quelques-uns qui lui heurtèrent mollement l'épaule, mais je voyais bien qu'il se concentrait. La fille se mit à trembler. Elle battit lentement des paupières, apparemment pour s'éclaircir la vue, sans pour autant abandonner.

— C'est tout ce que tu sais faire ? marmonna-t-elle bêtement.

Elle lui porta un nouveau coup, hélas si mal orienté qu'elle brisa la lampe et expédia des débris de verre dans tous les sens.

Quand Sam l'eut complètement enivrée, il n'eut plus besoin de bouger. Il resta sur place, bien concentré, tandis qu'elle frappait dans le vide. Quelques minutes plus tard, Bianca lui adressa un regard flou avant de courir jusqu'à la corbeille à papier pour y vomir.

— Elle tient la boisson, ma parole ! ironisa Sam devant la foule, qui hurla de rire.

Bianca elle-même laissa échapper un petit sourire en se redressant, soudain dessoûlée, avant de retourner s'asseoir.

— Je veux bien faire le combat suivant, annonça Nics sans que la professeur ait besoin de poser la question, provoquant chez Sam un regard irrité.

— Moi aussi, ajouta un garçon un peu trop gros aux cheveux bruns et bouclés.

— De quelle lignée est-il ? demandai-je tout bas à William.

— Chronos. Le sommeil. Nics va gagner, affirma-t-il.

Le duel fut bref. Nics ne tarda pas à lui bloquer la vue, ce dont elle menaçait souvent Sam, en lui encerclant la tête d'un vide lumineux. Il marcha maladroitement, infligeant les effets de son pouvoir aux malheureux qui se trouvaient dans sa ligne de mire. La moitié de la classe se retrouva ainsi ensommeillée avant que Mme Stanzic ne mette fin au jeu en riant.

— C'est bon, Nics ! Je crois que Stan en a assez. Dissipe l'écran.

Tandis qu'elle parlait, le regard de Stan se posa sur Nics. Il s'était simplement tourné vers elle, par réflexe, pour voir où elle se trouvait, mais sa capacité était toujours en action et, quand il la regarda, elle reçut un coup de massue.

— Flûte ! s'écria Stan.

Tout arriva très vite. Il tenta de la ranimer tandis qu'elle trébuchait mais, quand elle entrouvrit les yeux, elle n'était plus qu'à quelques centimètres du sol. Nous poussâmes tous un petit cri quand elle se cogna par terre, tombant de tout son poids. Sa joue heurta de plein fouet le linoléum, et tout le monde entendit son crâne cogner le sol, avant de voir le sang couler.

Elle resta d'abord muette, alors même que le sang glissait sous sa paupière fendue puis, passé l'effet de choc, elle se mit à grogner.

— Stan, ordonna notre professeur. Endors-la.

Il la regarda, confus, puis, voyant la tache qui se formait par terre, il obéit. Une telle perte de sang ne pouvait provenir d'une blessure légère ; pourtant, j'étais incapable de bouger. Inerte, les bras ballants, je me contentais de la regarder. Nics, jeune fille forte et sûre d'elle, gisait au sol, impuissante et blessée. Le cri de Mme Stanzic me tira de ma stupeur.

— Elyse !

Toute la classe était figée, comme si la prof avait une fois encore suspendu le temps. William lui-même était assis, paralysé, le visage glacé de peur. Je bondis sur mes pieds sans réfléchir. Il y avait trop de sang par terre. Était-il encore temps ?

Je sautai vers Nics, seule face à la situation. Allaient-ils tous rester assis à la regarder mourir ?

Je rabattis ses cheveux tachés de sang pour exposer la plaie, qui partait de son œil et louvoyait sur son front jusqu'à son crâne fissuré. Pourquoi Mme Stanzic n'avait-elle pas suspendu le cours du temps ? Elle aurait pu empêcher cela. Elle pouvait encore agir pour m'aider à secourir Nics, mais elle n'en fit rien. Ce fut donc en temps réel que j'appuyai sur les boutons en or de mon anneau et que je reçus une piqûre au poignet qui me fit sursauter. Je commençai par traiter la plaie du cuir chevelu, là où la blessure était la plus vilaine. Dans une mare de sang, le sien et le mien mélangés, j'eus du mal à voir si mes dons fonctionnaient. Cependant, à mesure que je laissais tomber des gouttes sur son front et son œil, je sentais que sa peau se reconstituait. Ses blessures allaient guérir, grâce à moi.

— Je crois que ça marche, dis-je à Mme Stanzic, en quête de réconfort.

— Je n'en doute pas, confirma-t-elle avec un sourire satisfait. Stan, réveille-la pour qu'on voie comment elle va.

Nerveux, nous regardâmes Nics recommencer à bouger lentement. Ce fut moi qu'elle vit en premier.

— Comment te sens-tu ? lui demandai-je, inquiète.

— Pas mal, répondit-elle, un peu secouée. Merci.

Le cours prit fin juste après. Nous étions tous trop éprouvés pour reprendre les duels, et Mme Stanzic nous libéra. Nous étions sur le point de sortir quand le monde s'immobilisa ; une nouvelle fois, je fus prise dans le piège du temps.

— Tu dois me trouver cruelle, n'est-ce pas ? demanda-t-elle en contournant les corps pour me rejoindre.

— Non, soupirai-je.

Je mentais. Si, je lui en voulais d'avoir attendu pour intervenir après l'incident. Elle avait manqué bien des occasions de m'aider, et je savais qu'elle l'avait fait exprès.

— Je suis sûre que si, insista-t-elle, encaissant ma réponse. Ce n'est pas grave. Tu n'es pas obligée de m'approuver. Tu dois simplement développer tes compétences. Et accomplir la mission qui t'est destinée — pour notre bien à tous.

17

Tout au long de la semaine, je m'efforçai de ne pas m'appesantir sur la déclaration de la professeur et, lors du cours suivant, les exercices à deux recommencèrent. Apparemment, Anna se portait bien, ce qui me donnait le temps de réfléchir. Ni Ryder ni le Conseil ne s'étaient manifestés. Kara elle-même n'était pas revenue semer la zizanie.

Tandis que Mme Stanzic allait d'un groupe à l'autre pour évaluer le niveau technique des élèves et leur souffler des idées, William et moi testions le talent de Nics. Je nommais des objets, et Nics devait aussitôt les rendre invisibles. C'était un jeu amusant, qui fut bientôt interrompu par l'interphone, où une voix féminine prononça mon nom.

— Elyse Adler est priée de se présenter au cinquième étage.

— Qu'est-ce qu'ils me veulent ? demandai-je, espérant obtenir une réponse d'un de mes camarades.

— Le cinquième, c'est l'étage de l'administration, indiqua Nics. Il doit leur manquer un formulaire, un truc comme ça.

J'avais envie d'y croire, et pourtant mon estomac s'était noué quand j'entrai dans l'ascenseur avec William.

Le cinquième étage n'avait rien à voir avec l'Institut. Il était aménagé d'une façon très différente. Ce n'était qu'une immense salle garnie d'innombrables bureaux à trois cloisons, le tout derrière un guichet d'accueil.

— Je suis Elyse, dis-je à une réceptionniste aux cheveux gris qui me fit une petite grimace. Vous m'avez convoquée.

Les coins de sa bouche restèrent crispés tandis qu'elle me tendait une enveloppe en montrant du doigt un bureau situé au coin à droite.

— Présentez-vous au service des examens, grogna-t-elle.

— Qu'est-ce que ça dit ? demanda William tandis que nous passions entre les bureaux.

— La lettre parle d'un examen de dérobade.

Il m'arracha aussitôt le papier des mains.

— Tu plaisantes ?

— Pourquoi ?

— Je n'y crois pas… Te demander un truc pareil !

Je repris la feuille.

— Pourquoi ? De quoi s'agit-il ?

— C'est un examen obligatoire qu'on passe quand on a 50 ans. On est mis dans une situation précise dont on doit se tirer sans révéler son don ni son âge.

— C'est dur ?

Alors que nous arrivions devant le bureau des examens, il s'arrêta et ses mâchoires se serrèrent sous l'effet de ses souvenirs.

— C'était l'un des défis les plus difficiles de toute ma vie.

À en juger par son expression, c'était bien autre chose qu'un examen écrit.

— Qu'est-ce qu'ils t'ont fait faire ?

— J'ai dû regarder un gars se faire agresser dans la rue sans bouger. L'assaillant avait un révolver, et je ne pouvais pas m'interposer. Je devais le laisser agir, sans intervenir. Le malheureux a été presque battu à mort. C'était horrible.

Cette vision me serra la poitrine.

— Qu'est-ce qui t'empêchait de le secourir ? On s'en fiche de leurs examens.

— Ils suppriment les êtres humains qui connaissent notre existence, Elyse. Si on cède à la tentation, ces gens sont tués.

— C'est révoltant, grondai-je. Tu n'étais qu'un enfant.

— Nous sommes tous passés par là. C'est une façon de nous endoctriner. De nous convaincre de cacher nos dons.

— Laisse tomber ! déclarai-je bien fort. Je ne passerai pas cette épreuve.

Je me retournai, prête à filer vers l'ascenseur, pour m'immobiliser aussitôt : j'étais nez à nez avec Ryder.

— Tu vas où, là ?

Un sourire narquois lui remonta les joues tandis que je luttais contre ses chaînes invisibles.

— Je suis venu t'escorter pour ton examen.

Je sentis son haleine infecte quand il s'approcha pour me serrer le menton. Je m'attendais à ce qu'il me frappe, comme il l'avait déjà fait, mais au lieu de cela, il me pinça avec ses gros doigts, me forçant à ouvrir la bouche. Il me montra une minuscule pastille bleue qu'il me glissa dans la gorge et, quelques secondes plus tard, je perdis connaissance.

J'entendis le brouhaha avant de rouvrir les yeux. C'étaient des sons étranges, hors du commun. La dernière chose dont je me souvenais, c'était d'avoir suffoqué sous la pression des mains de Ryder, puis sombré dans le noir. Lorsque je levai les paupières, je vis trouble. Cette mystérieuse pilule m'avait sonnée. Je ne savais pas où j'étais.

Quand ma vue s'accommoda et que mon cerveau enregistra enfin les appels à l'aide et les cris d'horreur résonnant alentour, j'en eus le souffle coupé. Mes doigts se crispèrent sur de l'asphalte tiède et je tentai de comprendre où j'étais. J'ignorais ce qui était arrivé, et comment c'était arrivé. Un autobus en miettes, couché sur la chaussée, crachait de la fumée. Des corps étaient étendus sur le trottoir et il y avait du sang partout, sur le visage des gens affolés ou en mares près des blessés. Dépassée par le chaos, je fus prise de panique, la poitrine tremblante.

Un vieil homme à lunettes s'agenouilla près de moi, ses cheveux bruns ruisselants de sang.

— Non, toussai-je. Je ne peux rien faire pour vous.

C'était pour son propre bien.

— Vous vous sentez bien ? me cria-t-il pour couvrir le bruit.

Jusqu'alors, je n'avais pas senti la douleur. Je m'aperçus soudain que ma jambe droite était froide. Mon jean était imbibé de rouge à cause d'une déchirure qui traversait ma cuisse. Je me dressai pour m'asseoir et tenter de me rappeler comment c'était arrivé. Je n'avais aucun souvenir de l'accident.

— Fichez le camp ! criai-je, incapable de marcher et ne sachant comment réagir autrement. Fichez le camp !

L'homme me regarda avec rancœur et s'éloigna pour aider quelqu'un d'autre.

— Pitié ! appela une femme à quelques pas de là.

Elle berçait sa fille, serrée contre elle, comme pour se soulager elle-même. Sur ses genoux, la fillette était inerte et molle, le sang coulait sur son tee-shirt. Elle n'allait pas s'en tirer toute seule.

Je regardai mon bracelet avant de m'affaler sur le trottoir, les yeux fermés. Si je secourais quelqu'un, Ryder l'abattrait. Donc, quelle que soit ma décision, cette petite était condamnée. Je ne pouvais rien faire. Je songeai à l'accident de mes parents, à la façon dont ils étaient morts. Tout recommençait : j'étais inutile, désespérée, incapable de sauver quiconque. Les pleurs de cette femme étaient bouleversants, et je ne pouvais pas les fuir. Je me penchai, incapable de me maîtriser, pour vomir sur le bitume.

Mon cœur bouillait de rage. Pourquoi nous imposait-on des choses pareilles ? À quoi cela menait-il ?

— Au secours ! cria la femme.

Je fis la sourde oreille, m'efforçant d'ignorer ses sanglots et mes propres larmes qui coulaient à mes oreilles. « Concentre-toi sur ta douleur », me dis-je. Ma jambe palpitait et le froid gagnait du terrain. Comment allais-je m'en sortir ?

Ce ne fut qu'en entendant les sirènes hurler, de plus en plus fort à mesure qu'elles approchaient, que je sentis la panique m'envahir. Je perdais beaucoup de sang. Que se passerait-il si on m'emmenait à l'hôpital ? Allait-on me faire une transfusion ? L'étourdissement m'empêchait de réfléchir et mon cœur battait frénétiquement pour compenser l'hémorragie.

Les véhicules de secours arrivèrent, suivis d'ambulances et de voitures de police, sans que j'aie le temps de me cacher. Désespérée, je tentai de me lever pour fuir, traînant ma jambe inutile, mais le paysage se mit à tourner autour de moi.

— Par ici ! cria-t-on au moment où je retombai sur le sol dur.

Je protestai d'une voix qui n'était plus qu'un murmure. Je n'avais pas conscience de mon affaiblissement.

Je sentis un brancard sous mon dos et je vis le ciel danser tandis qu'on m'emportait. M'éloigner du chaos à bord d'une ambulance me soulageait partiellement. Au moins, je serais loin de cette femme en larmes.

Quand la portière se referma, je me trouvai face à une femme en combinaison bleu marine, coiffée d'une queue-de-cheval. Ses mains se posèrent sur ma jambe et je l'entendis prononcer des mots réconfortants, sans les comprendre pleinement. Il ne fallait surtout pas qu'on m'emmène à l'hôpital. Combien de gens seraient tués si mon don était mis au jour dans un endroit si fréquenté ? En un dernier sursaut, je me redressai et me traînai vers la porte de l'ambulance. Il fallait que je sorte, par tous les moyens.

— Oh là ! s'exclama la femme en cherchant à me retenir.

— Arrêtez la voiture, ordonnai-je. Laissez-moi sortir.

— Calmez-vous, ça va aller…

— Je vous en prie, insistai-je en déployant les maigres forces qui me restaient. Laissez-moi partir, c'est tout.

Mon cœur s'arrêta de battre quand je vis qu'elle tenait une seringue. C'était fichu. Je n'avais plus qu'une chance de m'en sortir avant que la situation m'échappe complètement. L'infirmière tenta de me maintenir d'une main en préparant la seringue de l'autre, tandis que je me débattais en l'implorant. Elle ne parvint pas à me maîtriser et, alors qu'elle était sur le point de m'injecter ce qui était probablement un sédatif, je me libérai et fis voler la seringue. L'infirmière essayait d'attraper son talkie-walkie quand la seringue tomba près de mon pied. Je la saisis pour la lui enfoncer dans le cou.

Elle ouvrit grand les yeux pour me dévisager, sous le choc. Quand elle s'écroula, je me glissai contre le hayon pour attendre le bon moment. Je pensai d'abord que je devrais descendre alors que la voiture était en marche. Je songeai à la façon de m'y prendre, tentant de me convaincre que je ne mourrais pas à cause du choc ou d'une voiture qui me roulerait dessus, mais pour une fois, la chance me sourit. Les collines ondulantes de San Francisco et les innombrables voitures forcèrent l'ambulance à ralentir, et je pus donc sauter sans me tuer.

D'un pas bancal, je montai sur le trottoir. Automobilistes et piétons se tournèrent vers moi. Je m'adossai au mur d'un bâtiment, étonnée d'avoir trouvé la force de descendre du véhicule.

Tout en priant pour que personne n'appelle les urgences, je décidai de trouver un refuge plus sûr. Avant tout, il me fallait cinq minutes de repos, quelques instants pour baisser les paupières.

Pour rester consciente, je me concentrai sur les bruits de la ville. Les gens parlaient et passaient sans ralentir. J'entendis des pas s'approcher puis s'éloigner, puis, quand quelqu'un s'arrêta près de moi, j'ouvris les yeux d'un coup.

— C'est moi, annonça William pour me tranquilliser.

Il s'agenouilla et dégagea les cheveux de mon visage. Je laissai mes paupières retomber tandis qu'il passait ses bras autour de moi.

— Ça va aller.

Il posa ses lèvres sur mon front et je me serrai contre lui. Alors seulement, je me laissai emporter par l'évanouissement.

18

Raidie par la peur, je me retrouvai allongée, inerte, sur un canapé inconnu au milieu d'un salon inconnu. William était près de moi, mais cela me faisait encore plus peur. Il ne survivrait peut-être pas à son acte, ce qui décuplait mon angoisse. Je tentai de comprendre où j'étais, sans bouger, mais les fenêtres donnaient sur le ciel noir. J'étais piégée, anxieuse, sous l'effet d'un sinistre présage, comme si cette pièce pourtant calme et déserte me torturait. Derrière le mur de la nuit, je savais qu'il y avait la guerre. Je voulais qu'il y ait la guerre — j'allais la mener.

Le hurlement de l'alarme municipale me fit trembler de tout mon corps. C'était probablement une offensive contre nous, pour semer la terreur parmi les masses. La sonnerie persistante me commandait de quitter cette maison, de m'enfuir, mais je ne le pouvais pas. Je ne le voulais pas. Soudain, l'image grisâtre et cotonneuse de l'oracle sans visage m'apparut. Elle avait un message pour moi.

— Réveille-toi, Elyse, cria-t-elle.

J'ouvris les yeux d'un coup, les sens soudain assaillis par une lumière tranchante. Tout cela n'était qu'un rêve. Mon cœur se détendit et je revins à la réalité. Autour de moi, rien ne m'était familier, à part William. Son sourire me réconforta.

— Je me fais des idées, ou tu tombes facilement dans les pommes?

Au pied d'un canapé bleu marine, il avait attendu patiemment que je revienne à moi, et il était heureux que je me réveille. J'étirai mes jambes sur ses genoux en grognant dans l'oreiller.

— Va donc te faire tabasser ou perdre la moitié de ton sang. On verra dans quel état tu en sortiras.

Je me frottai les yeux, toujours désorientée. J'étais dans une salle de séjour. Cela sentait l'amande, les murs couleur coquille d'œuf et le tapis blanc crème étaient rassurants.

— Et ma jambe ? demandai-je en soulevant la couverture dont j'étais couverte.

— Ma mère s'en est occupée.

— Bonjour, ma jolie ! lança une voix forte et gaie provenant de la cuisine, qui n'était séparée de nous que par un bar et trois tabourets.

Cette femme avait le visage tendre et le corps généreux de la plupart des mamans.

— Bonjour, répondis-je.

William glissa ses mains sous le jeté pour ranimer mes orteils nus et glacés, sa peau et la mienne se réchauffant d'un simple contact.

— Je voulais l'aider, raconta-t-il, mais elle a exercé son autorité maternelle pour m'en empêcher.

— Je m'appelle Sofia, se présenta-t-elle en s'approchant.

Ses cheveux étaient dorés comme ceux de William, et ses yeux se plissèrent sur le côté quand elle me sourit.

— Comment te sens-tu ?

Quand je fis jouer les muscles de mes pieds, je sentis mes cuisses se tendre. Ma jambe droite était faible, mais je pouvais la bouger.

— Je crois que ça va. Merci de m'avoir guérie.

— J'ai pu refermer la plaie, mais tu as perdu beaucoup de sang. Il est possible que tu aies encore un peu mal et que tu sois fragile. Si tu as besoin de quelque chose, n'hésite pas à le dire, d'accord ? Je vous laisse, tous les deux.

Quand elle fut sortie, William s'assit par terre devant moi.

— Qu'est-ce qui m'est arrivé ? l'interrogeai-je, enfin consciente que j'avais vécu un véritable accident. J'étais à l'Institut et, d'un coup, je me réveille dans une zone de guerre.

— De toute évidence, Ryder a monté un plan.

— Pourquoi ?

— Tu es étiquetée. À mon avis, il n'avait pas d'autre moyen de se débarrasser de toi sans violer la procédure officielle.

Je soupirai. Ce gars-là allait nous pourrir la vie.

— Je le déteste.

— Au moins, tu as passé l'examen. Sa tactique s'est retournée contre lui.

Écœurée, je secouai la tête.

— Il y a eu des morts, William.

Du bout des doigts, il me caressa le bras.

— Je sais. Ryder m'a forcé à tout regarder.

— Comment ça ? demandai-je, mortifiée.

— Il m'a immobilisé dans un immeuble qui donnait sur la scène de l'accident. On a tout vu par la fenêtre.

Je n'arrivais pas à y croire. C'était trop atroce pour être vrai.

— Je ne me souviens pas du moment où je suis montée dans ce bus. Je ne me souviens de rien.

— Pour moi aussi, ça s'était passé comme ça.

— Comment as-tu fait pour me retrouver ?

Je le regardai dans les yeux. Je lui devais beaucoup. Il m'avait sauvé la vie.

— On suivait l'ambulance sur des écrans de surveillance et, quand tu es descendue, Ryder m'a laissé partir. Comme j'avais reconnu l'endroit où tu étais, j'ai couru jusque-là.

— Je ne sais pas ce que j'aurais fait.

Il se tendit pour déposer un baiser sur mon épaule.

— Peu importe. Tu es ici, saine et sauve.

— Est-ce que je suis restée longtemps évanouie ?

— Quelques heures. Heureusement, tu t'es réveillée à temps pour dîner. Veux-tu manger avec mes parents ?

Compte tenu de tous les événements qui me chargeaient l'esprit, et surtout de la maladie d'Anna, je n'avais pas envie de sourire en société. Plus que jamais, je voulais la guérir. Même si mon envie d'agir était alimentée par la haine, je l'acceptais. Et pourtant, comme je mourais de faim, je ne voulus pas me priver d'un repas bien cuisiné.

William me mena jusqu'à la table, insistant pour que je ne marche pas seule. J'échangeai des civilités avec ses parents tandis que Mme Nickel nous servait du ragoût de porc et du pain maison. L'odeur qui régnait me rappela les plats de ma mère, dont j'étais privée depuis près de 50 ans. J'avais hâte de goûter cela. Quand chacun fut servi, le docteur Nickel se risqua à lancer la conversation.

— Eh bien, as-tu réfléchi à la prophétie ?

Le tintement des cuillers dans les bols de porcelaine flotta dans le silence.

— Drôle de façon de briser la glace, soupira William. Il fallait vraiment que tu lances ce sujet…

— Je trouve ça plutôt pertinent, étant donné les circonstances. Cet examen lui a peut-être changé les idées.

Ils se tournèrent vers moi tous les trois, dans l'attente de ma réponse, mais que pouvais-je donc leur dire ?

— Selon Iosif, mes choix n'ont pas d'incidence sur la prophétie. Elle se réalisera, quoi qu'il advienne.

— Tu parles d'un conseil ! se moqua William. Comme ça au moins, on sait ce qu'on doit faire.

— C'est pourtant la vérité, mon fils, soutint le docteur Nickel. Ne sous-estime pas ses déclarations. Cela aura bien lieu.

William pigrassa dans son bol pour fuir le regard de son père.

— Et si je le refusais, moi ? demanda-t-il.

Le docteur Nickel me regarda avant de répondre.

— Ce n'est pas à toi de choisir.

— Est-ce qu'elle choisit la moindre chose ? Peut-être qu'elle ne veut pas de tout ça ?

— Ça lui viendra tôt ou tard.

Mme Nickel et moi restâmes silencieuses tandis que le père et le fils discutaient comme si je n'étais pas là.

— Elle n'a pas le temps, lança William. Puisqu'ils savent qu'elle est la nouvelle mère, ils ne tarderont pas à comprendre le reste. Que ferons-nous s'ils viennent la chercher ?

— Comment l'ont-ils appris ? coupa Mme Nickel.

William secoua la tête.

— Kara les a mis au courant.

— Qu'est-ce qui l'a amenée à commettre une chose pareille ? reprit sa mère, les sourcils froncés.

— C'était pour me sauver la vie, répondis-je, incapable de me taire plus longtemps. Mais c'est sans importance. Ils ne me poursuivront pas. Je suis étiquetée.

— Elyse, dit William, ce n'est pas...

Il ferma les yeux brièvement, le temps de réfléchir.

— Nous ignorons pourquoi tu as été étiquetée, pour combien de temps et par qui. Il ne faut pas y voir une protection permanente. Tu ne devrais pas trop compter là-dessus.

Les Nickel, sous le choc, ne disaient plus rien.

— Compte tenu de ce qu'elle a subi hier, nous devrions fuir, affirma William.

— Impossible ! coupai-je.

J'avais réagi sans réfléchir. Je ne pouvais pas abandonner Anna. William sembla surpris.

— Pourquoi? Ils pourraient passer à l'acte d'une minute à l'autre.

Je réfléchis bien vite pour inventer une autre raison.

— Si je suis censée accomplir cette fameuse prophétie, il ne servira à rien de m'enfuir. Je me dérobe depuis trop longtemps; j'y ai même passé ma vie.

Le docteur Nickel fit un sourire jovial.

— Ton mode de pensée me plaît.

William, lui, était sous le coup de la colère et de la déception, et je me demandai s'il devinerait sur quoi reposait vraiment ma décision. Le repas s'acheva en silence, puis nous quittâmes la salle à manger.

— Tu veux visiter ma chambre? proposa-t-il. Je n'ai pas envie de rester en bas.

Le couloir de l'étage était celui d'une famille normale. Sur les murs blancs, des cadres garnis de photos juxtaposées immortalisaient l'histoire familiale. On y voyait aussi une jeune fille, véritable sosie de la mère de William. Je n'avais jamais entendu parler d'elle.

— Qui est-ce? demandai-je en désignant le portrait. Tu as donc une sœur?

— Oui. Edith. Elle est chez une amie.

Je notai que les clichés étaient récents, datant de quelques années tout au plus. Il n'y avait ni portrait d'enfant ni photo de mariage.

— Elle a hérité du don de votre père?

— Oui, hélas, et elle est persuadée que ça fait d'elle la reine de son univers de quadragénaires.

L'idée que sa petite sœur pouvait l'embêter me fit sourire.

Je compris que nous étions dans sa chambre sans qu'il ait besoin de me l'annoncer. Elle le résumait parfaitement. À peine entrée, je ne pus manquer un mur entièrement couvert de CD, complété par tout l'appareillage adéquat. Une multitude d'enceintes, d'amplificateurs et d'éléments que je ne reconnus même pas montait jusqu'au plafond. La lumière de l'après-midi rasait le sol, venant de droite, et près de la fenêtre était posée une guitare acoustique de belle facture. Le lit, assez grand pour y coucher à deux, semblait tenir lieu de seul siège dans la pièce, et je ne tardai pas à m'y asseoir confortablement tandis que William fouillait sa discothèque.

— Tu sais, dit-il, quelle que soit ta décision, je l'approuverai.

Il soupira et me chercha du regard. Puis il ajouta :

— Mon père a raison. Ce n'est pas à moi de choisir mais à toi. Je serai là, quoi qu'il arrive, quoi que tu choisisses.

— N'en parlons plus.

J'avais hâte de me distraire, ne fût-ce que pour une nuit. Sur le moment, je comptais faire comme si de rien n'était.

— D'accord. Je voulais juste que tu le saches.

Quand il eut choisi la musique, je me poussai pour lui faire de la place, j'ôtai mes sandales et je m'appuyai sur le mur. Il s'installa près de moi, posa un oreiller sur mes genoux et s'y appuya. Son beau visage tout près du mien, si proche de mon regard, je pris pleinement conscience de l'effet qu'il me faisait. Même quand il n'exerçait pas son pouvoir, je sentais qu'il m'attirait.

Il laissa sa tête sur mes genoux tandis que nous écoutions son disque, dont chaque morceau était meilleur que le précédent, selon lui. Étourdie et flottante, à moitié envoûtée par les paroles des chansons, je passais doucement les doigts dans ses cheveux en m'efforçant de ne pas penser à mon avenir. Ses yeux restèrent posément fermés tandis que j'examinai les détails qui le rendaient irrésistible. Du bout du doigt, je suivis le contour de sa joue, la forme de ses sourcils, le bord recourbé de sa lèvre inférieure, jusqu'à ce qu'il finisse par sombrer dans une sorte de demi-sommeil.

Ma main avança jusqu'à frôler son cou, au ras de son col de chemise, puis elle descendit le long de son bras taché de son. Tout m'attirait, y compris ce qu'il y avait en lui de plus étrange. La peau délicate de l'angle de son coude, ses doigts forts et musclés, le moindre millimètre de son corps m'émouvaient. Quand je me tournai vers son visage une fois encore, je vis ses yeux entrouverts.

— Agréable...

Il s'étira et sa tête roula sur mon ventre tandis qu'il se réveillait.

— À mon tour.

Il se redressa pour s'approcher, glissa ses doigts dans mes cheveux et me fit fondre au creux du lit. Ses lèvres, douces comme un pétale de rose, dansèrent légèrement sur le bord de ma clavicule. Les sensations que j'éprouvais quand il me touchait variaient du chatouillement à un plaisir plus intense, plus profond, qui me rendait presque folle. Je me hissai vers son visage pour le tirer vers le mien, brûlant du désir de sentir ses lèvres. Ce baiser, c'était tout ce que j'attendais et davantage, à la fois exaltant et satisfaisant, mais je n'avais pas encore pensé à ce qui viendrait après, et je fus prise de panique. En réaction à mon geste trop empressé, sa main avait trouvé la peau nue de mes reins, ce qui me tendit intérieurement. Ma conscience me conseilla de me retirer, mais mon corps ardent, avide de plus de contact, refusa d'obéir.

— Attends... soufflai-je.

Il réagit aussitôt. Il s'écarta, les yeux grands ouverts et pleins de regret.

— Je suis désolé, balbutia-t-il.

— Non, dis-je en secouant la tête. Ne sois pas désolé.

De toute évidence, j'avais envie de lui, mais les choses allaient trop vite.

— C'est juste que… Je n'ai jamais… avec personne. Je n'ai jamais eu de petit ami. Je veux dire, c'est toi qui m'as donné mon premier baiser, et là, je ne sais pas vraiment ce que je fais.

Je parlais pour ne rien dire. « Sois plus claire, Elyse, va droit au but. »

— Je suis encore très…

— Hé! coupa-t-il. C'est bon. On va y aller doucement.

Je repris mon souffle.

— D'accord.

Je savais que nous étions censé être des âmes sœurs, mais tout allait trop vite. William s'adossa au mur, calé contre des coussins, et je l'imitai, ma tête sur sa poitrine. La main dans mes cheveux, il reprit :

— Alors comme ça, je t'ai donné ton premier baiser?

— Oui. C'est lamentable, hein?

— Non. En fait, tu embrasses bien.

Je levai le nez.

— Sérieux?

— Oui. Moi, mon premier baiser, c'était avec Sue Crape, à la suite d'un défi. Crois-moi, ça n'avait rien de beau.

— Tu as eu une petite amie? demandai-je, impatiente de l'entendre m'exposer les détails croustillants de sa vie amoureuse.

— Oui, une.

— Et? relançai-je avec un petit coup de coude.

— Et…

Je devinai qu'il souriait.

— Elle s'appelait Juliet Harrison. Elle vit dans une autre communauté, mais il y a ici des gens qui la connaissent. Je ne suis pas trop fier de cette histoire.

— Qu'est-ce qui t'est arrivé?

— C'était une manipulatrice, déplora-t-il. Elle descend d'Athéna et, en bonne héritière de la déesse de la sagesse, elle croit tout savoir. Tu imagines l'effet que ça fait de sortir avec une fille qui prétend tout savoir, et qui sait tout en effet ? En gros, elle m'a convaincu que nous devions être ensemble, alors que c'était un gros mensonge.

Des questions me vinrent, mais je me tus.

— Je devrais te reconduire chez toi, signala William alors que je ne disais rien. Ça me fait drôle de partager un lit avec toi alors que mes parents sont là.

Je soulevai la tête et me redressai.

— Pourquoi habites-tu toujours ici ?

— À ton avis ? Tout ce qu'ils ont dans la tête, c'est la guerre et la prophétie. Ils sont trop paranos pour me laisser partir.

Une heure plus tard, allongée près de William dans mon lit, je sentis mon esprit se détendre. Hélas, dès qu'il s'endormit, mes conversations avec Iosif, le docteur Nickel et sa femme, et avec Anna, se remirent à me tourner dans la tête. J'observai le visage calme de William, refusant d'admettre que le temps ne jouait pas pour moi. Je me rappelai malgré moi que je devais vivre au présent, même si chaque instant disparaissait comme de l'eau sur du sable.

19

Je pris conscience du plaisir qu'il y avait à sentir le corps chaud de William près du mien quand son absence me réveilla. Il n'avait laissé qu'un message, posé sur son oreiller : *J'ai eu une idée. Je reviendrai lundi. Sois prudente.*

Je pensai aussitôt à Anna. Je ne l'avais pas revue depuis le jour où elle m'avait révélé son cancer. Je lui avais expliqué que nous étions en danger, mais si j'évitais de lui rendre visite, ce n'était pas uniquement par prudence. Dès que je la verrais, je me trouverais d'un coup face à tout ce que j'avais refoulé. La surveillance de William m'avait fourni une bonne excuse pour ne pas lui rendre visite, mais puisqu'il était parti, je n'avais plus le choix.

Tandis que je traversais le pont d'Oakland au volant de ma vieille Nissan, je me demandai comment William réagirait. « Où as-tu la tête ? » J'imaginai son expression inquiète. Certes, les conséquences me rendaient un peu nerveuse, mais nous étions étiquetées l'une et l'autre. Si je n'allais pas voir Anna tout de suite, alors que j'en avais l'occasion, je le regretterais.

À la sortie de l'autoroute, et alors seulement, je compris que j'étais suivie. Je reconnus derrière moi la Lincoln noire que j'avais déjà repérée en partant. Elle me collait sans la moindre tentative de discrétion.

Je commençai à m'inquiéter. Quelque chose ne tournait pas rond. Instinctivement, je virai au premier croisement, quittant la route qui menait chez mon amie, et quelques secondes plus tard, la voiture m'imita. Alors je continuai tout droit, sans trop savoir comment réagir. La tête me tournait.

Sous l'effet de la panique, j'accélérai de 55 à 65, puis 80 kilomètres à l'heure, traversant à toute allure des quartiers résidentiels. Je bifurquais dans une rue sur deux, espérant semer la Lincoln ; hélas, elle resta derrière moi, obstinée, résolue. L'adrénaline me domina bientôt, la peur agissant en mon nom. Trop paralysée pour pleurer ou réagir autrement qu'en fuyant, je consultai mon rétroviseur pour savoir à quelle distance elle se trouvait : elle n'était plus là.

Je gardai le pied sur l'accélérateur, encore trop nerveuse pour ralentir. Je devais m'assurer que je l'avais bel et bien semée. Je tournicotai au hasard, d'une rue à l'autre, avant de m'arrêter dans une allée qui longeait un lot de maisons.

La panique retomba lentement, la voiture noire restant invisible. Avais-je été suivie, ou était-ce une farce ? Le chauffeur avait peut-être fini par comprendre qu'il n'était pas derrière la bonne personne ; certes, compte tenu de ma situation, cette hypothèse était fragile. Je frissonnai en songeant que, à l'instant même, je ne savais pas où étaient ces gens ni, pire encore, ce qu'ils manigançaient.

Je me retournai, me méfiant des rétroviseurs. Les yeux grands ouverts, je cherchai et attendis ; toujours pas de Lincoln. Je soupirai profondément, les mains serrées sur le volant, la nuque plaquée sur l'appuie-tête.

Je repartis, toujours sur le qui-vive. Je n'allais tout de même pas passer ma vie cachée au fond d'un lotissement. En plus, il me faudrait au moins une heure pour retrouver mon chemin dans le dédale où je m'étais dérobée. Mon éventuel poursuivant ne pouvait pas savoir où j'allais.

Quand j'arrivai dans le quartier d'Anna, après avoir fait halte deux fois pour demander mon chemin, je me sentis si soulagée que j'oubliai toute prudence. Je garai la voiture et attrapai mes affaires, et je filais déjà vers la porte quand j'entraperçus la voiture noire, à quelques rues de là.

Je me figeai, et c'est à peine si je remarquai la fine silhouette plaquée au mur, juste à côté. Je devinai qu'il s'agissait d'une femme et, bêtement, cela me soulagea. Son visage était caché par l'ombre du rebord de fenêtre situé juste au-dessus. Immobile, je me demandai s'il s'agissait bien de la voiture qui m'avait suivie, ou si cette fille attendait quelqu'un. Ce quelqu'un, c'était peut-être moi. Je me répétai que tout allait bien, que je devais garder mon calme, mais, quand je m'efforçai enfin à aller de l'avant, je fus aveuglée par un phénomène. Une voix.

Elyse.

Mon prénom résonnait dans ma tête comme si quelqu'un venait de me le souffler à l'oreille, d'un ton familier mais non reconnaissable. Je fis volte-face, persuadée que la jeune fille était derrière moi, mais elle n'avait pas bougé d'un pouce, toujours sous le surplomb. La peur s'échappa par tous mes pores, formant de minuscules perles de sueur qui me glacèrent le cou. Même si elle n'avait pas bougé, je savais bien qu'elle regardait dans ma direction. Mes yeux fouillèrent le quartier pour y trouver une explication raisonnée, mais il n'y avait rien de suspect, rien sinon elle. Quand elle se décolla du mur ombragé pour s'exposer à la lumière du soleil, je compris. C'était Kara.

Je souris, soulagée, et je repris mes esprits tandis qu'elle s'approchait de moi. Au moins, ce n'était pas Ryder.

— Bonjour, lui lançai-je.

Elle ne me rendit pas mon salut. Son visage demeura sombre et sérieux, presque professionnel. Elle portait une tenue plus habillée que les autres fois : un tailleur noir de ligne pure mettait sa silhouette en valeur, contrasté par les grosses bottes militaires qu'elle aimait tant. Ses yeux maquillés de noir restèrent plaqués sur moi.

— Salut, répondit-elle avec détachement.

C'était cette voix-là que j'avais entendue dans ma tête.

— Fais-toi une fleur. Remonte dans ta voiture et rentre chez toi.

— Pourquoi ? demandai-je, décontenancée par son ton désagréable. Pourquoi tu me suis partout ?

Ne fais pas l'idiote.

Ses lèvres n'avaient pas bougé. La phrase avait résonné dans ma tête comme à travers un casque à écouteurs. Soudain, les indices s'assemblèrent. La Lincoln noire, c'était la sienne.

— Puisque tu savais où j'allais, pourquoi m'as-tu suivie, Kara ?

J'avais parlé d'un ton accusateur et agressif. Depuis qu'elle m'avait sauvée de l'offensive de Ryder, je la considérais comme une alliée. Apparemment, la trahison ne gênait pas ces gens-là.

J'espérais que ça te ferait assez peur pour que tu renonces à venir ici.

— Sors de mon crâne et adresse-toi à moi comme un être humain, crachai-je.

J'étais en colère, en état d'alerte, et apparemment ces émotions étaient assez puissantes pour vaincre ma crainte. Je n'avais pas peur de cette fille, peut-être à tort.

— Ne me parle pas sur ce ton, Elyse. Je fais tout pour que tu ne te fasses pas tuer.

— Je croyais qu'on était étiquetées, Anna et moi. Qu'es-tu venue faire ici ? M'arrêter ?

Elle pouffa de rire comme si c'était une idée ridicule. Ses boucles noires dansèrent sur son visage quand elle secoua la tête.

— Eh bien ? repris-je.

— Je ne comprends pas pourquoi tu t'obstines à commettre des actes qui t'exposent aux sanctions du Conseil. Être têtu à ce point, ça rend bête. Je sais ce qui arrive quand on fâche le Conseil, moi. Fais-moi confiance. Ne joue pas à ça.

— Qu'est-ce que je fais de mal? Je viens voir mon amie malade. Franchement, je ne vois pas ce qu'il y a de condamnable là-dedans. Je n'ai rien à me reprocher.

Pas encore. Envahissante et malvenue, l'expression força le passage à travers mes pensées.

— Ça veut dire quoi, ça?

Tu crois que je n'ai pas deviné ce que tu mijotes?

Ma promesse envers Anna me revint à l'esprit et Kara hocha aussitôt la tête, confirmant que c'était bien à cela qu'elle pensait.

— Qu'est-ce que ça peut te faire? Ça ne te regarde pas.

C'est mon boulot. La mission dont le Conseil m'a chargée.

Je ne savais plus comment réagir. Son implication aurait peut-être des conséquences.

— Qu'est-ce qu'ils me feront si je vais la voir aujourd'hui? Ils ne peuvent quand même pas me punir d'avoir rendu visite à une amie?

Ryder est en mission. Il saura ce que je lui dirai, pas plus. Un sourire de défi lui souleva les lèvres; elle était heureuse d'avoir un soupçon de pouvoir. *Tu es prévenue, voilà tout.*

Elle se déroba et, sans me dire au revoir, marcha vers la Lincoln.

— Kara!

Elle s'arrêta sans se retourner.

— Merci.

* * *

— Tu sais, les gens normaux rangent leurs livres sur une étagère, lançai-je d'un ton plaisant, assise sur le canapé du salon d'Anna.

William ne m'avait pas appelée de la matinée et je commençais à m'inquiéter ; l'avantage, c'est que cela me donnait du temps pour Anna. En restant ainsi auprès d'elle, je compris que je ne devais pas la croire sur parole quand elle me parlait de sa maladie. Elle détournait toujours la conversation, l'air de rien, comme s'il s'agissait d'une pacotille. J'étais certaine qu'elle maquillait la vérité.

Je saisis un vieil exemplaire de *Moby Dick* pour en feuilleter au hasard les pages fatiguées.

— D'ailleurs, je croyais que tu n'aimais pas lire.

Elle rit tout en fouillant une boîte posée à ses pieds.

— C'était le cas quand j'avais 12 ans.

— Pas faux... dis-je avec un sourire.

Les mains tremblantes, elle sortit un tas de souvenirs empoussiérés : une boîte à musique, des albums de photos, une boîte en fer-blanc pleine de babioles. Elle avait le souffle lent et pénible et je sentais qu'elle était fatiguée, mais je me tus. Je savais quel type de réponse je recevrais si je lui proposais de l'aider, lui suggérais de se reposer ou lui demandais si elle se sentait bien : une riposte à la Mme Je-sais-tout, qui viendrait clore la discussion.

— Ils étaient rangés là-dedans, je le sais, marmonna-t-elle.

— Qu'est-ce que ça peut faire, Anna ? Tu n'as pas besoin de les trouver maintenant.

La voir s'échiner ainsi et s'épuiser pour trois fois rien me tordait l'estomac. Elle allait de plus en plus mal.

— Les voilà ! triompha-t-elle, ignorant royalement mon regard inquiet. Je ne sais pas à quand remonte la dernière fois que j'ai feuilleté mes albums de finissants.

Le sourire qu'elle affichait justifiait l'effort pour les déterrer.

— Wow...

— Quoi donc ? demandai-je en la rejoignant sur son fauteuil inclinable.

— Regarde-nous. On était trop mignonnes !

Elle contemplait une vieille photo en noir et blanc. Prêtes à sortir pour la récré, nous nous tenions bras dessus bras dessous, une corde à sauter dans la main, aussi heureuses qu'on peut l'être à cet âge.

— C'est Collin, là, derrière ? demanda-t-elle.

Collin… Son nom remonta comme une bulle d'air dans l'eau. Ses cheveux, plus longs en hiver, sautaient d'avant en arrière quand il courait sur le bitume à l'heure du déjeuner, et me fascinaient. J'avais oublié ce garçon. Il n'avait passé qu'un an avec nous avant de déménager.

— On peut dire qu'on lui a consacré des soirées, à ce gars-là, plaisanta Anna.

— Et des journées !

La vie était simple en ce temps-là. D'accord, elle n'avait peut-être jamais été simple, mais elle était quand même un peu plus facile.

Anna sortit ensuite ses albums de photos.

— Je les feuilletais souvent, après avoir mis Chloé au lit, avoua-t-elle avec un sourire nostalgique.

Je la regardai revivre les épisodes doux-amers de sa vie. Elle était magnifique dans sa robe de mariée, son jeune visage rayonnant de santé et de bonheur. Ses cheveux bouclés tournoyaient au-dessus d'un voile qui traînait derrière elle. Sa robe révélait ses bras forts, et l'encolure montante ne laissait pas sa clavicule à nu à la façon des robes d'aujourd'hui.

— Dommage que cet idiot soit parti deux ans après, à la naissance de Chloé. Certains hommes sont incapables de faire face aux joies de la vie. Ça fait 12 ans, et il ne lui a toujours pas passé un coup de fil.

— Je le sentais mal, je te l'avais dit.

— Au moins, il m'a donné une fille. Il y a une raison à tout.

— C'est vrai.

Oui, tout arrivait pour une raison ou pour une autre, et en la regardant examiner sa vie en cours, faisant ses adieux à ses souvenirs, je songeai que mon talent de guérisseuse reposait lui aussi sur une raison. Si j'avais reçu ce don, c'était peut-être uniquement pour la sauver.

— Tiens, me voilà enceinte, s'esclaffa-t-elle. C'est moins flatteur.

Son visage était aussi rond et rose que son ventre, qui repoussait au maximum le plastron de sa salopette. Les jambes du pantalon roulées, elle marchait pieds nus, un pinceau à la main. Elle repeignait les murs en rose bonbon, tandis que son mari, raide comme une statue, se tenait dans le coin, à droite.

— Je crois qu'il n'était pas ravi que ce soit une fille, reconnut-elle.

— Moi, ça m'a plu. Toi, tu étais certaine que ce serait un garçon.

Elle éclata de rire.

— Je sais ! J'avais décidé qu'il s'appellerait Wyatt et j'avais tout acheté en bleu.

— Je le savais depuis le début. Tu voulais absolument un garçon. Ça ne pouvait que se retourner contre toi.

— Non, c'est Kurt qui voulait un garçon. Moi, ça m'était égal.

Elle feuilleta l'album jusqu'à la fin avant de soulever le suivant.

— Elle était trop mignonne ! dit-elle fièrement. Et si facile à vivre : elle ne pleurait jamais.

C'était agréable d'évoquer ainsi ses souvenirs. Sur chaque photo, on voyait un sourire, et j'aimais la voir heureuse. Elle était trop jeune pour subir un tel supplice. Le cancer était un voleur qui allait la dépouiller de tout. Il n'y avait pas d'échappatoire. Sauf moi. Je devais la sauver. Si je ne le faisais pas, je ne me le pardonnerais jamais.

— Je sais comment faire pour te guérir, Anna, révélai-je d'un ton grave. Mais… c'est compliqué.

Mon silence l'atteignit droit au cœur et je sentis qu'elle avait envie d'espérer, tout en s'en retenant.

— C'est bon, me confia-t-elle d'une voix sombre. J'ai accepté…

— Non! coupai-je.

La voir ainsi avait fait basculer ma décision.

— Je vais agir, mais ça aura des conséquences.

C'était une bonne façon de dire les choses sans lui avouer par où je devrais en passer.

— Ah.

Dans le flou, elle ne savait trop comment réagir.

— Lesquelles? demanda-t-elle.

— C'est… Ça en vaut la peine, répondis-je franchement. Est-ce que tu peux me laisser un peu de temps? Résister un moment?

Ma question était cruelle, et j'avais pour seule excuse un simple fait : j'étais anxieuse. Anxieuse et amoureuse.

— Oui, dit-elle, mais promets-moi d'être raisonnable. Ne fais rien qui te mette toi-même en danger.

— Je suis une grande fille, plaisantai-je pour alléger l'atmosphère. J'ai presque 90 ans, rappelle-toi. Je crois que je suis responsable.

Son sourire plein d'espoir m'offrit tout le réconfort dont j'avais besoin.

20

— Je t'ai manqué ? voulut savoir William quand il arriva chez moi sans prévenir, le dimanche soir.

— Peut-être bien.

Il me souleva pour me jeter sur mon lit.

— Alors, ce grand projet, qu'est-ce que c'est ? J'ai passé la fin de la semaine à attendre que tu m'en parles. Merci de m'avoir appelée, au fait.

Il se laissa tomber près de moi.

— Le gars chez qui je suis allé est plus que parano. Téléphone interdit.

— Qui est-ce donc ?

Il m'adressa un regard d'excuse.

— Je ne peux pas te le dire.

— Allez, insistai-je en me redressant. Il n'est pas question que je participe à un plan dont je ne connais pas tous les détails.

— C'est un plan d'urgence, rien de plus. On n'aura peut-être jamais besoin de l'appliquer.

— Et s'il le faut ? demandai-je, espérant qu'il m'en dirait un peu plus.

— Je t'en parlerai le moment venu.

Je lui adressai un regard exagérément mécontent, une grimace qui voulait dire : « Je ne plaisante qu'à moitié, et l'autre moitié n'est pas contente. »

— Dis donc, je fais ça pour ta sécurité, tu sais. Ce n'est pas pour te transformer en esclave d'amour ou un truc de ce genre.

D'un air moqueur, je levai les sourcils comme pour le mettre au défi d'essayer. Son sourire s'élargit tandis qu'il s'approchait, mais je fis une embardée en poussant un cri strident et il bondit vers moi. Les grondements de son rire grave me suivirent dans l'appartement où il me pourchassa, prêt à me saisir à bras-le-corps pour me jeter au sol. Je parvins à entrer dans ma chambre et à en sortir, à contourner la table et entrer dans le salon avant de m'apercevoir que j'avais envie d'être attrapée. Je me retournai d'un coup et là, je fus projetée sur le canapé et chatouillée à en perdre mon souffle.

— Attends ! Arrête, suffoquai-je, prise d'un fou rire. Ce n'est pas juste.

À vrai dire, je ne voulais surtout pas lui échapper. Je voulais qu'il me piège, sans aucun espoir de m'évader de sa toile d'araignée amoureuse. Tout en me regardant dans les yeux, il me passa la main dans les cheveux et s'approcha pour m'embrasser. Le contact de ses lèvres fit battre mon cœur encore plus fort et diffusa en moi une sensation qui me piqua jusqu'au bout des doigts.

Puis il esquissa un sourire et nos lèvres jusqu'alors soudées se séparèrent.

— C'était trop facile. Je n'ai même pas eu besoin d'employer mon don.

J'observai ses yeux d'émeraude pour tenter de comprendre ce qui les rendait si différents des miens, et comment ils pouvaient dégager tant de puissance.

— Qu'est-ce qui se passe quand tu t'en sers ? Je veux dire, comment tu t'y prends ?

Il se redressa, l'air songeur. J'étais contente d'avoir une excuse pour le regarder ainsi. Que ce soit par son pouvoir ou autrement, il m'attirait irrésistiblement; le simple fait de me détourner de lui revenait à me priver de la beauté même, à fermer les yeux devant un paysage finement sculpté, à ignorer la douce lueur de l'aurore.

— Personne ne m'a jamais posé cette question. Je ne sais pas trop comment je m'y prends. C'est comme n'importe quelle autre fonction de mon corps que mon cerveau commande.

Il ouvrit et ferma le poing en regardant ses doigts se plier puis se déplier.

— Sans en être vraiment conscients, on fait tous bouger sur demande telle ou telle partie de notre corps. Donc, je regarde celui que je veux atteindre, et je passe à l'acte.

— C'est dur? continuai-je, profitant de l'occasion pour le regarder plus longtemps.

— Parfois, oui, si je suis fatigué ou distrait.

— Tu te sers de tes yeux, non?

J'étais profondément curieuse. Il me regarda d'un air patibulaire, comme s'il jouait à me faire peur.

— Oui, ce sont surtout mes yeux qui transmettent la force à l'origine de l'attirance. Mais je veille aussi à développer l'effet de mes accessoires périphériques.

Il se détourna de moi, mais quand je sentis sa force si familière atteindre mon corps, et qu'il me fut impossible de détacher mes yeux de lui, je compris ce qu'il avait voulu dire. Je voulus résister, non parce que cela m'ennuyait, mais plutôt pour estimer la force de son emprise. Ce fut inutile. Lentement mais sûrement, je sombrai dans l'euphorie.

Je laissai mon regard glisser des contours finement structurés de ses pommettes jusqu'à l'angle bien net de sa mâchoire, puis remonter vers la pointe de son menton carré. La peau de son visage, d'un ton brun amande, était lisse et parfaite, comme si elle

237

était neuve, à peine venue au jour. J'avais envie de toucher sa joue, de la frôler pour repousser les mèches en liberté qui tombaient vers ses yeux. J'aurais tout donné pour le faire.

— Ça a marché ? demanda-t-il en me libérant de son influence. J'ai fait attention de ne pas regarder.

— Oui, ça a marché ! pouffai-je, encore troublée. Mais ce n'est pas nécessaire, tu le sais bien.

Il m'interrogea d'un regard perplexe.

— Allez, ne fais pas semblant. Tu fais ce que tu veux de moi, tu en es conscient.

— C'est bon à savoir, dit-il d'un ton narquois. Tu es maintenant sous mon emprise.

* * *

Après le retour en ville de William, il ne fallut pas longtemps pour que la bande au complet vienne frapper chez moi.

— Nous avons trouvé un nouveau repaire, annonça Rachel, ravie.

— Vous voulez venir ? proposa Sam sur le pas de ma porte.

Il me faisait encore un drôle d'effet, sous sa forme à la fois nouvelle et plus âgée.

— Avec plaisir, dis-je en notre nom à tous les deux.

Sortir la nuit me rafraîchit. La lueur jaune des réverbères jouait sur les couleurs du paysage, et je contemplai le monde en sépia tandis que nous nous dirigions vers la ligne N. Les arbres, tout le long de la rue, formaient un mur de feuilles qui divisait la lumière de la lune sur le trottoir. Nics et Rachel riaient et dansaient bruyamment devant le reste de la compagnie, tandis que Paul et Sam étaient en grande conversation.

Voilà ce que c'était qu'être jeune et vivant, avoir des amis et être heureux. Je jetai un bref coup d'œil à William, consciente que, si je me sentais si bien, c'était grâce à lui. Sa beauté rayonnait sous la faible lueur de la nuit, comme la pleine lune sur un fond de ciel noir.

— Je me demande où ils nous emmènent, dis-je tandis que le train s'enfonçait dans le vieux centre-ville.

William haussa les épaules.

— Aucune idée.

— On va sur un toit, dans un quartier central, indiqua Paul, assis près de moi.

À notre arrivée, le hall d'entrée de l'immeuble était vide, équipé d'un réseau de vidéosurveillance. Nics fit ce qu'il fallait pour que nous montions au dernier étage sans être vus, et, une fois en haut, nous empruntâmes l'escalier qui débouchait sur le toit. En arrivant, je compris pourquoi ce nouveau refuge valait le déplacement. La vue était spectaculaire. Les lumières de la ville s'étendaient de toutes parts, comme un océan.

Je serrai les coudes sur la poitrine dans l'air frais de la nuit.

— Oh... C'est époustouflant !

— Je te l'avais bien dit, triompha Rachel.

— Bon, vous pouvez y aller, tous les deux, annonça Nics à Rachel et Paul, qui s'envolèrent aussitôt.

Sam plaqua un vieil escabeau rouillé sous la poignée de la porte.

— Comme ça, si quelqu'un essaie de venir, Nics sera prévenue.

Il tira ensuite vers nous quatre chaises pliantes, rangées derrière un tuyau.

— Bon, dit Nics en regardant William. La rumeur est arrivée à vos oreilles, ou est-ce qu'on doit vous mettre au courant ?

— Quelle rumeur ? demandai-je.

— Si je comprends bien, vous n'êtes pas au courant.

William haussa les épaules et secoua la tête.

— Qu'est-ce qui se passe ?

Nics consulta Sam avant de reprendre.

— On raconte que le fils du docteur Nickel sort avec la dernière guérisseuse.

Elle posa les yeux sur moi, en quête de réponse.

— C'est vrai ?

William se tourna vers moi, me laissant le choix de décider quoi répondre.

— Oui, reconnus-je. C'est vrai.

— Sur quel point ? L'histoire d'amour ou la prophétie ? demanda William avec un petit sourire narquois.

Je rougis et me détournai.

— Les deux.

Rachel atterrit soudain entre nous.

— Hein ? demanda-t-elle.

— Sérieux, comment vous avez pu ne rien nous dire ? se plaignit Nics.

— Il m'en avait parlé, ajouta Sam.

William lui lança un regard mauvais.

— Merci, c'est gentil de préciser.

— Tu en as parlé à Sam, mais pas à nous ? dit Rachel d'un ton méprisant.

— Je suis son meilleur ami, opposa Sam pour défendre William.

Nics donna un petit coup de coude à Sam.

— Je croyais que c'était moi ta meilleure amie.

— Amie au féminin, oui.

— On s'en fiche, de vos histoires de meilleurs amis ! coupa Rachel. Nous sommes tous amis. Il aurait dû nous tenir au courant, nous tous.

— Si j'avais su que vous m'infligeriez une scène pareille, vous deux, intervint William en retenant un sourire, j'aurais peut-être agi autrement.

Paul éclata de rire.

— Parce que tu n'as rien vu venir, peut-être ?

— Qu'est-ce que ça veut dire, tout ça ? demanda Rachel. Il va y avoir une guerre ?

— Je n'en sais rien, avouai-je franchement. Je ne sais pas trop ce qu'on attend de moi, d'un côté comme de l'autre.

— Je pense que tu devrais t'en aller, conseilla Nics sérieusement. Tu as vu ce qu'ils ont fait de Sam.

— Merci, Nics, nargua celui-ci. Elle me considère comme un vieux papi.

— Sam… Ce n'est pas ce que je voulais dire.

Rachel intervint pour nous éclairer.

— Ce qu'elle veut dire, c'est que, si le Conseil apprend que…

— Si ça se trouve, ils sont déjà au courant, coupa William. Je lui ai dit que nous devrions nous enfuir, mais elle ne veut rien savoir.

— Pourquoi ? demanda Rachel.

Ils me regardaient tous les cinq.

— Vous ne comprenez pas…

Je n'exigeais pas qu'ils comprennent. À leur place, j'aurais réagi de la même manière, mais Anna avait besoin de moi et j'étais bien décidée à rester, quoi qu'ils en disent.

— De toute façon, je suis étiquetée. S'ils voulaient me tuer, je serais déjà morte.

— Elle a raison sur ce point, dit Paul, qui planait au ras du sol. Elle n'a encore rien fait qui prouve qu'elle est celle que nous croyons. Ils attendent probablement qu'elle fasse un pas en avant.

Sam hocha la tête.

— Tu as peut-être raison. Pourquoi déclarer la guerre à quelqu'un si on n'est pas sûr que ce soit l'ennemi ?

— Selon toi, il suffirait qu'elle se tienne tranquille pour qu'ils lui fichent la paix ? demanda Nics.

— Réfléchis, insista Sam. Si elle ne commet aucun acte qui les fâche, ils n'ont aucun intérêt à déclencher la guerre. S'ils s'en prenaient à elle, ça nous mettrait la pression : on deviendrait fous, il faudrait choisir son camp et se battre.

— Et ils ne veulent surtout pas attaquer les premiers, ajouta Paul.

— Pourtant, je trouve qu'ils l'ont déjà fait, objecta Rachel. On a entendu parler de ton examen de dérobade.

— C'était Ryder, précisa William. À mon avis, Christoph n'y est pour rien.

— Qu'est-ce que tu en penses, Elyse ? demanda Nics. Vas-tu passer à l'action avant eux ?

— Je dirais volontiers qu'on verra bien, répondis-je en pensant à Anna.

Le Conseil, s'il apprenait ce que je comptais faire, y verrait une provocation, même si c'était là ma seule et unique action contre eux.

21

Les amis de William se mirent d'accord pour étouffer les éventuelles rumeurs sur la prophétie qui circuleraient dans les salles de cours. À mon retour à l'Institut, après mon examen de dérobade, je remarquai que les choses avaient changé. Les gens me dévisageaient, et ceux qui veillaient à ne pas se tourner vers moi marchaient de l'autre côté du couloir.

— Si tu veux qu'on s'en aille, tu n'as qu'un mot à dire, m'assura William en me tenant la main d'un air protecteur.

— Ça va, répondis-je pour ignorer la tension.

Au fond de moi, j'espérais encore que, lors d'un cours ou un autre, j'apprendrais comment sauver Anna sans mourir à sa place. Si, pour cela, je devais affronter quelques regards de biais, tant pis.

Quand j'entrai dans la salle de défense des dons, Helen m'accueillit avec un sourire.

— Tu as survécu.

— À peine… dis-je en revoyant le souvenir de cet événement traumatisant.

Tout le monde avait donc entendu parler de mon examen de dérobade?

— En tout cas, tu m'as inspiré la leçon d'aujourd'hui. Ça devrait être amusant.

— À mon avis, elle confond «amusant» et «délirant», me souffla William tandis que nous nous approchions d'un énorme fauteuil poire de couleur bleue. La dernière fois qu'on a fait quelque chose d'« amusant », Nics s'est fendu le crâne.

La suite démontra qu'il avait vu juste : Mme Stanzic était folle.

— Aujourd'hui, nous allons jouer à « tu sors ou tu perds », annonça-t-elle aux élèves.

William me donna un petit coup de coude.

— Amusant ou délirant ?

— Chacun d'entre vous tentera de passer la porte de la salle, face à trois élèves chargés de vous en empêcher. Ceux qui réussiront marqueront 10 points.

— Délirant, articulai-je pour faire sourire William.

— Le but de cette séance est de vous apprendre comment vous tirer d'une situation délicate, alors que tout est contre vous.

Elle me regarda en affichant un sourire satisfait.

— Il y a des volontaires ?

Personne ne se précipita, mais l'exercice était obligatoire et les premiers désignés furent James, le lanceur d'électricité, Paul et Stan, dont le talent d'endormeur avait failli coûter la vie à Nics, lors du cours précédent — tous les trois contre Rachel.

— Trois garçons face à une fille, se plaignit Paul en direction de Mme Stanzic. Ce n'est pas juste.

La professeur se contenta de rire.

— C'est là le but de l'exercice.

— Je suis capable, lança Rachel avec audace.

En tout, le combat dura à peine 30 secondes. Mme Stanzic venait de le lancer quand Rachel se transforma en une minuscule boule lumineuse multicolore. Elle voleta dans la salle comme une fée, pour les titiller, à quoi James répondit en émettant des rayons électriques pétillants et Paul en la poursuivant comme un fou. Les ampoules d'éclairage éclatèrent et la tête de Stan s'agita d'avant en arrière tandis qu'il concentrait son regard, tant bien que mal, sur cette forme lumineuse qui allait et venait plus vite que ses yeux.

Après s'être ainsi amusée un moment, la boule voltigea vers la porte, qu'elle franchit sans laisser à Paul le temps de se retourner.

— Je vous avais prévenus, se vanta Rachel quand elle revint dans la salle sous sa forme normale.

— Excellente démonstration, Rachel, la félicita Mme Stanzic.

L'épreuve suivante opposa Penny, une brune couverte de taches de rousseur et douée du don d'invisibilité, Sam et Nics, à Stephan, sportif musclé qui descendait d'Éris, déesse de la discorde.

— Au moins, ils ne sont pas l'un contre l'autre, chuchotai-je à William avant de m'enfoncer dans le fauteuil.

— C'est ce qu'on va voir, répondit-il avec un sourire.

Quand Mme Stanzic ordonna : « Partez! », je m'attendais à voir Stephan filer en courant, mais il resta sur place, adressant aux trois adversaires une grimace sournoise. Sam consulta Nics et râla :

— Fais quelque chose!

— J'essaie, riposta-t-elle. Il est aveugle. Qu'est-ce que tu veux que j'invente?

— Faites équipe, conseilla Mme Stanzic.

Entretemps, Penny avait disparu. Je m'attendais à la voir débouler derrière son adversaire, trop sûr de lui, pour lui bloquer le passage et le forcer à se retourner dans l'espace noir dont Nics l'avait entouré mais, au lieu de cela, Sam décolla en marche arrière, en direction du mur.

— Qu'est-ce qui te prend? hurla-t-il vers Nics.

— Ce n'est pas moi, cracha-t-elle, folle de rage.

Soudain, Sam se retrouva dans une poche d'obscurité que Nics lui avait probablement jetée en guise de représailles. Puis ce fut au tour de Nics de piétiner et de grommeler et, quand ils se rejoignirent, l'un et l'autre dans un état second, ils se mirent à se battre par terre en jurant et en criant. Penny se retourna contre eux deux et leur tira les cheveux en leur donnant des coups de pied dans la poitrine. Je compris alors que c'était Stephan qui avait déclenché ce conflit, en exerçant sa capacité.

— C'est impressionnant, Stephan, dit Mme Stanzic d'un ton admiratif. William, saurais-tu neutraliser ce phénomène?

William se redressa, me faisant basculer au fond du gros trou qu'il avait creusé dans le siège. Il envoya un rayon laser vers ses amis, mais malgré tous ses efforts, la lutte continua.

— Je te déteste! hurlait Nics d'une voix stridente.

— Fiche le camp, pauvre tarée! ordonna Sam tandis qu'ils roulaient au sol.

D'une main invisible, Penny tirait les cheveux de Sam assez fort pour faire basculer sa tête en arrière. D'un geste, William manifesta son découragement.

— Essaie encore, insista Mme Stanzic. Stephan, je te dispense de quitter la salle. Continue comme ça.

Les cris prirent fin en premier, puis la lutte, même si Sam tenait toujours Nics plaquée au sol.

— Wou-hou! hulula Paul, installé sur un coussin vert en face de moi. Embrasse-la, Sammy!

Les lutteurs se regardèrent longuement — le tout était de savoir s'ils exprimaient de l'amour ou de la haine. Sam baissa lentement la tête vers Nics. Les deux fermèrent les yeux. Mme Stanzic fit un petit signe.

— Parfait, William. Merci.

Nics ouvrit les yeux d'un coup tandis que William reprenait sa place sur son pouf et les libérait de son influence. Renfrognée, elle ordonna à Sam :

— Dégage!

— C'est bon, détends-toi, répondit Sam avant de la libérer. Si tu crois que j'avais le choix…

Il prit soin de grimacer en direction de William.

— Quoi ? répondit William en haussant les épaules.

Je ne pus m'empêcher de sourire.

Le cours passa vite, peut-être parce que tout le monde s'en tira sans blessure. Quand les étudiants eurent quitté la salle, je décidai que je tenais une occasion, peut-être la dernière, de me renseigner pour Anna.

— Il faut que je parle à Mme Stanzic, dis-je à William. On se retrouve devant la voiture ?

— D'accord.

Il se remit à taquiner Sam et Nics et s'éloigna. Je me réjouis qu'il fût trop distrait pour me demander une explication. J'attendis que le dernier élève quitte la pièce pour m'approcher du bureau.

— Bonjour, dis-je.

— Elyse… Alors, comment s'est passée la séance ? Ça t'a plu ?

— Oui, c'était super, répondis-je sans mentir. Je voudrais juste vous poser une question plus personnelle.

Elle agita la main pour arrêter le tic-tac de l'horloge, sur le mur.

— Je t'écoute.

— Vous étiez la meilleure amie de ma mère, pas vrai ? J'imagine que je peux vous faire confiance.

Elle me sourit doucement.

— Évidemment.

Je n'avais envie d'avouer mon projet à personne, mais je ne voyais pas comment faire autrement. Je m'assis devant le bureau, cherchant la force de parler.

— Si je voulais soigner un malade atteint d'un cancer en phase terminale…

À peine avais-je prononcé ces mots que sa bouche se ferma et elle détourna son regard. Je n'allai pas plus loin.

247

— Tu veux soigner un être humain, avança-t-elle d'une voix calme mais sûre d'elle.

— Je n'ai pas dit ça.

— Ces maladies n'atteignent pas les Descendants, Elyse, m'apprit-elle pour s'excuser.

Je vis qu'elle était désolée d'avoir deviné ce que je cachais. Je regardai à mes pieds.

— Existe-t-il pour moi un moyen d'y survivre ?

Je me forçai à me redresser, et elle me rendit mon regard.

— Tu ne devrais pas me poser ce genre de question.

— Et vous, vous ne devriez pas me demander de déclencher une guerre sans briser les règles, opposai-je.

Elle haussa les sourcils, admettant mon raisonnement.

— Ta mère l'a fait, me dit-elle soudain. Une seule fois. Il te faudrait un soutien, quelqu'un qui te soignerait si tu perdais trop de sang.

J'avais espéré qu'elle ne me dise pas ça. Je cherchais une meilleure solution, un acte que j'aurais pu assurer toute seule.

— Il n'y a pas d'autre moyen ?

— Non, dit-elle en secouant la tête. Le sang donné d'un côté doit être reçu de l'autre. C'est le seul moyen. Le problème, c'est que tu vas avoir du mal à trouver un Descendant qui accepte de mettre sa vie en danger pour sauver un être humain qu'il ne connaît pas. Désolée, je ne peux rien pour toi. J'ai des enfants, une famille.

Je soupirai, découragée. La seule personne qui accepterait, c'était Chloé ; or elle ignorait tout de ma capacité de guérisseuse. Je ne pouvais pas me permettre de l'exposer à la colère du Conseil.

— Je n'ai aucun moyen de trouver un allié, puisque le Conseil tuerait cette personne.

— Si le Conseil apprenait une chose pareille, il ne se conten-
terait pas de tuer ton partenaire. Ils te tueraient toi aussi. Ainsi
que l'être humain.

Son regard triste exprimait toute son inquiétude.

— Le risque est démesuré.

Je secouai la tête, sans cesser de réfléchir.

— Mais non : nous sommes étiquetées.

Le Conseil savait que j'avais mis Anna au courant. J'étais allée
chez elle. Je lui avais tout dit. Depuis, rien n'était arrivé.

— Comment ? s'étonna-t-elle. Ça n'a pas de sens. Pour
quelle raison protégeraient-ils leur ennemie, plus un être
humain ?

— Je ne sais pas pourquoi, mais mon amie est étiquetée. Nous
nous connaissons depuis toujours et personne ne lui a jamais fait
de mal. Quant à moi, je suis étiquetée parce que je suis la nouvelle
mère.

Sous le choc, elle ouvrit la bouche.

— Ça, pour une bonne raison, c'est une bonne raison...

— Si je n'ai pas d'autre choix, décidai-je, je le ferai toute
seule.

— C'est impossible, soutint-elle en criant presque. Tu ne comprends donc pas que, dès que tu mourras, elle ne sera plus sous
protection ? Si elle est étiquetée, c'est parce que tu l'es. Ensuite,
Christoph n'aura plus besoin d'elle.

— Pourquoi a-t-il besoin d'elle aujourd'hui ?

— Je l'ignore. Il cherche peut-être à te conquérir en l'épar-
gnant, mais dès ta disparition, cette femme sera condamnée.

Sa phrase me sonna. Comment avais-je pu ne pas le voir ?
J'avais passé des heures à me ronger pour savoir quand et comment agir, ce que nous risquions, William et moi, mais j'avais

totalement négligé un point : l'avenir d'Anna une fois guérie. Pour autant, je ne voulais pas baisser les bras.

— Si c'est ça, je lui dirai de s'enfuir. J'ai mon plan. Je pourrai peut-être même agir sans que le Conseil s'aperçoive de rien.

— Ne te transforme pas en martyre, Elyse, m'avertit Mme Stanzic. De toute évidence, tu aimes profondément la personne que tu voudrais soigner, mais songe à tous ceux qui comptent sur toi. Pense à ce que ton père et ta mère ont sacrifié pour que tu restes en vie. Ne l'oublie pas.

Comment contester son raisonnement ? Mes parents avaient renoncé à vivre comme des Descendants pour me protéger. Mourir pour sauver Anna réduirait leur sacrifice à néant. Malgré cela, Anna était désormais ma seule famille ; je devais donc tout faire pour la sauver.

— Je ne peux pas la regarder mourir, insistai-je, surtout si je sais comment la guérir.

— C'est dans l'ordre des choses. En tant que Descendante et guérisseuse, tu dois admettre que tu ne peux pas sauver tout le monde, Elyse. Ta mère a fait face à la même épreuve, comme tous tes ancêtres, je n'en doute pas. Tu ne peux pas porter sur tes épaules toute la douleur du monde.

— Mais elle est déjà sur mes épaules ! Les gens attendent de moi que je les tire des griffes du Conseil, alors que je ne sais absolument pas comment faire.

— Écoute ton instinct et la prophétie se réalisera.

— Mon instinct m'ordonne de soigner mon amie.

Elle hocha la tête, acceptant ma décision.

— Alors trouve quelqu'un qui t'aime assez pour te seconder et en assumer les conséquences.

22

L'horloge se remit en marche et je m'engageai dans le couloir vide sans prêter attention à ce qui m'entourait. La tête baissée, je m'approchai de l'ascenseur, où des bottes de cow-boy noires et cirées que j'avais déjà vues juraient avec le décor.

— Tu n'es pas difficile à trouver, toi.

Je n'eus pas le temps de lever les yeux : Ryder me plaqua contre le mur comme une poupée de chiffon. Je heurtai la cloison violemment. La douleur me traversa le dos, sans toutefois m'empêcher de bouger. Je me relevai et tentai de m'échapper en courant.

— Je crois que ça ne va pas être possible, dit-il.

À ces mots, je m'immobilisai. J'avais eu tort de penser que je pourrais m'enfuir si facilement.

Il avança lentement vers ma silhouette immobile et me fit basculer comme une vache endormie. Je tombai à plat sur le linoléum. Sous le choc, je perdis mon souffle.

— C'est vrai, ce qu'on dit?

Où étaient les autres élèves? Pourquoi n'y avait-il plus personne? Si seulement quelqu'un avait pu apparaître, pendant que Ryder étendait ses jambes sur moi, assis sur mon ventre. Le peu de souffle que j'avais repris après ma chute disparut sous le poids de son corps. «Pitié, venez là, priai-je en silence, prenez le couloir...»

Comme s'il lisait dans mes pensées, le professeur de dérobade ouvrit la porte de sa salle. Sa petite tête blonde pointa et se tourna directement vers moi. Devant son expression choquée, je m'efforçai de plaider « sauvez-moi » avec les yeux, mais il aperçut alors Ryder et claqua la porte. Le verrou glissa juste après.

Tout en me gardant plaquée au sol, Ryder desserra la main qui me figeait. Dès que je pus bouger, je me débattis. J'ouvris la bouche pour crier, mais rien ne vint. Je me retournai violemment dans l'espoir de lui échapper. J'aurais dû m'attendre à sentir son poing heurter ma tête ; le choc fut rapide et brutal. Comme je ne l'avais pas vu venir, mon visage se plaqua durement au sol.

— C'est fini, oui ? dit-il comme s'il parlait à un enfant. Je t'ai posé une question. C'est vrai ou pas ? Nous aurions devant nous une jeune princesse mentionnée dans la prophétie ?

Je le foudroyai du regard, m'efforçant de déguiser ma peur en haine. Il ne pensait tout de même pas que j'allais lui répondre ? J'ouvris la bouche pour vérifier si je pouvais crier.

— Au sec...

Sa main se plaqua lourdement sur ma joue sans me laisser finir. Une fois de plus, je fus figée sur place. Il reprit son monologue.

— Tu sais, je me suis un peu renseigné, dit-il plus à lui-même qu'à moi. Je n'ai trouvé aucun autre guérisseur. On dirait bien que tu es la seule. Jusqu'ici, je ne croyais qu'à moitié à la prophétie, mais au fond...

Il haussa et laissa retomber ses lourdes épaules.

— ...je devais me tromper. Le problème, c'est que je ne t'ai jamais vu soigner personne. Alors, j'ai envie de te voir faire en direct.

Son sourire était terrifiant. Je devinai que, si j'avais pu bouger, j'aurais tremblé de peur.

Je tressaillis en entendant le déclic de son couteau à cran d'arrêt. Il fit briller la lame devant moi avant de poser le métal sur ma joue droite et de faire glisser le tranchant le long de mon visage. Mon corps resta immobile, mais intérieurement, je battais des bras, hurlais, suppliais.

Je sentis mes larmes et mon sang se mélanger sur ma peau, incapable de faire autre chose que le regarder rabattre ses doigts autour de la lame et la serrer assez fort pour se trancher la paume. Et, avec une force démesurée, il plaqua sa main ensanglantée sur ma joue, ravi de me faire suffoquer.

Une fois les plaies ressoudées, Ryder afficha un méchant sourire.

— Moi qui croyais que les Nickel essayaient de nous jouer un tour… Mais non, tu es bien celle qu'ils disaient !

Je sentis mes poumons se remplir d'un coup quand il se leva pour se mettre à tourner autour de moi.

— Je me retiens de te tuer, tu sais, annonça-t-il ironiquement. Seulement, je sais que Christoph a monté un projet qui vous concerne, toi et tes amis humains. Tu te crois peut-être en sécurité, mais le moment venu, tu auras ce que tu mérites. S'il te laisse en vie, c'est parce qu'il a besoin de toi. Ensuite…

Il fit virer ma tête avec son pied pour m'adresser un regard assoiffé de sang.

— …tu m'appartiendras.

La pointe de sa botte me percuta les côtes et me fit pivoter sur le ventre. Mon visage se plaqua durement au sol.

— En attendant, ne me contrarie pas. J'ai les moyens de te maîtriser. Un accident est si vite arrivé…

Il s'en alla en claquant des pieds, sifflotant un petit air léger. Même quand je repris mes moyens, je restai sur place un moment à pleurer tout bas, pour bien autre chose que la douleur physique.

La peur, l'incertitude, les conséquences de mes actes, mon existence même, tout cela se déversa sous forme de larmes impossibles à arrêter.

Quand je me fus enfin calmée, je me dirigeai vers les toilettes. William ne devait pas me voir dans cet état. Le sang de Ryder et le mien s'étaient mélangés sur ma joue droite et, sous la faible lueur du tube fluo, cela produisit un effet digne d'un film d'horreur. J'ouvris le robinet d'eau froide pour me laver, tout en évitant de regarder mon reflet. Je savais que cela me ferait pleurer. « Sois plus forte, m'ordonnai-je. Ne le laisse pas triompher. Ne lui permets pas de te détruire. »

Une fois mes mains et mon visage débarrassés de toute trace de sang, je me rinçai les cheveux. Je les séchai par touffes grâce au sèche-mains, et je rabattis les mèches du devant sur mes joues, m'efforçant de cacher ma peau encore rougeoyante.

* * *

— Je sais! s'exclamait William, très énervé, tandis que je traversais le stationnement intérieur.

Sam et Nics, adossés à sa Honda, l'écoutaient vitupérer.

— Je n'ai encore jamais transformé deux personnes en amoureux.

— Qui a dit le contraire? répondit Nics avec un sourire coupable.

— Moi, trancha William. Allez, Sam. Tu ne vas pas la laisser nier l'évidence, si?

— Pas question, dit Sam en secouant la tête. Je n'entre pas dans ce débat.

William leva haut les bras.

— Tu es conscient qu'il y avait une trentaine de témoins, quand même ?

— Je te répète que ça n'a pas marché, insista Nics.

— Admettons… On n'a qu'à recommencer, si c'est ça.

— Non ! répondirent à l'unisson Sam et Nics.

J'intervins en faisant un effort pour afficher un visage heureux :

— Il s'est débrouillé pour vous empêcher de vous battre.

William me prit par la taille et je sursautai quand sa main frotta mes côtes meurtries.

— Il faut en tenir compte, conclus-je.

Nous décidâmes de nous retrouver tous les quatre au Cearno pour demander leur avis à Rachel et Paul.

— Ça va ? me demanda William quand nous fûmes assis dans la voiture.

J'abaissai le pare-soleil pour voir si toutes les traces de sang avaient bien disparu de mon visage.

— Oui, pourquoi ?

Il m'observa d'un air soupçonneux.

— Juste pour savoir. Que t'a dit Mme Stanzic ? Qu'est-ce que tu lui as demandé, d'ailleurs ?

— Hum…

Je n'avais pas prévu de répondre à cette question. Je songeai à inventer quelque chose, mais peut-être que le moment était venu pour aborder le sujet.

— Depuis mon examen de dérobade, j'ai beaucoup réfléchi à la notion de guérison, et je voulais qu'elle m'explique ce qui se passerait si j'essayais de soigner un être humain.

William se rembrunit immédiatement et sa voix devint cassante.

— Il ne faut pas. Ils te tueraient, tu le sais.

— Techniquement, je suis étiquetée, plaidai-je.

— C'est pareil, et en plus ils abattraient aussi l'être humain.

— Et si le Conseil n'en savait rien ? proposai-je d'une voix calme et pleine d'espérance.

— Je n'en crois pas mes oreilles. Tu es folle ? Oui, on dirait. Complètement folle…

— Tu ne sais rien de ce que j'ai vu, interrompis-je. J'aurais pu guérir cette petite fille, l'autre jour.

— Ils l'auraient tuée aussitôt.

— Ah oui ? Et si Anna ou Chloé avaient besoin d'aide ? Qu'est-ce qu'il faudrait faire ? Je devrais rester les bras croisés, c'est ça ?

Il se concentra sur la conduite, incapable de me répondre. Le silence sembla durer une éternité.

— C'est le cas ? Elles ont besoin d'aide ? reprit-il sans me regarder.

— J'ai dit « et si », rappelai-je, comptant ainsi ne pas l'impliquer. J'ai un peu de mal à admettre cette idée, tu comprends ?

Non, je ne pouvais pas lui demander son aide. Non seulement parce que cela l'exposerait aux représailles du Conseil, mais aussi parce qu'il pourrait se retourner contre moi, sous prétexte de me protéger. Je me sentis très découragée.

— D'accord, conclut-il en me prenant la main.

Je me calai sur l'appuie-tête pour regarder la ville défiler, espérant que le débat était clos. William changea de sujet.

— Au fait, qu'est-ce que tu en penses ? Est-ce que j'ai fait tomber amoureux Sam et Nics ?

Soulagée, je sentis un sourire dissiper mon inquiétude.

— Sans aucun doute.

— C'est une discipline très difficile, ajouta-t-il fièrement.

— Tu as peut-être été aidé sans le savoir. Il me semble qu'ils étaient déjà secrètement amoureux.

Il admit l'idée d'un signe de tête.

— Je le craignais.

Notre discussion dissipa tous mes soucis, jusqu'au souvenir de Ryder. Ma douleur aux côtes s'estompa, et l'expression de bonheur de William acheva de l'effacer. Nous étions aux anges. Penser que cela prendrait fin me serrait la gorge.

— Elyse...

Une fois garé devant le café de Cearno, il me regarda très sérieusement.

— Je t'aime. Tu sais, je t'ai attendue toute ma vie.

Son regard s'attendrit sans se détacher de moi.

— Je ne sais pas... Parfois, j'ai l'impression que tout ce que j'ai vécu avant n'était que du temps perdu. À présent, tu es là, et même si tout n'est pas rose, même si la prophétie plane au-dessus de nous, au moins, nous sommes ensemble.

Il plaqua sa paume ardente contre la mienne.

Mes larmes m'échappèrent. J'étais heureuse qu'il ressente envers moi ce que j'éprouvais pour lui, mais c'était aussi ce que je souhaitais ne pas entendre.

— Pourquoi pleures-tu?

D'après son visage, il percevait ma douleur. Dans d'autres circonstances, ses mots m'auraient transportée, mais là, ils me déchiraient le cœur. Pourquoi maintenant? Pourquoi, alors que j'étais confrontée à un tel sacrifice, exprimait-il son besoin de moi de cette façon, qui approfondissait mon besoin de lui? Tout me semblait si incertain, si injuste, tout sauf un point. Nous avions un destin, un sort, une raison d'exister.

— Je ressens la même chose que toi, déclarai-je doucement.

Il crut que je versais des larmes de joie et m'embrassa sur les joues avec un petit sourire. Il était bon de le sentir près de moi, proche et doux, mais son baiser léger me rappela ce que je perdrais si je décidais de soigner Anna. Ses lèvres glissèrent vers les miennes, encore humides de larmes. Je m'abandonnai, consciente pourtant que j'en souffrirais plus tard. J'étais, en cet instant, incapable de regarder en face la vérité glacée. Elle était insupportable.

Le souvenir de ce baiser encore chaud dans ma tête, je cherchai désespérément une solution qui ne mettrait personne en danger et ne me contraindrait pas à me sacrifier. Il y avait forcément un moyen : la chimiothérapie, la médecine alternative, un autre point de vue, quelque chose... Il me fallait un miracle.

23

— Allez, viens fêter l'Action de grâce avec nous, Elyse. Tu es ridicule, là, grogna William. En plus, ce n'est pas prudent.

Je soupirai en me laissant tomber sur le canapé.

— William, je veux la voir. Elle m'a invitée. Tu crois peut-être que je peux dire « Non merci, ça ne me dit rien » ?

— Oui, riposta-t-il.

— C'est ma meilleure amie. J'ai vraiment envie de la voir.

— Ce n'est pas ça, le problème. C'est dangereux. Tu as vu ce qui est arrivé à Sam. Et Ryder n'a aucune tendresse pour toi à ce moment-là non plus.

Je n'avais pas rapporté à William l'épisode du couloir, ni le fait que le Conseil était au courant de mon destin ; je m'en félicitai. Sinon, il m'aurait fait une scène inimaginable.

— Si je ne la vois pas aujourd'hui, alors quand ? plaidai-je tandis qu'il tournait en rond dans mon salon. Nous sommes étiquetées, elle et moi.

— Elyse, ça ne te rend pas invulnérable. Pense un peu à ton examen de dérobade. Tu as failli y rester. Ce type est prêt à tout.

— J'ai discuté avec Kara. Ryder passe sa soirée au bar, comme à chaque Action de grâce. Il en sortira trop soûl.

Il se serra la nuque, façon de retenir sa colère.

— Tu ne peux pas en être sûre.

— À mon avis, le risque vaut la peine d'être couru.

Je le regardai fixement, depuis le canapé, insistant pour qu'il comprenne.

— Je ne suis pas d'accord. Laisse-moi t'accompagner, au moins.

Je secouai la tête pour me donner le temps de trouver une excuse. Que dire ? Il ne fallait surtout pas qu'il la voie dans l'état où elle était.

— Non. Je ne veux pas que tu t'en mêles. D'ailleurs, ta place est auprès de ta famille.

Il lissa ses cheveux.

— Tu n'es pas raisonnable.

— Ne t'en fais pas. Tout ira bien.

— Je t'interdis de me dire ça ! lança-t-il, exaspéré. Je t'ai vue te faire battre à mort, ou presque. J'ai eu peur d'arriver trop tard quand tu perdais ton sang au coin d'une rue. Et tu voudrais que je ne m'inquiète pas ?

— N'empêche, tu ne peux pas m'ordonner de ne plus jamais la voir. Je refuse.

Il vint s'asseoir près de moi et me prendre les mains.

— Je n'ai pas dit ça, déclara-t-il doucement. Je pense simplement que tu devrais attendre un peu, et aller chez elle quand…

— Quand quoi, William ?

Il plissa le front, inquiet.

— Je ne sais pas.

— Il n'est pas question que je l'efface de ma vie. Je n'ai pas d'autre famille.

Il se leva pour rejoindre lentement la fenêtre, évitant soigneusement de croiser mon regard.

— Et si ça valait mieux ? proposa-t-il avant de se retourner vers moi.

Je n'en croyais pas mes oreilles.

— J'irai, affirmai-je avec force.

— Parfait, souffla-t-il entre ses dents, avant de marcher vers la porte et de la claquer derrière lui.

* * *

Je marchais à pas lents, me demandant si j'avais pris la bonne décision, mais quand je vis le visage de Chloé s'illuminer, je compris que j'avais bien fait. Le parfum d'une dinde rôtie flottait dans la maison au moment où elle ouvrit la porte.

— Mon petit moucheron… me réjouis-je tandis qu'elle me serrait dans ses bras.

— Il était temps, plaisanta-t-elle. Je t'attends depuis ce matin.

— Et si tu la laissais entrer ? proposa Anna, en riant, depuis l'autre bout de la pièce.

Jusqu'à cet instant, je n'avais pas remarqué qu'elle était étendue sur le canapé, transformé en lit d'appoint. Je passai aussitôt la porte pour la rejoindre.

— Comment vas-tu ?

— Très bien, mentit-elle. Cette sacrée Chloé ne me laisse pas remuer le petit doigt. Elle m'a formellement interdit de me lever.

Elles se regardèrent avec un sourire tendre, Chloé étant heureuse de faciliter la vie de sa mère, et Anna, reconnaissante.

— Tu ferais bien d'éplucher les pommes de terre, conseilla Anna. Quand tu auras terminé, reviens me voir, je te dirai ce qui vient après.

— D'accord !

Et, empressée, la petite fila vers la cuisine.

Dès qu'elle fut assez loin pour ne plus nous entendre, je regardai Anna en m'asseyant à ses pieds.

— Comment vas-tu, pour de vrai ?

Son regard tomba, révélant la vérité. Sa gaieté n'était qu'un simulacre. Je respectai son silence, le temps qu'elle sorte de son rôle.

— Tu sais, la maladie, la douleur, c'est dur. Je ne vais pas te mentir. Mais le pire…

Elle soupira et se pencha vers moi.

— C'est elle.

Elle se tourna vers la porte battante de la cuisine, les yeux inondés par les larmes qu'elle s'efforçait de retenir. Un sentiment de culpabilité s'abattit sur moi de tous côtés. Je posai la main sur sa jambe, mais je suis sûre que le geste m'a plus consolé qu'elle.

— Elle n'a que 14 ans, reprit-elle, le cœur brisé. C'est trop lourd, tout ça. Regarde : elle nous prépare un dîner de fête alors qu'elle n'est qu'une gamine.

— Ce n'est rien, dis-je pour la réconforter. Au moins, elle a encore sa mère…

— Non, ce n'est pas rien, coupa-t-elle amèrement. Je voudrais qu'on en finisse, qu'elle s'installe chez ma sœur et qu'elle reprenne sa vie de petite fille.

— Hein ? murmurai-je d'une voix tendue. Anna, ne dis pas de choses pareilles.

— Je regrette, mais c'est…

— Non, affirmai-je avec force. Je te l'ai dit, je vais te guérir. Ça ne va pas tarder, c'est juste que… Il me faut un peu de temps.

La revoir a effacé tous mes doutes ; je vais la guérir. Si je devais donner ma vie pour cela, je le ferais. Mais si j'avais un peu plus de temps, je pourrais peut-être trouver un autre moyen. J'ai hésité trop longuement et Anna lut en moi.

— Que se passera-t-il si tu me soignes, Elyse ?

J'observai sa fine silhouette sous la couverture. Je répondis à sa question par une autre.

— Combien de temps avons-nous ?

Elle m'ignora.

— Si tu refuses de t'expliquer, je ne veux pas que tu fasses quoi que ce soit.

— Je ne peux rien te dire.

Désespérée, elle ferma les yeux.

— Pourquoi ?

— Parce que tu essaierais de me dissuader.

— Tu as probablement raison. Si c'est ça, restons-en là.

Elle était têtue. Je renonçai à me battre. Elle soupira en se rallongeant.

— Je suis fatiguée…

— Repose-toi donc.

Je me levai et l'aidai à étendre ses jambes. C'était à moi de décider, au fond, pas à elle.

— Je vais donner un coup de main à Chloé.

Elle ne protesta pas et ferma les yeux. J'étais contente de pouvoir lui donner un peu de répit. Après tout, elle souffrait, alors que je passais mon temps à négocier la situation. La voir affronter une telle douleur était insupportable, et, si William n'avait jamais existé, j'aurais agi là, à la minute. Mais je lui devais au moins un au revoir et, plus que tout, j'avais peur.

— Coucou, dis-je en entrant dans la cuisine.

À chaque fois que je voyais Chloé, cela me secouait. Elle ressemblait tant à la jeune Anna gravée dans ma mémoire.

— Je peux t'aider ?

— Bien sûr.

Je sortis un couteau pour éplucher les pommes de terre, tout en la regardant du coin de l'œil. Elle était la réplique de sa mère dans le moindre geste. J'avais toujours éprouvé une grande tendresse pour elle, mais quelque chose de plus profond me poussait à la protéger, comme si elle était ma fille.

— Alors, où en es-tu dans tes études ?

— Je suis en secondaire 3. Tu le sais bien.

— Oui, admis-je. C'est juste que... j'ai du mal à le croire.

— Encore trois ans, dit-elle avec un petit sourire narquois.

Elle me le signalait à chacune de mes visites, me forçant à me rappeler que nous paraissions avoir le même âge. C'était étrange. Elle paraissait si jeune, si impressionnable.

— Quatre ans, corrigeai-je, et ne va pas croire que ça te dispense de m'obéir. J'ai deux fois l'âge de ta mère. Ne l'oublie pas.

— Oui, oui, dit-elle avec légèreté.

Je lui envoyai un petit coup de coude tandis qu'elle prenait à son tour un couteau.

— Raconte-moi les derniers ragots. Qu'est-ce qui se passe au secondaire ?

Ses yeux restèrent tournés vers le bas.

— Je n'ai pas envie de parler de ça.

— Pourquoi donc ? lui demandai-je, notant son malaise.

— C'est à cause des filles, là...

— Quelles filles ? Qu'est-ce qu'elles font ?

— Elles m'enferment dans les toilettes, me collent de la gomme dans les cheveux, le genre de trucs qui transforment le secondaire en enfer.

Je posai le couteau, révoltée. Elles ne savaient donc pas que sa mère était mourante ?

— Depuis combien de temps ?

Elle ne m'avait toujours pas regardée, et je devinai qu'elle avait honte.

— Depuis l'année dernière, bredouilla-t-elle.

— Ta mère est au courant ?

— Non. Je ne lui ai rien dit.

Elle leva soudain les yeux, concentrée et sérieuse.

— Et je ne veux surtout pas que tu lui en parles.

264

Je soupirai, hésitant à admettre que je ne devrais rien révéler à Anna, malgré l'expression de désespoir de Chloé.

— D'accord…

— Est-ce qu'elle va bien ? enchaîna-t-elle. Devant moi, elle fait comme si tout était normal.

Je me détournai pour glisser les pommes de terre épluchées dans l'eau bouillante. Sa question me prenait de court, et je ne savais pas quoi lui répondre.

— Oui, elle va plutôt bien, dis-je le plus légèrement possible.

— Je devrais peut-être aller lui jeter un coup d'œil, non ?

— Laisse-la se reposer, conseillai-je, toujours de dos. Ne la réveille pas.

— D'accord, admit-elle d'une voix tendue en ouvrant le four pour arroser la dinde.

Je m'efforçai de garder une bonne contenance, même si son inquiétude à propos de sa mère me déchirait. Perdre sa mère, je savais ce que c'était. C'était injuste, c'était trop tôt, et j'allais tout faire pour éviter cela. Je devais la rassurer, lui expliquer que les choses iraient bien.

— Chloé, repris-je doucement.

— Oui.

Elle se plaça face à moi, les yeux lourds de chagrin.

— Ta mère va aller mieux. Elle s'en sortira.

C'était là une promesse qui verrouillait ma décision, même si, pour elle, ce n'était qu'une consolation artificielle. Des larmes roulèrent sans bruit sur ses joues alors qu'elle affirmait, souriante :

— Non, elle ne s'en sortira pas.

— Fais-moi confiance, plaidai-je en espérant exprimer davantage par les yeux que par les mots. Je ne vais pas la laisser tomber.

Elle savait que je ne lui disais pas tout, mais ne comprenait pas. Comment aurait-elle pu ? Au fil des ans, elle avait appris mon âge, mais nous ne lui avions jamais raconté le jour où nous avions guéri en secret.

Nous continuâmes de cuisiner en silence, heureuses d'être ensemble.

24

William ne reparla jamais de ma soirée chez Anna. À supposer qu'il fût toujours fâché, il le gardait pour lui. Je le surpris tout de même à regarder par-dessus son épaule de temps en temps, mais Kara avait dû garder pour elle le secret de cette visite, car Ryder ne se manifesta pas.

— On devrait faire quelque chose cette fin de semaine, pensai-je tout haut en glissant des gaufres surgelées dans le grille-pain.

La semaine précédente, nous étions restés en tête à tête, coupés du monde.

William était étalé sur le canapé, caché derrière le bulletin de l'Institut.

— Pas possible, dit-il sans se détourner.

Il n'ajouta aucune explication. Me taquinait-il sciemment, ou était-ce sa nature qui le poussait à entretenir un certain mystère ?

— Pourquoi ? finis-je par demander.

— Nous sommes déjà pris.

— Par quoi ? enchaînai-je.

Il répondit tout de suite, comme s'il avait repoussé le moment de m'en parler pendant des jours.

— On va quelque part.

— Ah... Où ça ?

— Comme c'est un peu loin d'ici, on y passera toute la fin de semaine, précisa-t-il sans relever ma question.

Je saisis les gaufres qui venaient de sauter de l'appareil et je me fis une petite place sur le canapé en poussant les pieds de William d'un coup de hanche.

— Tu ne veux donc rien m'expliquer ?

— Non.

— Tu me le diras si je devine ?

— Pas de problème.

Avec un sourire satisfait, il posa son journal et ajouta :

— Sauf que tu ne devineras jamais.

— Si c'est ça, comment je vais préparer ma valise ?

— Elle est déjà prête.

Son expression patibulaire ne fit qu'ajouter à sa beauté éblouissante, rendant difficile d'être fâchée contre lui.

— Comment ça ?

— Je l'ai préparée hier soir, quand tu dormais. Elle est dans ton placard.

Je grattai ma gaufre pour en tirer un fruit sec.

— Tu as peut-être oublié quelque chose.

— Non.

Sa confiance en lui le trahissait rarement.

— Il y a un maillot de bain ? demandai-je, espérant un indice.

Il haussa les épaules.

— Ça peut servir.

— Quelles chaussures as-tu emballées, des tongs ou des chaussures de sport ?

— Les deux, annonça-t-il avec un sourire triomphant.

— Et des sous-vêtements ?

— Ouais.

— Sérieux, tu as fouillé mon tiroir à lingerie ? demandai-je, morte de honte.

Qu'avait-il vu là-dedans ? Je n'étais pas vraiment accro aux dessous chics. D'affreuses images de petites culottes en coton rose et de vieux dessous usés par la lessive me firent grogner. Il se mit à rire.

— Ne t'en fais pas. J'en ai pris une poignée à l'aveuglette. Je n'ai rien vu.

— Tant mieux, grondai-je sans conviction.

La journée s'écoula lentement, faisant durer le suspense, aucune de mes intuitions ne me permettant de découvrir la vérité. Entre deux brassées de lavage, j'appris tout de même que nous ne quitterions pas la Californie, et ce fut tout. J'avais effacé de ma liste Los Angeles, San Diego et le comté d'Orange, sans être persuadée que William réagirait si j'en venais à dire par hasard la bonne réponse.

Incapable de tenir en place, je fis une vaisselle complète, passai l'aspirateur, lavai le carrelage et époussetai les meubles. William m'aida même à faire la salle de bain du sol au plafond, rendant la pièce immaculée. Enfin, après avoir pris une douche et dîné, il ouvrit le placard pour soulever ma valise.

— Alors, tu es prête à partir ?

— Comment veux-tu que je sache si je suis prête, puisque j'ignore où nous allons ?

— Bel essai, répondit-il avec un sourire excité. Il faudra juste qu'on s'arrête en bas. Nics et Sam nous rejoindront chez Cearno.

Sans me laisser jeter le moindre coup d'œil à l'intérieur, William emporta mon bagage.

Le temps que je verrouille ma porte, Nics et Sam étaient déjà là. Je me demandai pourquoi ils n'étaient pas dans le café, à déguster une mousse glacée au moka ou un thé glacé aux fraises. Il fallut que je les rejoigne pour voir le panneau rouge et blanc, suspendu derrière la vitrine, qui annonçait *Fermé*.

— Salut.

William s'arrêta pour que Sam lui parle à travers la fenêtre.

— Cearno a dit qu'on pouvait se garer ici. Tu veux bien reculer, pour qu'on n'ait pas à trimballer le matériel jusqu'à la rue ?

— Le matériel ? demandai-je, étonnée par le terme.

— Oui, ça pèse son poids, confirma Nics en se glissant sur la banquette arrière, bientôt suivie de Sam, qui me laissa la place passager à l'avant.

— Pourquoi Cearno a-t-il fermé ? Ce n'est pas définitif, quand même ?

— Hein ? Non, pouffa Sam. Il ferme toujours au moment des Lénéennes.

— La ferme, Sam, grogna William.

— Les Lénéennes ? répétai-je. Qu'est-ce que c'est ?

— Quoi ? s'écria Sam en relevant les épaules pour se protéger. Tu ne lui as rien dit ? Comment je pouvais deviner ?

— Pas grave. Viens m'aider à charger le coffre.

Je les entendis se disputer à voix basse, et pourtant je n'avais rien appris, sinon le nom d'un événement. Je compris trop tard que je n'avais pas vu ce qu'ils mettaient dans le coffre. Je ne savais rien de ce qu'ils soulevaient et poussaient derrière nous avec plus ou moins de facilité. La voix de Nics résonna derrière moi.

— Si je comprends bien, tu n'as jamais entendu parler des Lénéennes ?

— Non, admis-je en me tournant vers elle. J'aurais dû ? C'est une cérémonie d'initiation ?

— Non, c'est juste un festival. C'est très amusant, en fait.

— Oh non, Nics, tu ne vas pas t'y mettre, toi aussi ? se plaignit William en remontant à bord. Vous êtes donc incapables de vous taire ?

— C'est bon, je lui ai juste confié que c'était un festival. Elle se rongeait les ongles à l'idée que tu l'emmenais à une soirée initiatique, un truc de ce genre.

— C'est vrai ? s'esclaffa-t-il. C'en est une, dans un sens. On n'oublie pas ses premières Lénéennes.

Tandis que nous roulions sur l'interminable autoroute I-5, sur une ligne droite qui semblait déboucher sur le néant, la ville disparut. L'obscurité se fit peu à peu plus profonde, et les montagnes se dressèrent sans effort et sans bruit dans la nuit, si hautes que je n'aurais pu dire où elles finissaient et où commençait le ciel.

Après plusieurs heures de trajet, de petite ville en petite ville, William quitta soudain l'autoroute. À coup sûr, cette sortie-là n'intéressait pas grand monde. Aucun panneau : ce n'était qu'une bretelle de raccordement qui se perdait dans la nature. William ne montra aucune intention de s'arrêter ni de reprendre la voie rapide. Il roulait, tout simplement, la lumière des phares étant engloutie par les reliefs naturels. Après quelques virages serrés, et alors seulement, j'entraperçus des lumières qui brillaient au loin, comme si une piste d'atterrissage longeait notre route.

Je regardais dans toutes les directions, fouillant le vide nocturne.

— Où allons-nous ?

— Tu verras, répondit aussitôt William pour empêcher ses amis d'en dire davantage.

Je haussai les sourcils en réaction à sa réponse insuffisante.

— Ne t'inquiète pas, ajouta-t-il. Nous ne sommes pas les seuls Descendants à rouler dans cette direction.

— Tu peux le dire, confirma Sam.

— Si je comprends bien, ceci n'est pas une petite route de campagne qui mène à Los Angeles ?

— Pas vraiment, non, pouffa Nics.

— Franchement… pestai-je. Vous n'allez pas me dire qu'il y a une ville secrète ici, au milieu de nulle part ? Ma parole, la route n'est même pas goudronnée.

Mon délire amusa Sam.

— William, il faudrait intervenir. Je crois qu'elle n'aime pas les surprises.

— Non, ce n'est pas ça, je… Comment pouvez-vous être sûrs que personne ne vous suivra ? demandai-je pour que la discussion ne reste pas centrée sur moi seule.

Aucun d'eux ne répondit.

— On n'en est pas sûrs, j'imagine… conclut Sam. On n'a jamais été suivis les autres fois.

— Comme si on pouvait s'en rendre compte… rétorqua Nics.

— Moi, je le saurais, affirma-t-il.

— Ben voyons… Comme la fois où Gino Piloske, en exercice pratique, t'a pisté incognito pendant trois jours.

— D'accord, soupira Sam. Primo, Gino est de la lignée d'Artémis. Son don, c'est de traquer.

Il se tut un moment pour savourer sa réponse.

— Et secundo ? relança Nics.

— Y a-t-il seulement besoin d'un secundo ?

Je souris intérieurement en résistant à l'envie de me retourner pour les regarder se chamailler.

— Tout à l'heure, tu as dit « primo ». Ça laissait entendre qu'il y aurait une suite.

— Admettons. Secundo. Je savais qu'il me filait. Je ne voulais pas qu'il soit mal noté.

— C'est ça, je te crois !

— La ferme, Nics.

— Oh là, si on ne peut plus s'amuser…

Leur dispute se transforma en bruit de fond quand je retournai dans ma tête la question restée sans réponse. Je venais d'apprendre que je n'étais pas la seule à ne pas connaître leur univers dans le moindre détail, et cela me rassurait.

— Je suis sûr qu'il y a un service de sécurité, affirma William en me lançant un sourire rassurant. Un comité important se charge d'organiser l'événement chaque année. Jamais ils ne laisseraient les lieux sans surveillance.

— Depuis quand tu fais ça ? Je veux dire, participer aux Lénéennes ?

— Depuis la nuit des temps.

— Oh ! interrompit Nics d'un ton belliqueux.

— Quoi ? réagit William.

— C'est lui, il est *sa page* !

— Hein ? demandai-je.

— Pas sage, traduisit William.

— Arrête, Sam ! reprit Nics d'une voix à peine compréhensible. Je sais ce que tu essaies de faire, là.

— Sam, dis-je d'un ton de reproche amical, n'hésitant plus à me retourner. Tu l'as rendue soûle, c'est ça ?

— Elle faisait rien que de m'embêter, expliqua-t-il d'un ton boudeur.

— Et tu crois que, parce que je suis un peu grise, je ne peux plus me battre avec toi ?

Soudain, je ne vis plus que du noir, comme si le ciel nocturne avait avalé le monde autour de moi. Tout était devenu invisible, sans pour autant disparaître. Je me serrai sur mon siège, prenant conscience du fait que j'avais gardé le sens du toucher.

— Hé ! protestai-je. Qu'est-ce qui se passe ?

Hélas, ma voix se noya dans les cris. Je n'étais pas la seule à hurler aveuglément dans cette poche noire. J'entendis William tonner :

— Nics, arrête ! On n'y voit plus rien !

Il était déjà trop tard. Elle souleva l'écran juste au moment où la voiture plongea dans le fossé.

— Punaise... articula-t-elle tandis que nous nous regardions.

— Vous n'avez rien ? demandai-je.

Tout le monde semblait sauf.

— Non, répondit Sam en se frottant la tête, qui venait de percuter la fenêtre.

— C'est malin, je vous jure ! pesta William quand il fut certain que personne n'était blessé.

Tout le monde se tut. Le silence parut encore plus profond quand, ayant embrayé la marche arrière, il comprit qu'accélérer ne ferait qu'enfoncer la voiture encore plus profondément dans la terre molle.

— Qu'est-ce qu'on fait, maintenant ? osai-je demander sans penser à mal.

— Je n'en sais rien. Je n'ai pas vu une seule voiture dans le rétroviseur depuis une éternité.

— Je t'avais bien dit qu'il fallait partir plus tôt, remarqua Sam.

— Ça n'a rien à voir. Si tu n'avais pas été si agressif... cracha Nics.

— Parce que c'est de ma faute !

— En tout cas, c'est pas la mienne.

— Hé ! interrompit William. Rachel et Paul sont partis après nous, pas vrai ?

— Oui, confirma Nics.

— Alors appelle-les, ordonna Sam.

— Et pourquoi pas toi ? riposta-t-elle.

— Je vais le faire, trancha William en me lançant un petit coup d'œil. Ou peut-être pas. Vous captez quelque chose, vous ?

Après trois réponses négatives, il fut décidé que nous attendrions tout simplement la prochaine voiture. Tôt ou tard, d'autres voyageurs allaient passer par là.

William éteignit les phares pour économiser la batterie et nous commençâmes à patienter sagement dans l'obscurité, Nics et Sam mettant un point d'honneur à se tenir aussi loin que possible l'un de l'autre. Elle alla bouder sur le capot de la voiture, Sam s'appuya sur le pare-chocs arrière, et William et moi nous installâmes par terre, à égale distance des deux, évitant soigneusement de prendre parti. L'absence de phares à l'horizon devenait préoccupante et nous n'avions aucun sujet de conversation ; il fut donc facile d'écouter attentivement les sons de la nuit. Je n'osais pas briser la glace entre les trois amis. Les grillons interprétaient leurs chants hypnotiques, tandis que le vent diffusait la puissante odeur de l'herbe sèche et le bruissement de l'armoise. Au loin, quelque chose brisait l'équilibre : une sonorité artificielle troublait le silence. Je me concentrai sur ce point pour l'identifier. Il était trop irrégulier pour être naturel, trop intentionnel. Ces éclats de son à peine audibles ne pouvaient avoir qu'une origine : des voix.

— Qu'est-ce qu'il y a ? demanda William, remarquant mon attention soudaine.

— Chut ! Tu entends ?

J'avais attiré l'attention de Sam et de Nics. Les voix devenaient plus nettes, plus proches, mais je ne tenais pas à manifester notre présence. Qui fallait-il être pour rôder ainsi la nuit ? Des gens qui ne voulaient pas se montrer, à coup sûr.

— Je crois que j'entends quelque chose, murmura William.

— Quoi ? demanda Nics en s'approchant de nous.

Cette fois, ce fut William qui lui ordonna de se taire. Sam ne tarda pas à nous rejoindre lui aussi. Nous écoutâmes attentivement les voix de plus en plus nettes. Il y en avait deux, dont une féminine. De toute évidence, l'homme était plus âgé et plus robuste, et il avait une voix rauque et forte, comme un bandit de western. Celle de la femme était tout aussi coléreuse, mais plus jeune, et colorée d'un ton théâtral qui n'avait pas encore disparu avec l'âge.

— Ne me la fais pas, Sal! Combien d'affaires on a menées à terme, nous deux?

Les mots étaient clairs mais lointains. Je les distinguais à peine.

— Je lis dans ton jeu : ça te plaît pas plus qu'à moi. Tu auras beau jouer les durs, personne n'aime tuer, à moins d'être complètement givré.

— Je sais, répondit-il, au bord de l'exaspération. Mais qu'est-ce qu'on y peut?

— Rien, confirma-t-elle comme si c'était une évidence. Et c'est bien ça qui me ronge.

Il y eut un temps mort qui m'empêcha de savoir s'ils s'étaient beaucoup approchés. Heureusement, notre voiture avait versé dans le fossé au pied d'un massif d'armoise qui nous dissimulait. S'ils étaient arrivés de l'autre côté, ils nous auraient aussitôt repérés.

— Ce n'est pas mon job de traîner un pauvre type et sa femme dans les broussailles pendant des kilomètres, tu sais. Ça, c'est ton boulot.

— Tiens! protesta-t-il de sa voix bourrue et âpre. Je croyais que ce n'était le boulot de personne.

— Surtout pas le mien, en tout cas. Moi, je lis dans leur esprit. Je te transmets les infos dont tu as besoin, et ça devrait s'arrêter là. Les cadavres, c'est ton domaine.

— Ouais, mais moi, j'ai dû éliminer la bagnole. Pousser une voiture dans les buissons, c'est pas du gâteau.

— Ce n'était pas comme ça l'année dernière. Cette fois-ci, quand on m'a confié ma mission, j'étais toute contente. Je me disais : enfin un boulot facile et propre. Pour m'alléger la conscience, tu vois ? J'étais loin de me douter que j'en viendrais à détourner des innocents pour que la communauté puisse faire la fête.

— Arrête de te plaindre, tu veux ? Tu es en colère parce qu'on doit se taper le premier tour de garde, c'est tout. Tiens, en voilà une autre.

Deux phares rayonnaient au loin. Mon estomac se raidit soudain sous la tension. Allais-je donc assister à un meurtre ? Anxieuse, je regardai le véhicule s'approcher et, à l'exception de la main de William qui serrait la mienne, j'oubliai totalement ce qui m'entourait. La voiture était encore loin de nous quand la femme prononça une phrase qui me rassura.

— Ce sont des Descendants.

— Oui, et encore ? Raconte, ça me distraira au moins.

— Hum… Un gars et une fille, répondit-elle, apparemment engagée dans un passe-temps habituel. Il descend d'Hermès. Elle, d'Iris. Ils ont 84 et 88 ans. Ils sortent ensemble, ils sont même amoureux. Ils savent tous les deux voler, et le trajet en voiture leur a semblé pénible.

Nous n'osions plus bouger d'un pouce, de peur d'être repérés par les deux guetteurs. Nous laissâmes la voiture approcher, puis passer devant nous. Elle freina aussitôt et s'arrêta à quelques pas.

— C'est Paul et Rachel, chuchota Sam.

— Pourquoi ils s'arrêtent ? s'étonna l'homme.

Terrifiés, nous attendions la réponse de la femme, conscients que, si elle décryptait leurs pensées, elle ne tarderait pas à y lire notre présence. Elle s'étonna :

— Euh… Il y a des…

— Des quoi ?

— Ils vont prendre à bord des amis à eux, qui se tiennent accroupis devant leur propre voiture, au bord de la route.

— Ah bon ? Je ne vois rien. Comment tu as pu les rater ?

— C'est bon, excuse-moi. J'enterrais M. Smith. Et toi, t'étais où ?

— Je virais la bagnole, grogna-t-il. Tu crois qu'ils nous entendent ?

Elle prit le temps de réfléchir avant de lui répondre.

— Non, ils ne nous entendent pas. Laisse-les partir.

À ce moment, Rachel ouvrit sa portière et nous appela :

— Hé ! Qu'est-ce que vous faites là ?

— On a dérapé à cause de Nics, répondit William à pleine voix pour dissiper les soupçons.

— À cause de moi ? gémit Nics.

— Vous pouvez nous tirer de là ? reprit William.

Je restai cachée avec Nics, derrière le buisson, tandis que les garçons s'attelaient à la tâche. Nous étions toujours à l'écoute de la conversation des deux personnages, mais ils ne disaient plus rien, comme nous.

— Bon, on y va, lança enfin Sam quand ils eurent réussi.

De toute ma vie, je n'avais ressenti une telle envie de quitter un lieu. Dès que Sam fit son annonce, je bondis vers mon siège. Mon cœur battait à toute allure, je transpirais alors que l'air était frais, mais je fus tentée de dire aux meurtriers : « Je sais ce que vous avez commis. » Je tournai la tête, pour le regretter aussitôt. L'homme était resté caché, mais je reconnus, sous la lumière rouge des feux d'arrêt, un visage familier. Nos regards se croisèrent et je me tendis. Cette femme, c'était Kara.

Nous roulâmes un moment sans rien dire, suivant de près les phares arrière de la voiture de devant.

— Je suppose que ça répond à ta question, Elyse, finit par déclarer Sam. Tu parles d'une sécurité !

— Je n'aurais pas dû demander ça, dis-je avec des regrets sincères.

Ils se remirent à parler de choses et d'autres, mais je n'y prêtai plus attention. J'analysai mentalement la manière dont ils avaient réagi face à ce qui n'était ni plus ni moins que des aveux de meurtre. J'en avais la nausée. Comment pouvaient-ils se montrer si légers ? Ils n'avaient eu aucun mal à l'admettre, comme si les faits étaient regrettables, sans plus, comme si rien ne s'était passé ; pour moi, il en était autrement. Le visage de Kara était resté gravé devant moi. Même les yeux ouverts, je ne pouvais y échapper. Je me plaquai le front sur la vitre froide en espérant m'en débarrasser. C'était la deuxième fois qu'elle tuait un être humain tout près de moi. La vérité me collait à la peau, s'enroulait autour de moi comme une feuille de papier, à tel point que je me sentis minuscule et vulnérable. En dépit de notre relation personnelle, elle obéissait avant tout au Conseil, qu'elle l'admette ou non. Jamais elle ne serait mon amie, car elle défendait ce à quoi je m'opposerais toute ma vie. William avait dit vrai : avec elle, rien n'était simple. Elle n'était pas de notre côté, et je tremblai en songeant à ce qu'elle était capable de commettre.

— Ça va ? me demanda doucement William, conscient de mon changement d'humeur.

— Oh, je suis un peu sous le choc, je crois.

De toute évidence, il n'avait pas reconnu Kara, lui. Sa voix était plus grave et plus rude. Je ne l'avais reconnue qu'en apercevant son visage. J'ouvris la bouche pour le mettre au courant, mais mon souffle me resta en travers de la gorge. J'allais gâcher la soirée. J'inspirai profondément et gardai mon secret pour moi.

— On est presque arrivés, m'apprit-il. Crois-moi, ce festival te changera les idées.

— Oui.

J'avais dit cela sans y croire. Je n'étais pas certaine que cela me distrairait, que je le veuille ou non. Mon devoir était peut-être de rester concentrée sur ce point, de m'en souvenir. Personne d'autre ne le ferait.

— Enfin ! soupira Nics sur le siège arrière.

Je vis alors ce qu'elle venait de reconnaître. La route, envahie d'herbe, faisait un dernier virage avant de déboucher sur une grotte, au pied d'un flanc de montagne. L'entrée n'était visible que par la faible lueur qui luisait à l'intérieur, bien loin.

— On va entrer là-dedans ? demandai-je, incrédule.

Je n'avais pas pensé à une grotte, mais au fond, où pouvions-nous aller ?

— Ouais, répondit Sam en se penchant vers moi. Ce n'est pas ce que tu imaginais, je parie.

— D'où vient la lumière ?

Peut-être était-elle projetée par les autres véhicules. Je me trompais.

— De M. Williamson, répondit Sam. Il descend d'Hélios. Il assure l'éclairage tous les ans. Faire partie du comité d'organisation, c'est une forme de distinction. Les gens en rêvent.

— Sauf ceux qu'on charge de tuer les passants, précisai-je d'une voix amère.

Le silence pesant dura au moins une minute, et je me sentis visée par plusieurs regards offusqués. Je sentais le rouge me monter aux joues.

— Désolée… dis-je à mi-voix avant qu'ils ne reprennent la parole. J'aurais dû garder ça pour moi.

— Ce n'est rien. C'est juste que… on a l'habitude.

L'habitude de quoi ? Et de toute façon, qu'est-ce que cela excusait ? Cette fois, je ne pus me retenir et je me tournai pour les regarder tous les trois.

— Il y a de quoi devenir fou ! Comment pouvez-vous accepter des choses pareilles ?

— On n'a jamais dit qu'on les acceptait, contesta aussitôt Sam.

Il semblait si froissé que j'en eus honte. Je ne voulais pas qu'il s'imagine que je le jugeais.

— Pourtant, vous les tolérez, expliquai-je. Si je comprends bien, les êtres humains sont superflus, et il suffit de tourner la tête pour ne rien voir ? Comment en est-on arrivés là ?

— Il ne se passe pas un jour sans que je me pose cette question, me déclara gravement William, les lèvres serrées. Bienvenue chez ceux qui vivent de l'autre côté.

Sur ce, nous pénétrâmes dans la grotte, c'est-à-dire dans un univers que je devais considérer comme le mien. Un monde sans issue.

25

Le chemin n'était pas pavé, mais le sol était souple, et la voie traversait facilement la montagne. Quand la voiture entra dans le tunnel, le rayonnement subtil qui nous avait guidés jusqu'alors se noya sous la lueur des phares, et nous nous enfonçâmes sous la terre. Je ne sais pas ce que j'imaginais quant à la source de cette lumière mystérieuse, peut-être un soleil miniature ou un Williamson illuminé; en tout cas, jamais je n'aurais imaginé ce que je vis quand nous tournâmes le coin. C'était trop simple, trop ordinaire. Extravagant, certes, mais loin de ce que j'avais pensé.

La voie était bordée d'arbres et d'élégants réverbères datant des années 1940, comme si, en dépit de l'atmosphère générale propre à tout souterrain, nous avions remonté le temps. Des panneaux en bois pendaient aux murs creusés dans la montagne comme des enseignes de magasin : *Bienvenue aux Lénéennes*. Un gardien, habillé à la mode des années 1940 de la tête aux pieds, était campé au bout de cette voie. Il s'était endormi sur son siège, son béret rabattu sur ses yeux et son long corps mince étiré devant lui.

— Ohé! appela William par la fenêtre.

Le garçon bondit sur ses pieds, en alerte, et se contenta de lui répondre avec un sourire.

— Comment as-tu fait pour décrocher un job aussi nul, Charlie?

Apparemment, William et lui se connaissaient.

— Je suis bénévole, répondit-il en s'approchant de la voiture. Bienvenue, vous tous.

Il leva le menton pour nous saluer.

— Pourquoi ? Tu vas rater la naissance de ton existence, tu sais ? demanda Nics, penchée entre les deux sièges avant.

— La quoi ? soufflai-je à l'oreille de William, qui ne trouva rien de mieux à dire qu'une nouvelle réponse floue (« Tu verras »), avec un sourire prudent qui mesurait ma curiosité.

— Éviter de croiser son ex, ça te semble bien, comme excuse ? expliqua Charlie.

— Oui, ça me semble convaincant, répondit Sam en riant.

— Tu n'as jamais eu de petite amie, lui lança Nics sans retenue. Alors, qu'est-ce que tu en sais ?

Sam se renfrogna sous le coup de cette offensive délibérée.

— Pourtant, argumenta William, ça ne doit pas être facile d'être mal vu par Jillian. Elle descend de Dolos, pas vrai ?

— Ouais, confirma Charlie avec un regard lourd de regrets. J'essaie juste de ne pas la croiser sur mon chemin.

Il tapota le capot de la voiture comme pour clore la conversation.

— Bon, les copains, à partir d'ici, vous vous débrouillez tout seuls. Déchargez le coffre et prenez le chemin de droite. Vous connaissez la marche à suivre.

— Entendu, patron, plaisanta William en lui passant les clés par la fenêtre.

William insista pour porter nos bagages à tous les deux et je me retrouvai seule à avoir une main libre ; je pus ainsi faire un signe d'au revoir à Charlie.

La forêt devenait plus dense à mesure que nous marchions. Les branches robustes pressaient les bords du tunnel, comme si les arbres soutenaient la lourde masse de la montagne. Le faible ronronnement, qui ne pouvait être que le son de mille voix mêlées, devenait plus puissant à chaque pas, et enfin son origine parut à nos yeux, à la manière d'un tableau qui prendrait vie.

Je m'arrêtai net.

— Oh, bon sang…

William, Nics et Sam me regardaient fixement, et des sourires de satisfaction trahissaient leur joie d'observer ma réaction.

Les arbres qui longeaient le tunnel n'étaient rien par rapport à ce que je voyais là. L'espace, soudain élargi, formait une immense caverne emplie — incroyable mais vrai — d'une forêt d'un âge respectable. Les arbres étaient démesurés, portés par des troncs gigantesques du diamètre d'une roue de tracteur et des racines hors sol aussi hautes que moi. Les branches s'entrecroisaient, créant une canopée de feuilles qui tombaient comme une nuée de flocons de neige. La terre était couverte de verdure, et des sentiers permettaient de se faufiler entre les arbres.

Outre cette magnificence, il y avait un peu partout des gens qui se comportaient comme si de rien n'était, comme s'ils ne voyaient là rien d'extraordinaire, comme s'il était normal qu'un trou soit ainsi garni, au beau milieu de la montagne. À ma gauche, je devinai une clairière, où plusieurs groupes étaient déjà installés. À ma droite, d'innombrables tentes étaient dispersées entre les arbres, et des Descendants allaient et venaient posément.

— Viens, me dit William avec un sourire qui me fit rougir.

Nos amis avaient continué leur chemin tandis que je faisais du surplace sous le coup de l'émotion.

— On va trouver notre coin.

Ma bouche béante se resserra pour sourire et je fis un bond pour lui prendre la main.

— C'est stupéfiant…

— Oui, ils ont bien bossé cette année.

— Où on va s'installer ? Il y a déjà des tentes partout.

— Je suis toujours sur la même parcelle. Personne d'autre n'y va. Elle est un peu à l'écart.

— Parfait... notai-je avec un sourire entendu.

Il rit de mon allusion et se remit en marche. Tandis que nous traversions la foule, je remarquai que de nombreux regards se dirigeaient vers moi ; apparemment, les rumeurs avaient couru.

— Fais comme s'ils n'étaient pas là, me conseilla tout bas William en lançant un regard sévère aux curieux.

Je me concentrai sur le paysage. De gros arbres et des plantes en fleur ponctuaient le sol terreux, au loin. Je ne savais pas bien jusqu'où cela s'étendait, mais la verdure finit par se raréfier et la surface de pierre devint plus visible, à la fois lisse et difforme, comme d'immenses feuilles de bois pétrifié. Des plantes rampaient le long des plaques irrégulières de cette roche terreuse, et les arbres se dispersaient.

— Ça te plaît ? me demanda William, sa main bien serrée autour de la mienne.

Je fis dodeliner nos bras.

— Évidemment.

— Il m'a semblé que tu aimerais notre petit coin tranquille, toi qui es sur le devant de la scène depuis un moment. Il est bon d'avoir un refuge quand la situation dégénère. Mais on peut se rapprocher, si tu veux.

— Non, c'est super comme ça.

— Parfait.

Il s'approcha de moi. Je perçus un soupçon de son parfum vif et frais quand il me serra contre lui.

— Tu sais, dit-il en rougissant un peu, j'ai... je t'ai préparé quelque chose. Les Lénéennes sont un peu l'équivalent de Noël, pour nous.

— Pourquoi tu ne m'as pas prévenue ? me désolai-je, songeant que je n'avais rien pour lui.

— Je ne voulais pas gâcher la surprise.

Il me tendit un carré emballé et, tout excité, précisa en me regardant soulever le papier :

— C'est un CD. Tout notre répertoire, en fait. J'y ai ajouté quelques nouveaux titres.

— Merci, dis-je, incapable d'exprimer ma joie autrement.

— Et comme je sais que tu aimes la poésie, ajouta-t-il, j'ai imprimé mon texte préféré. Il me fait penser à toi.

Il attendit calmement que je déplie la feuille afin de lire son message, tout en analysant mon expression.

Sonnet CVII

Ni mes propres craintes ni l'âme prophétique
du vaste monde rêvant de l'avenir
ne sauraient définir la durée de mon amour profond,
ni prétendre qu'il est destiné à sombrer.
La lune mortelle a enduré l'éclipse,
et les tristes augures méprisent leurs présages.
Les incertitudes se parent de conviction,
la paix est le héraut des oliviers hors d'âge.
Grâce aux gouttes tirées de ses heures embaumées,
mon amour resplendit et la mort m'obéit,
car en dépit d'elle, je vivrai dans ces pauvres rimes,
tandis qu'elle chargera des hordes sottes et muettes.
Et toi, tu trouveras ici ton monument,
quand auront disparu les couronnes des tyrans et leurs
    tombes de cuivre.

William Shakespeare

— Joyeuses Lénéennes, déclara-t-il, apparemment ravi de me voir devenir rouge comme une pivoine. Tâche d'oublier la prophétie et tout le reste.

Avec un soupir, il tendit la main vers ma joue. Je levai les yeux. Jamais personne ne m'avait regardée comme lui.

— Essaie de passer un bon moment, d'accord ? Ce sera peut-être la seule occasion.

Je hochai la tête, consciente qu'il disait vrai. Quand arrivera la prochaine fête, je serai peut-être morte.

— Tu es trop parfait, déclarai-je en le serrant très fort, comme pour repousser ces idées.

Nous échangeâmes un bref baiser, simple frôlement des lèvres.

— Si je comprends bien, les Lénéennes sont un gros délire ?

À cet instant, le rugissement de la foule s'éleva au cœur de la forêt. William me confirma :

— Oui.

— Je ne suis pas sûre d'être prête, plaisantai-je.

— Dommage. On doit rejoindre Nics et Sam. Ils attendent probablement le début du spectacle, comme tout le monde.

— Le spectacle ?

— La naissance de notre existence. On la reconstitue chaque année. C'est une sorte de tradition. Tu verras.

Sans prévenir, le bruit des trompettes explosa à travers les arbres, brisant le silence qui flottait entre nous et déclenchant l'acclamation de la foule, au loin.

— Ça commence, annonça William avec un sourire impatient.

Et, sans attendre une seconde, il me tira par la main pour bondir entre les troncs.

— Et mes affaires ? m'écriai-je, à un bras de lui.

— Oublie-les, l'entendis-je dire quelque part devant moi.

Tandis que nous courions vers les bruits et les cris, soulevant derrière nous la terre du chemin, l'odeur du bois et de la terre flottant tout autour, je compris qu'il pouvait être épanouissant de vivre sa vie de Descendant. Enfin, le présent balayait la tristesse du passé et, sans en oublier la menace, je décidai de repousser la peur de l'avenir obscur. Je ne ressentais plus qu'une profonde excitation.

À mesure que nous approchions, je distinguai la voix d'un animateur. Des éclats de rire sporadiques et des applaudissements répondaient à ses bons mots, et je devinai les spectateurs, juste derrière le buisson, face à nous. Ils apparurent quand nous atteignîmes le précipice de l'arène, véritable marée humaine emplissant un énorme amphithéâtre grec creusé dans la grotte. Tous les regards convergeaient vers un même point, en bas : la scène centrale où se trouvait le présentateur. Contrairement à ce que j'avais imaginé, il ne portait pas un costume mais une tenue grecque antique, un carré de toile blanche qui couvrait partiellement sa poitrine nue et pendait jusqu'à ses pieds. J'eus envie de m'arrêter pour le regarder, malgré l'impatience qui fendait l'air comme un vent capricieux. William me tira la main, qu'il serrait toujours, pour que nous prenions place près de Sam et Nics. La voix enthousiaste de l'homme résonna dans le théâtre.

— Cette soirée n'a rien d'ordinaire ! Après tout, elle n'existe même pas. Comment pourrait-elle exister, avant même votre apparition ? Allons, ne craignez rien, tout va commencer très bientôt.

À cet instant, les lieux furent plongés dans le noir. Je pensai que c'était à cause de Nics, mais un étrange fredonnement se manifesta, de plus en plus puissant. Quand j'entendis William lui-même psalmodier, je compris que c'étaient les gens qui produisaient ce bruit. Il enfla de plus en plus, à tel point que la foule parut sur le point de devenir folle à force de mugissements et de huées. Tout à coup, je compris : ils recréaient le chaos, première notion de l'existence selon la mythologie grecque.

Juste au moment où je crus que la foule allait exploser, ils hurlèrent à l'unisson « *Fiat lux* ! ». Alors les lampes se rallumèrent comme si l'on venait d'appuyer sur un bouton.

— C'était quoi, ça ? demandai-je à William.

— « Que la lumière soit » en latin, s'exclama-t-il. Habitue-toi : le spectacle devient participatif, maintenant.

— Nous voici sortis du vide premier mais, sans Gaïa, nous n'avons pas de terre où poser nos pieds, ajouta l'animateur en s'élevant doucement au-dessus du sol.

Un spectacle phénoménal, tel que je n'en avais jamais vu, nous fit ainsi revivre l'histoire des dieux, parfois très différente de celle que j'avais lue dans les livres. William me soufflait à l'oreille les interventions des spectateurs juste avant qu'elles se manifestent, afin que je puisse crier avec eux. C'était un spectacle vivant bourré d'effets spéciaux, qui m'amena à me poser des questions fondamentales sur ce que je croyais savoir en science et en histoire. C'était sidérant.

— Alors ? finit par me demander William, les yeux pétillants avant même que je lui réponde.

— Sincèrement, j'ai adoré.

— J'en étais sûr.

Nics et Sam restèrent sur place, même quand la masse des spectateurs se dispersa autour d'eux.

— Et maintenant ? Où vont-ils tous ?

— Maintenant, on fait ce qu'on veut, révéla Nics.

— Pour la plupart, ils vont manger, précisa Sam avec enthousiasme. C'est ce que je compte faire, moi aussi.

L'idée était séduisante. Rien que d'y penser, j'en avais l'estomac qui grondait.

— Bon. Allons manger, consentis-je.

— Vous l'avez entendue, enchaîna Sam en sautant sur ses pieds pour courir à toute allure vers les bois.

— Sam! appela Nics.

Sans que j'aie le temps de comprendre, elle partit à sa poursuite.

— Le premier arrivé! me défia William en se servant de ma jambe pour se décoller de son siège.

— William, attends! m'esclaffai-je. Je ne sais même pas où on va.

— Raison de plus pour embrayer, riposta-t-il par-dessus son épaule.

Grâce à ses jambes musclées, il négociait avec souplesse les virages autour des arbres, sans parvenir à me semer. Mon corps se déplaçait à une vitesse surprenante, comme si, par instinct, j'avais réagi à l'idée de voir William me filer entre les doigts. Quand il ralentit et se tourna vers moi, souriant, mon cœur s'apaisa.

— J'ai gagné, souligna-t-il comme pour me torturer.

Je roulai des yeux avec humour.

— J'ai bien cru que j'allais te perdre.

— Tu ne me perdras jamais, Elyse, déclara-t-il en posant ses lèvres sur les miennes. Moi, je te retrouverai toujours.

Je me laissai aller à savourer cet instant malgré la vérité, malgré le fait que nous ne vivions rien de permanent. Il disait peut-être vrai. Peut-être me retrouverait-il dans une autre vie, dans l'au-delà.

— Tu me le promets? demandai-je en baissant les paupières.

Du bout du doigt, il me releva le menton pour que je ne puisse pas échapper à son regard.

— Je te le promets.

— Alors, qu'est-ce que vous attendez ? cria Sam depuis la clairière qui s'étendait un peu plus loin.

À ce moment, un mélange de mille odeurs différentes m'envahit et je pris conscience du festin qui nous attendait. De toute ma vie, jamais je n'avais vu autant d'aliments. Des rangées et des rangées de tables étaient garnies de toutes sortes de plats, allant du hamburger au filet mignon. Une section à part était même consacrée aux mets traditionnels grecs, dont j'ignorais tout.

— Il faut que tu goûtes ça, me scanda Sam un nombre incalculable de fois.

Arrivé devant l'assortiment de plats grecs, il démontra qu'il était un fin connaisseur, car il prit l'initiative de me faire tout découvrir.

Quand nos assiettes furent garnies, nous allâmes nous asseoir sous un bouleau gigantesque, au bord de la clairière.

— Où est passée Nics ? demandai-je en goûtant ma part de nectar et d'ambroisie.

— Elle a emporté son plateau vers le feu de joie pour rejoindre Rachel et Paul, expliqua Sam.

— Pourquoi pas nous ?

William haussa les épaules.

— Ils sont déjà partis, à coup sûr, dit-il. Ils aiment entrer dans la Caverne avant que les autres ne commencent à ramasser leurs affaires.

— Oui, admit Sam, mais quand on se retrouve coincés au milieu, comme eux, on ne peut sortir que quand tout est fini.

— C'est quoi, la Caverne ?

J'avais l'impression d'avoir déjà posé mille questions, mais aucun des deux ne rechignait à me répondre.

— C'est l'endroit où est organisé le… comment tu dirais ça, William, le bal ?

— C'est plutôt un rite tribal, plaisanta-t-il.

— En gros, expliqua Sam, tout le monde reçoit une bonne dose de boisson traditionnelle avant de se déchaîner sur la piste de danse.

— La musique est assez unique, ajouta William. Loin de tout ce que tu as entendu jusqu'ici, j'en suis sûr.

— Vraiment ? Comment ça ?

J'imaginais déjà une kyrielle d'instruments sortis d'un livre pour enfants quand un bruit sourd résonna dans la grotte tout entière, assez fort pour faire trembler le sol.

— Quand on parle du loup… plaisanta Sam.

Deux autres vibrations suivirent.

— Ça commence, avisa William sans se laisser impressionner par les explosions puissantes. Tu veux y aller ?

— Qu'est-ce qui commence ? voulus-je savoir, un peu effrayée quand la terre remua de nouveau. C'est ça, la musique ?

La Caverne se trouvait juste derrière la Cuisine, comme ils disaient, après une rangée de tables et au bout d'un couloir étroit qui descendait à pic sous la montagne. Les battements de tambour, très élaborés, devinrent plus puissants à mesure que nous approchions et, quand la petite voie s'élargit, une vue spectaculaire s'offrit à nous. Bien au-dessus des innombrables danseurs, nous pouvions observer toute la scène d'un seul regard.

L'apparence naturelle des parois en pierre n'était nullement masquée. À elles seules, elles étaient stupéfiantes. Des stalactites qui avaient certainement passé des millénaires à se former pendaient joliment au plafond, jusqu'aux stalagmites, non moins impressionnantes, qui saillaient du sol comme des piliers et délimitaient la piste de danse. Les musiciens étaient installés sur une estrade érigée en saillie sur la paroi. William l'avait bien dit : la musique ne ressemblait à rien de ce que je connaissais. Les percussionnistes battaient à la fois d'énormes tambours en bois avec des bâtons gros comme des marteaux, et d'autres plus modestes, qui ressemblaient à des bongos et exprimaient des rythmes plus rapides. Plusieurs sortes de flûtes et de minuscules instruments à cordes pendaient au cou de quelques femmes. Le chanteur n'avait pas de micro, et pourtant sa voix profonde traversait l'espace, nette et puissante. Il n'articulait aucun mot, se contentant d'utiliser sa gorge comme un instrument, pour nouer tous les éléments musicaux.

Il fallut que William me demande si j'étais prête pour que je me rende compte que les gens passaient devant nous pour descendre sur la piste par un raccourci.

— Bien sûr, répondis-je, impatiente de rejoindre enfin la foule en mouvement.

Alors que nous étions sur le petit chemin, je perçus l'énergie qui rayonnait autour des danseurs, et quand nous arrivâmes tout près de la piste, je compris qu'une bonne partie de la musique provenait des gens eux-mêmes. Si certains chantaient leur propre mélodie tout en dansant, la plupart murmuraient d'une seule voix le même air répétitif.

— Je ne comprends pas trop ce que je dois faire, avouai-je assez fort pour couvrir le son.

Immobile et maladroite, j'étais entourée de gens qui ondulaient en rythme.

— Danser, c'est tout, me conseilla William en me tirant vers lui pour rejoindre la foule.

Je n'avais encore jamais dansé. Je ne savais pas ce que c'était.

— Mais est-ce qu'il faut faire ça d'une manière spécifique ? demandai-je, peu rassurée

Sans un mot de plus, il me prit par la taille pour me serrer contre lui, puis il imita le mouvement de tous ceux qui étaient autour de nous, se fléchissant lentement d'une façon qui me rappela le film *Dirty Dancing*. Il me poussa à me plier au-dessus de son bras et me fit tourner lentement, si bas que mes cheveux frôlèrent la terre.

— Je me sens ridicule, pouffai-je.

— Qu'est-ce que ça peut faire? Amuse-toi, c'est tout, conseilla-t-il sans cesser d'onduler des hanches.

Tout autour, les danseurs suivaient la musique et bougeaient à leur guise, tant et si bien qu'il semblait ridicule de ne pas danser. Je me libérai l'esprit pour me laisser mener par le rythme et suivre le mouvement.

— Tu as raison, répondis-je, un peu plus sûre de moi. Qu'est-ce que ça peut faire?

Au début, je me contentai de mouvements discrets mais, sans que je m'en rende compte, nous dansâmes bientôt comme si le son était en nous, comme si nous étions l'incarnation de la musique.

Nous continuâmes jusqu'à ce que la douleur nous en rende incapables.

— Viens, me murmura William à l'oreille. Retournons au campement. J'ai une surprise pour toi.

— D'accord, répondis-je en m'essuyant le front.

Nous cherchâmes nos amis des yeux, mais comme ils restaient introuvables, nous partîmes sans rien dire.

— C'est incroyable, m'extasiai-je tandis que nous nous glissions entre les arbres. Tout ça, le spectacle, le repas, la musique... Je n'en reviens pas.

Mon commentaire trop exubérant le fit rire.

— Je t'avais prévenue. On n'oublie jamais ses premières Lénéennes.

Je comptais revoir notre parcelle vide, telle que nous l'avions laissée. La surprise que William m'avait réservée me coupa le souffle.

— Qu'est-ce que ?…

Le sol vierge du campement était devenu une oasis de fleurs sauvages et d'osier qui se balançaient autour d'un étang. Des fleurs de cerisier pendaient en masse sous les arbres exotiques, frôlant la surface de l'eau. Certaines flottaient comme des nénuphars et la coloraient de touches de rose.

— C'est pour toi.

Je haussai les sourcils sous le choc.

— Tu plaisantes, là ?

J'avançai pour plonger une main dans l'eau fraîche et remonter un pétale.

— C'est toi qui as fait ça ?

— Disons, pas tout seul, reconnut-il. J'ai chargé Lily, une amie de ma mère, de réaliser les arbres et les fleurs, et la mère de Sam est venue créer l'eau pendant que nous étions au spectacle.

La beauté de l'ouvrage me donna mauvaise conscience. Tous ces gens s'étaient donné du mal pour moi, mais dans quel but ? Pour que je puisse les abandonner, eux et leur prophétie, leur oracle à la prochaine génération, et enfin briser le cœur de William ?

— Je ne mérite pas ça, William, soufflai-je en lâchant le pétale.

Il m'adressa un regard puissant en passant ses doigts entre les miens.

— Mais si.

Lui présenter mes arguments n'aurait pas suffi à exprimer ma reconnaissance, loin de là ; or je voulais qu'il sache que cela me plaisait, et que je l'aimais.

— Merci, lui dis-je, ignorant la douleur faible mais tenace qui me piquait la poitrine. Sincèrement, merci pour tout.

— Eh, je suis juste content qu'on passe un bon moment.

Il sourit avant de m'embrasser sur le front. Et soudain ses yeux s'illuminèrent quand une idée lui vint.

— J'ai apporté nos maillots.

Il desserra ma main, la laissant froide et vide, pour aller chercher nos tenues de bain sous la tente.

— J'ai pensé qu'après avoir dansé, on pourrait se baigner.

C'était une bonne idée. J'avais la peau encore collante, les cheveux humides et plaqués, et mon cœur, que la présence de William faisait vibrer sans repos, diffusait dans mon corps du sang très chaud.

Après m'être changée derrière un arbre, je m'approchai timidement, les bras croisés sur le ventre. Je n'avais pas porté de maillot depuis 15 ans, quand Betsy était encore assez forte pour aller à la piscine. William, qui nageait avec grâce dans l'eau calme, pivota vers moi par réflexe en me voyant venir, avant de se détourner par délicatesse tandis que je glissais dans la piscine.

— Elle est trop froide ? demanda-t-il alors que je nageais vers lui.

— Non, c'est agréable. Rafraîchissant.

Arrivés au centre de l'étang, moins profond, nous pûmes nous tenir debout.

— C'est beau, commentai-je en admirant les fleurs de cerisier qui flottaient autour de nous comme des plumes.

Il en saisit une pour me la glisser sur l'oreille.

— Toi aussi, tu es belle.

Je soupirai profondément pour me soulager de l'émotion intense qui m'envahissait quand William était là, mais sa main, qui s'attarda, ne me facilita pas les choses.

Il n'avait plus besoin de m'attirer vers lui. Nous étions comme naturellement attirés l'un par l'autre. L'eau coulait de ses cheveux à son visage. Nos lèvres humides se frôlèrent, et il m'embrassa doucement.

— Et si nous ne nous étions jamais rencontrés ? demandai-je en pensant à tous les épisodes qui m'avaient menée là.

Je le serrai fort pour plaquer mon visage sur la peau tiède de son épaule.

— Nous nous sommes rencontrés, répondit-il simplement en posant la joue sur ma tête.

— Non, sérieusement, insistai-je en me redressant. Si je n'avais pas emménagé au-dessus du café, ni décidé d'y entrer pour prendre un café ?

— Si tu habites ce bâtiment, c'est pour une raison précise, Elyse, et non par hasard. J'aurais pris les devants si tu n'étais pas venue commander un café.

— J'aurais pu rester enfermée là-haut toute la journée.

Il fit un geste de dédain.

— Et si ce qui est rouge était bleu, et le bleu était vert ? Quelle importance ?

— Je ne sais pas. Je me demandais simplement si l'on peut se remettre d'un chagrin d'amour. Par exemple, crois-tu qu'il vaut mieux aimer quelqu'un puis le perdre, ou ne jamais connaître l'amour ?

— Je le crois, oui, mais qui va t'infliger un chagrin d'amour, Elyse ? Certainement pas moi.

Mes doigts dessinèrent des vaguelettes à la surface de l'eau.

— Même si tu étais obligé de faire quelque chose malgré toi ?

— Jamais, affirma-t-il.

J'examinai ses yeux, espérant y voir une faille, mais ils étaient sincères.

— Je suis jeune, je le sais, et tu dois penser que je ne connais rien de l'amour ni de sa signification, mais j'ai su que je t'aimais dès le premier jour. Je n'ai jamais été aussi sûr de moi.

Il me regarda comme si sa vie dépendait de notre amour. C'était ce regard qui me donnait du mal à accepter mon choix. Je ne voyais pas comment je pourrais m'en détacher délibérément. Ma gorge se serra de désespoir, comme si je l'avais déjà perdu.

* * *

Le dernier jour, le feu d'artifice explosa avec une puissance assourdissante qui me fit vibrer la poitrine comme si c'était une grosse caisse. Les éclats de lumière jetèrent sur les hauts murs de la grotte une lumière colorée. Devant moi, William s'était adossé contre mes jambes, comme si j'étais son fauteuil privé. Il arrivait encore à me surprendre par son comportement — informel et intime, comme si nous nous connaissions depuis toujours. Je ne savais toujours pas réagir à l'effet que son contact avait sur moi. Sentir son corps plaqué contre mes genoux faisait battre mon cœur trois fois trop vite. Je n'osais plus bouger, de peur qu'il se lève. Or je tenais à faire durer ce moment. De temps à autre, je glissais mes doigts entre ses cheveux et je l'embrassais sur le front, juste pour me prouver que c'était possible, tout en me disant que je ne m'en lasserais jamais.

— Tu as vu ? me crièrent mes nouveaux amis enthousiasmés, entre les « oh » et les « ah ».

Le spectacle était éblouissant. Des feux d'artifice ne sont que des feux d'artifice, mais ceux-là étaient doublés de dons hors catégorie. En tombant, des gouttelettes lumineuses se transformèrent en minuscules pétards d'étincelles qui éclatèrent comme du verre juste au-dessus de nos têtes. Une modeste étoile, pas plus grosse qu'une balle de baseball, brilla puissamment au-dessus de la foule, puis explosa, comme un big-bang traversant l'univers. En dessous, des palmiers poussaient en un instant avant de s'allumer comme des bombes, à la base du tronc, et de filer vers le ciel en semant des fleurs qui combinaient toutes les nuances de vert et de jaune.

Soudain, sous la faible lueur qui régnait, quelque chose détourna mon regard. Tandis qu'une fusée jaillissait, projetant vers les visages un éclat rouge braise, je la vis, elle. Juste au-dessus de la masse des spectateurs, elle se tenait à moitié cachée derrière les arbres. Elle m'adressa un regard bien décidé. Au moment où la lueur rouge agonisait, elle disparut dans le noir, me laissant refroidie et troublée par un sentiment que je ne pus chasser. Avec William tout contre moi, en un moment si merveilleux, je ne voulais pas penser à elle. Je me tournai vers le spectacle, mais elle réapparut aussitôt.

Qu'est-ce que tu veux ? pensai-je intérieurement, espérant qu'elle m'entendrait.

Suis-moi. Seule.

J'hésitai, me demandant si je devais lui obéir. Seule. Cela pouvait s'avérer dangereux. Elle n'était peut-être pas seule — avec l'homme qui l'accompagnait sur la route, ou, pourquoi pas, Ryder. Et puis je n'avais plus envie de lui parler, sachant ce qu'elle avait commis.

Pour quoi faire ? tentai-je de savoir. Je n'obtins pas de réponse.

Kara s'était volatilisée entre les arbres. Je n'avais pas le temps de réfléchir. Mais pourquoi la suivre ?

Soudain, sans prévenir, elle me transmit un mot, un seul, qui me décida : *Anna*. Ce fut le dernier. Je n'avais pas le choix.

Mais comment m'y prendre ? J'allais la rejoindre, c'était certain, mais William ne me laisserait pas m'éclipser.

— Dis donc, lui criai-je plus fort que les explosions. Ça fait un peu trop de bruit. Je m'en vais trois minutes, d'accord ?

— Je t'accompagne, dit-il en se levant.

— Non, ordonnai-je. Ça ira. Reste ici. Tu passes un bon moment.

— Tu es sûre ?

— Oui, ne t'inquiète pas. Je vais m'asseoir un peu plus loin.

Et, sans lui laisser le temps de protester, je filai vers Kara.

Je l'avais perdue de vue mais, en courant, je pourrais la rattraper. Après un dernier coup d'œil vers William, complètement absorbé par une chute étincelante à la base de laquelle jaillissaient plusieurs fusées, j'entrai dans la forêt là où je l'avais vue la dernière fois. J'eus du mal à me frayer un chemin entre les troncs et les hautes herbes, troublée par l'idée de me retrouver face à elle. Tandis que je courais, fouillant la forêt à la recherche de son visage, une envie me saisit : j'allais lui poser la question qui me rongeait depuis trop longtemps. Pourquoi ? Pourquoi avait-elle encore tué deux innocents ? Moi qui étais prête à tout pour sauver une vie, je voyais dans le meurtre une offense impardonnable, quel que soit le raisonnement qui l'étayait. Pourquoi ne s'était-elle pas contentée de conseiller à ces gens de faire demi-tour ?

Quand je m'arrêtai pour guetter le bruit de ses pas, elle n'était déjà plus là. Je regardai les alentours et, au moment même où ma dernière goutte d'espoir s'évaporait, elle parla.

Continue tout droit. Tourne à droite devant la paroi de la grotte. Il y a une crevasse. Glisse-toi dedans. J'y serai.

Si tu as une info à me transmettre, pourquoi ne pas communiquer de cette façon ? En pensant cela, je lui avais transmis la question involontairement. L'esprit tranquille, j'attendis une réponse, qui ne vint pas.

Frustrée, je continuai ma route, n'ayant d'autre choix que de faire demi-tour ou lui obéir. Or je ne pouvais pas faire demi-tour. Je me mis à courir. Il n'y avait pas de vent pour me rafraîchir, l'air renfermé me collait à la peau. Quand j'atteignis enfin l'encoignure creusée dans la paroi de pierre, je rabattis mes cheveux humides de sueur avant d'y entrer.

— Pourquoi me faire venir jusqu'ici ? lui demandai-je, sur la défensive et agitée, dès que je la vis.

D'instinct, mes yeux examinèrent la minuscule crevasse pour vérifier que nous n'étions ni accompagnées ni en danger.

— Tu pouvais me parler mentalement, non ? On dirait que ça te fait plaisir.

Je perçus la colère que ma voix exprimait. Je ne pouvais pas effacer de mon esprit l'image de son visage éclairé par les phares arrière de la voiture. Pour moi, elle n'était qu'une tueuse, quoi qu'elle en dise.

— Trop de dons s'exercent aux environs. Je voulais qu'on s'éloigne, au cas où, pour ma propre protection.

Son regard était faible et lourd de honte, mais sa voix restait forte et rebelle.

— Tu veux entendre ce que j'ai à te dire, oui ou non ?

J'avais presque oublié ce qui m'avait décidée à la rejoindre : Anna. Mes paumes suaient, la gorge me serrait sous l'effet de la peur. Je ne voulais pas imaginer ce qu'elle allait me révéler. Sachant qui elle était et ce qu'elle faisait, cela ne pouvait pas être positif.

— Qu'est-ce qu'il y a ?

D'un coup, sa voix résonna dans la tête, me prenant par surprise.

Elle est à l'agonie.

Mon estomac brûlait de haine.

— Je sais, ripostai-je avec mépris comme pour expulser sa voix de mon crâne. Tu m'as fait venir jusqu'ici pour remuer le couteau dans la plaie, c'est ça ? Ça te plaît donc tant, de regarder mourir les innocents ?

L'entendement troubla son visage, suivi d'un air écœuré. Elle comprenait que je n'oublierais pas ce que j'avais entendu dire. Il n'y avait plus le moindre soupçon d'amitié entre nous, rien à espérer, rien de solide… sinon la rage.

— Tu ne sais rien de moi! cracha-t-elle.

— Je sais au moins une chose. Tu es une meurtrière.

Elle me tomba dessus sans que j'aie le temps de faire un geste. Mes poumons se vidèrent sous l'impact de mon corps souple contre le sol dur. Elle était assise sur moi, ses yeux terrifiés et hargneux débordant de larmes, un couteau plaqué sur mon cou.

— Tu as raison, confirma-t-elle doucement, d'un ton froid et absent. Je suis une meurtrière.

Elle garda soigneusement la position dominante qu'elle avait acquise en passant à l'attaque. Elle était musclée, habile et précise. Prête à frapper, au besoin.

— Je pourrais te tuer tout de suite si je voulais.

J'eus l'impression de passer une éternité, bloquée sous sa lame, prise de panique, le cœur prêt à exploser. J'avais peur, non pour moi, mais pour Anna. Sans moi, plus d'espoir : elle mourrait. William ne saurait peut-être jamais ce qui m'était arrivé. Cette mort gâcherait une vie. Sans raison, sans rien obtenir, ce serait la conclusion rapide d'une histoire sans but. Cette idée me tira de ma peur et les larmes me vinrent sans prévenir.

— Écoute-moi : je ne veux pas te tuer, expliqua-t-elle, agacée par la tournure des événements. Je voulais simplement te mettre au courant.

— Elle va mourir, je le sais, répétai-je quand elle me relâcha. Je le sais.

Je me frottai le cou là où elle avait plaqué son couteau. Elle secoua la tête.

— Ce n'est pas la question. Je veux t'avertir : tu ne dois pas la soigner.

Je plissai les yeux, m'efforçant de comprendre. Elle ne comptait tout de même pas me sauver la vie.

— Pourquoi ? À cause de la prophétie ?

— Non. Parce qu'ils la tueront dès que tu l'auras guérie. Ne sois pas idiote.

— Je compte bien la prévenir, lui conseiller de s'enfuir, protestai-je.

— Et tu crois que ça va marcher ? Ils la retrouveront.

Je m'efforçai de tenir bon.

— Jusqu'ici, ils ne savent que ce que tu leur as dit, n'est-ce pas ?

Elle se détourna pour répondre.

— Je pourrai peut-être te faire gagner du temps, mais...

Son expression se durcit.

— Je ne te promets rien. Si d'autres personnes s'impliquent, je ne risquerai pas ma vie pour toi, ni pour un être humain.

Je ravalai la sensation pénible qui me torturait les boyaux.

— Permets-moi simplement de gagner du temps. Ça marchera.

— Si tu veux arriver à quelque chose, tu dois agir vite, conclut-elle en s'éloignant. Dès ce soir.

Quand elle sortit de la grotte, mes jambes flanchèrent et je m'effondrai, le visage entre les mains. Ma poitrine pesait trop lourd pour que je respire librement.

Dès ce soir.

26

Le retour des Lénéennes fut sinistre, et je n'étais pas seule à me sentir abattue. Partir attristait tout le monde, mais cela me fournissait un prétexte pour expliquer pourquoi j'étais si amère.

Le silence régna dans la voiture pendant presque tout le trajet. Seule la musique de William se faisait entendre. Cela me donna le temps de me préparer. Je refusais la mort d'Anna. Quoi qu'en pense Kara, la soigner lui donnerait au moins une chance de survivre. Je lui avais déjà rédigé une lettre où je lui conseillais de s'enfuir sous un faux nom, avec Chloé, et de commencer une autre vie. Je l'avais glissée dans mon sac, prête à la lui remettre le moment venu. Je n'allais pas leur laisser la moindre chance de gagner.

S'il fallait agir le soir même, alors je le ferais. J'avais assez attendu. Je me tournai vers William, dont la beauté était soulignée par la lueur de la lune, et il me sourit. Son sourire rayonnant et éblouissant aurait défié le paradis. J'admirai ses yeux redoutables, qui m'incitaient toujours à faire durer le présent, et je m'efforçai d'en mémoriser l'effet positif.

Il était 22 h 30 quand nous arrivâmes chez moi. Nous nous couchâmes aussitôt, pressés d'être l'un contre l'autre. Son corps était chaud et doux quand il se glissa sous les draps pour me rejoindre. Ses mains puissantes trouvèrent mon visage et m'attirèrent. Le doux frottement de sa bouche contre la mienne suffisait à me faire basculer. Si j'avais voulu résister, c'était trop tard. J'étais à lui.

Je le savais, j'aurais eu tort d'aller plus loin dans notre relation : cela aurait été trop égoïste. Il n'en tirerait qu'une souffrance plus cruelle, en fin de compte. Mais ses mains me privaient du souffle nécessaire pour protester. J'étais égoïste ? Tant pis.

Je lui retirai son tee-shirt et il m'ôta le mien. Ses yeux étaient sérieux, sombres et intenses quand il me déposa sur le lit, glissant sa fine silhouette sur la mienne. Il me considéra avec intensité, comme si j'étais le ciel.

— Embrasse-moi, lui dis-je tout doucement, et il obéit.

Son corps se pressait contre moi, ses lèvres, douces et délicates, adoptèrent le rythme des miennes. Je ne désirais rien, sinon m'abandonner, mais c'était impossible. Je ne méritais pas l'amour qu'il voulait me donner. J'aurais dû me dégager bien plus tôt. C'était injuste de l'attirer vers une voie qui débouchait sur tant de douleur. C'était mal, et aller plus loin aurait été cruel.

— Qu'est-ce qui ne va pas ? demanda-t-il quand il perçut mon hésitation.

J'inspirai, ne sachant comment m'expliquer.

— C'est juste que… J'ai envie. J'ai vraiment envie, mais je ne peux pas, William.

Il posa son front sur le mien, nos deux nez se frôlant, et poussa un profond soupir.

— C'est de ta faute, tu sais. Tu ne vois pas ce que tu me fais ? plaisanta-t-il. Si tu n'étais pas si irrésistible, je pourrais peut-être me retenir.

Il roula sur le dos, fixant le plafond. Il pensait que c'était sa faute, qu'il était allé trop vite.

— Non, tu n'as rien fait de mal. Tu me connais. Je suis timide.

Il se mit sur le côté pour m'adresser un sourire compréhensif.

— De toute façon, on ferait mieux de dormir. Il est tard.

— Oui, admis-je malgré moi.

Je ne voulais pas que cette nuit prenne fin, tout en sachant que c'était inévitable.

— Dors bien, Ellie.

Son corps se glissa derrière le mien, ses bras de part et d'autre de mon corps, et ses jambes se plaquèrent sur les miennes comme pour s'enraciner, à la manière d'un arbre qui s'attache à la terre. Je profitai de l'instant, enroulée autour de lui, sentant les racines de son âme me pénétrer. Qu'arriverait-il, au matin, quand il constaterait que je n'étais plus là ? Une implacable culpabilité me donna la nausée. J'avalai péniblement ma salive pour repousser ce sentiment.

Si seulement j'avais pu faire autrement ! Mon esprit ne se reposait jamais, cherchant, mijotant, espérant découvrir une autre voie qui n'existait pas. Je devais accepter mon destin. Je n'avais plus que cet instant à vivre, ce dernier moment avec lui, qui me torturait parce que c'était la fin de tout, et qui pesait aussi lourd, malgré sa brièveté, que mille désespoirs. Et pourtant, je devais m'estimer heureuse, heureuse de l'avoir connu. Il m'avait montré ce qu'était l'amour, et qu'y a-t-il de plus beau que l'amour ? C'est là tout ce qui compte, et même la douleur qui accompagnait ma fin ne pouvait l'effacer.

Quand son souffle ralentit, j'ouvris les yeux. Pour moi, il n'était pas question de dormir cette nuit-là, du moins pas avant le dernier sommeil, le sommeil éternel, quand je fermerais les yeux pour toujours. Je m'agrippai au souvenir de son bras pesant sur ma poitrine, de son souffle doux et chaud sur mon cou, trouvant ainsi le courage de filer entre ses mains. J'inspirai profondément avant de glisser lentement et silencieusement sous la couette, m'éloignant de son corps. Ainsi libérée, je me retournai pour le regarder à travers la pénombre. La douce lueur de la lune qui se faufilait dans ma chambre me suffisait pour distinguer ses traits, calmes et détendus sous l'effet du sommeil. Je souhaitai en silence que la mort fût aussi paisible.

L'air était frais quand je sortis du lit. Une fois debout, je contemplai William, attendant de voir s'il bougerait, s'il remarquerait mon absence, mais il resta endormi. Je m'attardai à le regarder respirer, sachant pourtant que je ne l'avais pas dérangé, mais l'horloge me tortura par ses tic-tac répétés, insistant sur les secondes qui passaient. Je m'approchai du placard sur la pointe des pieds. Sans un bruit, j'ouvris un tiroir pour en sortir une dernière tenue. Quand j'eus enfilé mon jean, il ne me resta plus qu'à dire adieu.

Je rédigeai mon message dans le noir, de la main la plus claire et la plus lisible, espérant qu'il comprendrait que j'avais pris ma décision librement et non sur un coup de tête.

William,

Je t'aime… J'attends que les larmes me viennent, que mon angoisse m'arrête, mais je ne ressens que de la gratitude : pour chaque souffle, chaque souvenir, chaque sourire éphémère, chaque jour.

Je te demande pardon. Je n'avais pas le choix.

Je pliai la feuille avant de la poser sur ma table de chevet, en prenant mon temps, profitant de cette raison de ne pas m'en aller. Non sans effort, je me détachai de cet instant et je passai la porte à petits pas discrets, sans attendre que mon envie de rester l'emporte sur ma décision de partir.

Je pensais qu'elle me frapperait pendant le trajet. Mais j'étais dans mon rôle, celui d'une guérisseuse. Quatre-vingt-neuf ans d'existence, c'était plus que je ne pouvais exiger, et il me semblait parfait de les conclure entourée de si doux souvenirs d'amour et de bonheur.

J'avais des regrets, des doutes, des inquiétudes. Allait-il me pardonner? S'en remettre? Me comprendre? Cela n'avait pas d'importance. Après avoir passé des années à regarder mourir ceux que j'aimais, impuissante, condamnée à les perdre par ma condition même, je tenais enfin une chance de mettre bon ordre à la situation. Les vieux doivent partir avant les jeunes et, en dépit de mon apparence, j'étais vieille, bien plus qu'Anna, de près d'un demi-siècle.

C'était la manière la plus logique d'aborder la question, un argument contre ceux qui contesteraient ma décision, même si en vérité, celle-ci reposait sur l'irrationnel. Même si je n'avais pas tenu compte de mon âge, je n'aurais pas supporté de regarder Chloé vivre la douleur que j'avais connue, alors que je pouvais intervenir.

Tandis que je roulais, la ligne d'horizon s'éleva dans le ciel bleu du matin, attendant le premier signe du soleil. La lune était là, pleine et argentée, au cœur de la lueur grise du petit matin, comme une pièce de monnaie qui scintille au fond d'une fontaine. J'étais partie plus tard que prévu, et pourtant l'heure était parfaite. La rue était déserte, abandonnée par les citoyens endormis, comme pour m'assurer que j'avais choisi la bonne voie.

Grâce au double de sa clé, qu'Anna m'avait donné le soir de l'Action de grâce, j'ouvris la porte le plus silencieusement possible. Si j'éveillais Chloé, la situation deviendrait plus compliquée.

Malgré quelques lampes encore allumées, l'appartement était sombre et sinistre, comme si l'atmosphère était imbibée de maladie. Sous le règne du silence, je me préparai à monter l'escalier jusqu'à la chambre d'Anna. Avant tout, je devais la voir, lui faire mes adieux convenablement avant de conclure.

Le lit de Chloé était vide, et elle n'était pas dans le salon. Si elle était dans la maison, elle ne pouvait être que près de sa mère... Je souhaitai de toutes mes forces qu'elle soit chez sa tante.

Je soupirai tout bas en voyant une personne, et une seule, couchée sur le lit : Chloé n'était pas là. Veillant soigneusement à ne pas la faire sursauter, je m'approchai lentement d'Anna avant de m'asseoir au bord du matelas. Je lui pris la main et, en guise de réponse, elle souleva les paupières et ébaucha un sourire. Elle était affaiblie, presque éteinte. J'arrivais juste à temps.

— Tu sais, Anna, lui confiai-je d'une voix tremblante, j'ai passé ma vie à porter le fardeau d'être celle qui vit, qui regarde vieillir et mourir ceux qu'elle aime. Tu ignores ce que cela signifie de se sentir impuissante tandis que le monde te vole tout, sous ton nez. Enfin, peut-être que tu le sais. Mais je ne veux pas qu'il vous arrive malheur, ni à toi ni à Chloé.

Son corps amaigri restait inerte et impassible, et pourtant cela me soulageait de lui parler, de lui dire ce que j'avais à dire. D'un certain côté, le fait qu'elle soit incapable de communiquer me soulageait. Sinon, elle aurait résisté, gaspillant ainsi sa précieuse énergie. Je lui déposai un baiser affectueux sur le front. Bientôt, elle irait mieux, toutes ses souffrances prendraient fin.

Je redescendis vers la cuisine. J'avais déjà en tête la façon de procéder. Mon meilleur outil serait un couteau : mon bracelet n'extrairait pas assez de sang. J'ouvrais le tiroir, à droite de la cuisinière, espérant en tirer la lame la plus tranchante qui soit, quand une voix glaçante m'envahit l'esprit.

Elyse. Elle parlait d'un ton calme mais sévère, me lançant une forme d'avertissement. La main serrée autour du manche d'un couteau, je me mis face à elle.

— Kara, par pitié... murmurai-je.

27

Il régnait dans la pièce un silence aussi tranchant que la lame que je tenais, fondé sur une tension assez fragile pour voler en éclats dès la première attaque. Debout, l'arme à la main, j'étais prête à faire face à mon ennemie, à défendre ma cause à n'importe quel prix. Je n'osai pas détacher mes yeux des siens, qu'elle fixa sur moi sans exprimer la moindre envie de se battre. Cela ne m'empêcha pas de me tendre de tous mes muscles.

Tandis qu'elle se tenait là, calmement, je pensai à la façon de la tuer, ou du moins de l'empêcher de me barrer le chemin. Son allure, bien trop détendue, m'indiqua soit qu'elle avait accepté son destin, soit qu'elle était sûre de gagner contre moi. Dans un cas comme dans l'autre, cela ne me rassura pas. Elle brisa soudain le silence.

— Tu sais, je n'ai pas choisi ma vie.

Je n'avais pas envie de lui répondre. Ses sentiments étaient le cadet de mes soucis. Je m'efforçai de rester concentrée sur l'offensive qu'elle préparait.

— Je te l'ai déjà dit, reprit-elle, même si elle se cache avec sa fille, ça ne servira à rien. Ils les retrouveront.

La haine me suintait par tous les pores et j'étouffai mon envie de bondir pour la mettre par terre. Si je n'avais pas redouté de perdre mon précieux sang, je l'aurais probablement déjà fait. Je me contentai de grincer des dents et de tenir ma langue.

— Je pourrais peut-être t'aider…

Mon cœur palpita. Avais-je bien entendu ? J'examinai son visage pour y chercher le moindre indice d'hypocrisie, mais elle était toujours aussi sûre d'elle. « M'aider »… Voilà qui pouvait avoir bien des significations. Voulait-elle me permettre de survivre à l'intervention ? Je ne pus effacer de ma voix un soupçon d'espoir.

— Comment ?

Elle hocha la tête et retint un sourire avant de répondre nettement :

— Je pourrais te couvrir.

À ces mots, ma poitrine se creusa. J'inspirai profondément pour me détendre.

— Kara, je… Tu en es sûre ?

Au fond de moi, je ne tenais pas à nourrir un espoir trop beau pour être vrai.

— Je crois, oui.

— Et ta famille ?

— Ils sont déjà prévenus, je leur ai conseillé de partir. C'est risqué, mais la prophétie est le seul moyen de les sauver. Ils vivent dans la peur depuis trop longtemps.

Tout cela s'emboîtait un peu trop facilement. Comment pouvais-je être sûre qu'il ne s'agissait pas d'une manipulation de la part du Conseil, qui obtiendrait ainsi ma mort, et qui supprimerait ensuite Anna et Chloé ?

— Pourquoi cherches-tu à m'aider ? demandai-je sans la quitter des yeux. Pourquoi te mettre en danger, ainsi que ta famille ? Je ne suis rien pour toi.

Je m'efforçai de juger précisément son niveau de sincérité tandis qu'elle se renfrognait pour prendre une expression de haine.

— Je travaille pour le Conseil depuis que j'ai 56 ans. Je n'ai jamais eu le choix.

Elle se détourna, comme si elle craignait que sa parole déloyale ne se propage, et reprit :

— Il est temps que quelqu'un se dresse contre eux.

— Parfaitement.

En sauvant une vie, nous visions donc un but plus profond : défendre une idée. Cela ne dissipa pas mes soupçons. Comment m'assurer qu'elle était vraiment de mon côté ? Pour l'instant, elle ne m'avait donné que sa parole, et la parole d'un ennemi est aussi solide qu'un mur de sable.

— Qu'est-ce qui me prouve que tu dis la vérité ?

Je la vis analyser mon point de vue, trier les incertitudes qui nourrissaient mon doute. Puisqu'elle lisait librement dans mes pensées, elle n'avait pas à me dire ce qu'elle cherchait, mais elle parut comprendre mon besoin de preuve.

Elle soupira profondément et avança d'un pas prudent.

— Je vais te montrer. Donne-moi la main.

Toujours un peu méfiante, je posai le couteau avant de tendre le bras. Elle écarta mes doigts pour mettre au jour la paume de ma main.

— Je vais te laisser entrer et tu en verras plus que nécessaire, mais c'est pour la bonne cause. Il faut que tu voies pourquoi j'ai décidé de les défier.

Elle plaqua ma paume sur son front. Je crus que j'allais exercer son pouvoir en sens inverse, mais j'eus du mal à comprendre ce que je recevais. Être ainsi dans son esprit, c'était comme rêver. Mon esprit était toujours là, à l'arrière-plan de ma conscience, tandis que le sien occupait le devant de la scène. Des images défilaient par à-coups chaotiques et sautillants, comme un vidéoclip ou une projection de photos résumant une vie en mode accéléré. Des visages et des lieux inconnus se succédèrent sans que j'y lise rien, et je crus un instant que j'étais devenue amnésique.

Essaie de te souvenir, me conseilla-t-elle.

Me souvenir de quoi ?

Sers-toi de mon cerveau pour te rappeler ce que tu veux savoir.

Tandis que j'essayais de déchiffrer mes propres intentions, noyées au milieu de ses pensées à elle, je me reconnus soudain, vue de l'extérieur, ce qui écarta tout le reste. J'étais au volant de la Lincoln noire, lors de la poursuite à travers la ville. Je voyais les choses de son point de vue à elle, tandis qu'elle m'étudiait sans que je le sache. Au café, chez moi, un peu partout, quand je me croyais seule, elle était là.

Chacun de ces souvenirs était accompagné d'une large gamme de sentiments, de pensées et d'émotions, mais jamais teinté de la malice que je lui prêtais, loin de là : elle m'observait d'un œil curieux, éprouvant une profonde amertume envers sa mission de transmettre au Conseil tout ce qu'elle savait sur moi.

Elle était jalouse de ma liberté, de ma relation avec William, et troublée par mon envie de mourir pour un être humain, une femme déjà âgée de surcroît. Elle ressentait aussi de la haine, non pas pour moi mais envers le Conseil. Je m'arrêtai sur la raison d'une telle haine, bien décidée à découvrir la source de sa colère.

Ainsi arrivée au cœur de son émotion, je me trouvai à regarder, avec ses yeux d'enfant de 12 ans, 2 parents affectueux et une petite sœur serrés les uns contre les autres, abattus par le chagrin de la voir arrachée à eux.

Sa haine noircissait au fil de ses missions. Ses souvenirs devinrent de plus en plus brutaux et violents. Meurtres, expériences, tortures… Elle avait vécu l'inimaginable. Le défilé de photos s'arrêta enfin sur une image qui résumait un épisode particulièrement troublant.

Elle était dans un appartement, au coucher du soleil. Une grosse brute se tenait devant une femme couchée sur un divan. Le souvenir de Kara m'apprit que cet homme était ce qu'ils appelaient un Chasseur. Comme souvent, la mission de Kara était de le seconder, grâce à sa capacité unique de lire dans les esprits. Si le Chasseur voulait obtenir des renseignements, elle l'y aiderait, mais les Chasseurs étaient généralement chargés d'une tâche précise : tuer.

Je me demandai pourquoi Kara se tenait hors de portée de l'esprit de la femme, sciemment et volontairement. La réponse me frappa soudain et m'inspira un tel effroi que mes jambes tremblèrent : elle ne voulait pas partager la peur qu'inspirent les Chasseurs.

— Kara, visite les autres pièces, ordonna celui-ci.

— D'accord, dit-elle, soulagée d'échapper aux atrocités à venir.

Je voulais savoir ce qu'il adviendrait de la femme sans visage, mais les yeux de Kara s'en étaient détournés. Elle quitta la pièce sans se retourner au moment où retentit un cri étouffé.

Inspecter les chambres était une tâche facile, qui offrait un prétexte pour échapper aux scènes d'horreur. Les Chasseurs, qui connaissaient bien leurs victimes, intervenaient lorsqu'ils étaient certains d'opérer tranquillement. Pendant ses 10 ans de carrière en tant que guetteuse, jamais elle n'était tombée sur une présence inattendue ; je devinai alors que c'était précisément ce point qu'elle voulait me faire voir.

L'appartement semblait désert, comme prévu. Les lumières étaient éteintes et, à part les gémissements incessants et atroces de la malheureuse, il y régnait un silence de mort. Même si elle assistait à ce genre d'atrocités depuis des années, Kara avait l'impression d'avoir le ventre rempli de cailloux. La sueur lui coulait sur le front, et elle vomit dans les toilettes de la chambre d'amis, la dernière pièce à inspecter. Je la regardai faire, sentant venir le point culminant de son souvenir. Et je le vis enfin : un petit pied nu dépassait à peine sous le rideau de douche. Mon cœur cessa de battre avec celui de Kara, qui analysait cette image. Les Chasseurs ne laissaient jamais de survivants.

Coucou, murmura-t-elle sans émettre de son. *Je ne te veux pas de mal, mais tu ne dois surtout pas faire de bruit, sinon il t'entendra.*

Quand elle jeta un petit coup d'œil derrière le rideau, elle sursauta. L'enfant était tout jeune, c'était une fillette de quatre ou cinq ans à peine. Elle recula, apeurée. Ses grands yeux bruns rappelèrent à Kara la petite sœur qu'elle n'avait pas oubliée. Même s'ils étaient ruisselants de larmes, l'enfant resta muette.

Les cris de la femme avaient cessé; le compère de Kara était sûrement en train de l'emballer. Il ne restait pas beaucoup de temps. Il allait monter.

Les yeux humides de la petite faisaient de la peine à Kara. *Écoute… Je reviendrai te chercher, d'accord? Ne t'en fais pas.*

Puis elle se ressaisit afin de rejoindre le Chasseur.

— T'en as mis, un temps! aboya-t-il quand elle entra dans le salon.

Elle afficha une mine bourrue pour reprendre sa posture de dure à cuire. Si elle avait appris quelque chose, depuis qu'elle assurait ce genre de mission, c'était qu'il ne fallait jamais flancher, jamais pleurer, jamais être tendre. Le seul moyen de survivre était de devenir quelqu'un d'autre, d'adopter une seconde identité, assez forte pour faire face.

— Et alors, t'es pressé? T'as rendez-vous chez la manucure? Je cherchais du fric, figure-toi, affirma-t-elle d'une voix dure et froide.

— T'en as trouvé?

Avant qu'elle ait le temps de répondre, il détourna son regard.

— Tiens, tiens… grogna-t-il.

Je sentis les cheveux de Kara se hérisser sur sa nuque. Elle pivota au moment où la balle frappait la fillette entre les yeux.

* * *

Anna ne bougea pas quand j'entrai dans la chambre. Immobile et calme, elle fuyait la douleur. Je sentis une pointe d'inquiétude monter en moi et mon ventre se tordre de peur. Je priai pour qu'elle soit toujours parmi nous. Je constatai, soulagée, qu'un souffle léger et tremblant parvenait encore à remonter de sa poitrine. Il n'était pas trop tard.

Je m'assis pour lui prendre la main. Kara était restée devant la porte. Les yeux d'Anna s'entrouvrirent un instant et elle respira plus profondément quand elle sentit que je la soutenais. Tout allait s'arranger.

— Les gens ne comprennent pas, avouai-je à mi-voix. Ta valeur à mes yeux est incompréhensible pour tout le monde, sauf toi et moi, mais peu importe. Nous savons, nous.

Je me relevai pour prendre le couteau sur la table de nuit. Il n'y avait plus rien à dire, en vérité ; je devais juste inspirer une dernière fois avant de me trancher la chair. Mon sang rouge cerise brilla de tous ses éclats sur ma peau, couvrant ma paume de motifs cramoisis. Il coula en gouttelettes au bout de mes doigts sur le tapis morne, chacune imitant un rubis caché dans le sable. Ma douleur était obscure, emportée par le choc de la situation. Ce n'était qu'un effet secondaire, un point de détail par rapport à ce qui comptait le plus en cet instant.

Allez, Elyse, m'ordonna gentiment Kara en entrant dans la pièce. J'approchai mon poignet de la bouche d'Anna.

J'étais décidée à atteindre mon but, sans rien redouter. Si j'avais vu le jour, c'était peut-être pour en arriver là, vivre cet instant, tout le reste n'étant qu'un long escalier qui y menait. Quoi qu'il en soit, je n'allais pas reculer, il n'était plus temps. Tout ce qui restait à découvrir, c'était le mystère de mon sort et de la prophétie. J'étais presque certaine de l'effet de mon geste quand mon sang quitta mon corps pour lui couler dans la bouche. Au début, elle voulut résister, ne comprenant pas ce qui se passait, mais quand elle sut que je la sauvais, elle voulut à tout prix que je continue, saisissant mon bras, les yeux grands ouverts.

— C'est bon, ça suffit, lança Kara, assez fort pour qu'Anna l'entende. Passe-moi le couteau, Elyse.

— Non, dis-je avec force, noyée dans le brouillard. Encore un peu.

— Ça ne t'empêche pas de me donner le couteau.

J'entendis Kara gémir en se faisant une petite incision au poignet.

— Tu as fini ? Je...

Elle se tut soudain et je m'immobilisai. C'était une sensation trop familière, qui annonçait le pire. J'examinai les yeux terrifiés d'Anna, raide elle aussi, les lèvres toujours plaquées à mon poignet.

— Je t'avais bien dit que je saurais te débusquer, ricana Ryder. Si tu te saignes à blanc, ce sera pas ma faute.

Je ne pouvais pas me tourner vers lui, mais j'entendis son poing percuter la mâchoire de Kara.

— Toi, dans le genre sournois, tu es devenue championne. Tout ça pour quoi ? Pour un être humain ?

La malheureuse émit un son guttural quand un autre coup vint lui vider les poumons. Je détestais ce type. Dans ma tête, je hurlais, prête à tout pour me déplacer alors que j'en étais incapable. Allait-il tuer Kara ? Ou Anna ? Impuissante, je me vidais de mon sang, perdant ainsi mes chances d'agir.

— Il y a toujours des conséquences, brailla Ryder.

Le visage ensanglanté de Kara passa devant moi avant de heurter le sol.

Puis tout s'effaça, et mon existence apparut autour de moi comme un ciel nocturne et lourd, m'écrasant contre la surface de la terre. Mes sens s'affaiblirent et se mêlèrent en un brouillard obscur. Le bruit des coups qui s'abattaient sur Kara se dissipa et je sombrai dans un état de choc qui ne me permettait plus de rien comprendre. Le temps était une notion étrangère. Je n'avais plus la moindre idée de la durée des événements. M'avait-il fallu plusieurs minutes, plusieurs heures, voire plusieurs jours, pour mourir ? C'était impossible à dire.

La vie. Un labyrinthe de croisements et de virages où nul n'est vraiment destiné à se frayer un chemin. Une abondance de moments essentiels et de repères marquants qui vous prennent par surprise, à tout instant, et retournent votre univers. Il n'était pas facile de dire si j'avais perdu la vue ou conscience, mais cela n'avait pas d'importance, car bientôt tout serait fini. Je lâchai ma dernière bribe de force pour attendre la fin. Puis, plus rien. Le noir m'emporta et je ne sus plus où je me trouvais, qui j'étais, ce que j'attendais.

Le néant.

28

Le temps tombait en gouttes, comme l'eau qui se répand, lentement et dans toutes les directions. Quand je me sentis bouger en apesanteur dans le monde qui m'entourait, je fus incapable de dire depuis combien de temps j'avais perdu connaissance. Étais-je seulement consciente ? Le vertige obscur qui me faisait tourner la tête confirma que je l'étais. Vivante ou morte, peut-être même entre les deux, je l'ignorais, et pourtant j'étais en relation avec mon corps et ses douleurs. Je ne l'avais pas quitté. Mon esprit, toujours prisonnier de sa forme solide, enregistrait avec peine son incapacité totale. J'étais passive, capable seulement d'analyser ma douleur, ma confusion et les bruits de pas rapides et irréguliers provenant du dehors. Puis, à travers le brouillard où flottaient mes pensées désordonnées et décousues, je devinai que l'on me portait.

Chaque respiration était un combat. Instinctivement, je paniquai. Où étais-je ? Où était Anna ? Je ne me rappelais pas ce qui était arrivé. Avais-je réussi ? Les pas accélérèrent soudain en réponse à mon souffle paniqué, chaque bond m'infligeant une douleur aveuglante. Je voulais ouvrir les yeux, supplier ces gens d'arrêter, mais je fus dépassée avant d'y parvenir. L'obscurité, apaisante et paisible, m'emporta de nouveau.

* * *

Ma sortie de l'obscurité fut violente et rêche. La lumière s'insinua comme du feu, brisant le dorlotement tranquille du noir. Je ne vis d'abord que du blanc. Je le rejetai sans comprendre pourquoi. La lumière, c'était positif. C'était l'autre côté. C'était l'espoir. Je me forçai à rouvrir les yeux pour comprendre d'où cela venait.

La peur me cloua sur place et me coupa le souffle. Mes bras et mes jambes se hérissèrent lorsque je sentis la morsure du métal froid sous moi. Ou peut-être était-ce la peur quand je reconnus où j'étais ? Trois lampes pendaient au-dessus de ma tête comme des balanciers. À ma droite, un meuble noir était garni de récipients et de solutions chimiques au repos. J'étais dans un labo.

Quand je repris mes esprits, je vis ce qui me gênait : une intraveineuse, piquée dans mon bras au niveau du coude. En songeant à la profonde incision que je m'étais infligée au poignet droit, je cherchai la plaie, en vain : à part mon anneau, il n'y avait rien. Pas même une cicatrice. D'instinct, je fus tentée d'arracher le goutte-à-goutte et de m'enfuir. Il n'y avait pas de fenêtre, mais je pourrais peut-être franchir la porte discrètement, si elle n'était pas gardée. J'avais envie de m'échapper, même si j'étais guérie et apparemment vivante. J'ignorais tout des intentions de ceux qui m'avaient placée là. Cependant, je fus coupée dans mon élan.

Un grincement de porte me fit sursauter et fermer les yeux. Un claquement de semelles rigides s'approcha. Pas un mot ne fut prononcé, mais je devinai que c'était un homme. Il fredonnait en s'activant autour des récipients et en transvasant des liquides. Puis, sans prévenir, il se tourna vers moi. Ses doigts me tâtèrent le pouls et coururent le long de ma cicatrice invisible, là où mon avant-bras aurait dû porter une plaie ouverte. Il me tamponna le repli du coude avec un coton après avoir retiré l'intraveineuse. Même s'il était d'une douceur étonnante, je restais tendue sous ses mains.

Que comptait-il faire de moi ? Sans que j'aie le temps de songer à réagir, la porte grinça une seconde fois.

— Elle s'est réveillée, déclara l'homme le plus proche.

Je dressai l'oreille : j'avais reconnu la voix de Iosif.

— Enfin… répondit William.

Était-ce le fruit de mon imagination ? Mes yeux réagirent sans me laisser le temps de réfléchir. Il fallait que je sache. Ils s'ouvrirent et se posèrent sur son visage chargé d'inquiétude. Penser que je ne le reverrais jamais, que je ne sentirais plus sa main, que je n'entendrais plus sa voix, me semblait inimaginable. Pour moi, il était devenu aussi vital que l'air et l'eau.

Il me rejoignit avant que je dise un mot, glissa ses doigts entre les miens et tendit l'autre main vers mon visage. Je me redressai, impatiente de m'expliquer.

— William, pardonne-moi…

— Oh là, tout doux ! répondit-il en me rallongeant. Ne va pas trop vite. Tu reviens de loin, Ellie.

Son regard triste exprimait une douleur qui m'accabla, mais sans m'inciter à regretter ma décision. Grâce à moi, Anna avait devant elle une longue vie de bonheur ; à mes yeux, cela comptait plus que tout. Je me demandai comment elle allait, où elle était, et je finis par comprendre que j'ignorais tout du dénouement de notre histoire. Comment étais-je arrivée là ? Pourquoi William était-il près de moi ? Comment avais-je fait pour survivre ?

— Anna, Kara ? demandai-je tout en me préparant à entendre sa réponse. Elles sont vivantes ?

Il opina et me fit un sourire rassurant.

— Oui. Elles sont ensemble, mais il a fallu t'amener ici, toi, expliqua-t-il avec un tendre regard.

— Comment as-tu fait pour me retrouver ?

J'espérais reconstituer l'enchaînement des événements.

— Quand je me suis réveillé, tu n'étais plus là. Ton message m'a permis de rassembler les pièces du puzzle. J'avais deviné qu'Anna y figurait. Un jour, tu avais évoqué tes devoirs envers elle, en cas de maladie, et cela avait éveillé mes soupçons. Je me suis aussi souvenu que son adresse était scotchée sur ton frigo.

— Je ne pouvais rien t'expliquer, tu aurais...

Il m'approuva d'un hochement de tête.

— Oui, j'aurais essayé de t'en dissuader.

Je soupirai, reconnaissante de sa compréhension.

— Donc, quand je suis arrivé chez elle, reprit-il, la porte était grande ouverte et j'ai entendu du bruit, à l'étage. J'ai bien failli monter. Heureusement, j'ai entendu la voix de Kara dans mon crâne. Elle m'annonçait que Ryder était là, et qu'il allait vous tuer. Donc, le plus silencieusement possible, j'ai attrapé un couteau, dans la cuisine, pour l'attaquer par surprise, en arrivant par-derrière. Je l'ai poignardé dans le dos, droit au cœur, sans lui laisser le temps de me figer.

Il avait du mal à raconter ce moment si dur à revivre.

Je ne pouvais croire que tant de choses s'étaient passées pendant que j'étais inconsciente.

— Alors il est mort ?

Il m'était difficile d'imaginer William en train de tuer quelqu'un, même Ryder.

— Oui, rigoureusement et définitivement mort.

C'était un énorme soulagement.

— Merci...

Ce mot semblait bien faible. Jamais William n'aurait pu imaginer la gratitude qui envahissait mon cœur.

— Quand je t'ai vue, se rappela-t-il, j'ai cru que tu étais morte.

Je frémis en imaginant la scène. Ce qu'il avait ressenti, ce qu'il avait pensé de moi.

— Je te demande pardon, dis-je en m'étranglant sur les mots et en me jetant dans ses bras. Il le fallait.

— Je sais, murmura-t-il sans me lâcher.

Quand je me dégageai enfin, il comprit que j'attendais la suite.

— Tu avais perdu beaucoup de sang. Je ne sais pas comment tu as pu t'en tirer, Elyse, souligna-t-il, encore incrédule.

— Son organisme a des capacités exceptionnelles. Il résiste beaucoup mieux que la moyenne.

C'était la première fois que Iosif intervenait. Je me demandai pourquoi il était resté là, mais j'eus l'intuition qu'il était pour beaucoup dans ma survie, et je lui en fus reconnaissante.

— Malgré cela, ajouta-t-il, ta survie a beau être étonnante, nous étions tous certains que tu t'en sortirais. C'était indubitable. Ton sacrifice a déclenché l'engrenage. Maintenant, tout n'est plus qu'une question de temps.

Comme toujours, ses prophéties me secouèrent. Je ne savais jamais ce qu'il fallait prendre au sérieux ou considérer comme du bavardage mais, depuis le début, Iosif avait vu juste. Selon lui, quel que soit le chemin que j'emprunterais, j'atteindrais mon but. Anna était guérie, Kara les protégeait, sa fille et elle, et Ryder était mort : tous mes souhaits étaient exaucés.

— Tu as survécu parce que tu étais destinée à survivre, conclut-il sérieusement. Pour exécuter la prophétie.

— Sans compter que j'étais là, ajouta William en levant le bras, montrant un coton collé dans le pli de son coude. J'ai ma part du mérite !

— Tu m'as soignée ? demandai-je, émue par cette idée.

— Quand tu es arrivée ici, Iosif et mon père ont donné de leur sang, eux aussi. Tu en avais perdu beaucoup.

Je me redressai lentement et prudemment, espérant que je serais capable de tenir assise.

— Sur le moment, Kara nous a expliqué qu'elle comptait te soigner, mais comme elle avait été battue assez violemment, je me suis tranché la main pour te donner un peu de mon sang. Tu as repris connaissance pendant une seconde, le temps de dire : « C'est drôle, les arbres aussi sont des gens. »

Il ne retint pas le petit rire que lui inspirait ce détail, maintenant que j'allais mieux.

— Tu es adorable, même à l'agonie.

Je souris un moment. Son rire signifiait qu'il me pardonnait.

— Ton pouvoir a été décuplé par mon contact, précisa-t-il.

Il me prit la main, me rappelant la chaleur qui était censée nous protéger.

— À mon avis, c'est ça qui t'a sauvée, plus que le reste. Même après la première intervention, il te fallait plus de sang, beaucoup plus, et ni Kara ni Anna ne pouvaient continuer la transfusion. J'ai conduit à toute vitesse, et Iosif a opéré dès notre arrivée ici.

C'était une pensée terrifiante. J'espérai au moins que cela en valait la peine.

— Donc, même si j'ai survécu, ça a marché ? Tu crois qu'elle est guérie, je veux dire ?

Je posais cette question avant tout pour me rassurer. De toute évidence, il n'en savait rien, personne n'en savait rien. Le plan supposait qu'il serait inutile de le savoir. Idéalement, j'aurais préféré vivre aux côtés de ma bonne amie, savourer le phénomène qui avait ramené une mourante à la vie. Au lieu de cela, j'étais couchée, à peine remise de ma propre quasi-disparition, en train de me demander comment elle allait.

— Où sont-elles ?

— Justement, Elyse… Moi, j'ai tué un agent et toi, tu as soigné un être humain. Rester ici serait trop risqué. Quand ils comprendront que Ryder a été éliminé, ils lanceront une enquête.

Je levai les yeux.

— Qu'est-ce qu'on doit faire, alors ?

— Kara se charge de les embobiner : elle va leur raconter qu'elle nous a trouvés morts, tous les trois — toi, moi et Ryder —, et qu'elle a tué Anna et Chloé après avoir compris qu'Anna avait été soignée.

— Pour qu'ils pensent que nous sommes tous morts ? demandai-je sans bien comprendre. Et après, on fera quoi ?

— Pour commencer, il faut quitter San Francisco, répondit William avec lucidité.

— Que vont devenir Anna et Chloé ? Elles viendront avec nous ?

— Pour le moment, Kara les cache. On les rejoindra après notre départ.

— Le docteur Nickel réglera les points de détail au siège et à l'Institut, précisa Iosif. Moi, j'irai parler à ton propriétaire. On organisera vos obsèques, à tous les deux, autour de cercueils vides, évidemment.

— William, je…

Aucun mot ne pouvait exprimer la douleur que tout cela me causait.

— Les choses ne devaient pas aller dans ce sens-là.

— Oh, que si ! Tout cela devait arriver. Cet événement n'est que le premier épisode d'une longue série de prédictions qui précéderont la guerre, révéla Iosif sans prendre le temps de s'expliquer davantage.

Quand la porte grinça une troisième fois, je m'attendis à voir le docteur Nickel ou Kara, mais ce fut une inconnue qui entra. Je l'avais pourtant déjà vue, peut-être en rêve. À en juger par son visage, elle avait à peu près le même âge que Iosif, et ses yeux étaient doux. Je le remarquai immédiatement, car elle m'adressa un regard intense, comme si elle me connaissait. De fines mèches blanches pendaient librement sur ses épaules délicates.

— Bonjour…

Elle se tourna vers Iosif.

— Il est temps. Ils arrivent.

L'avertissement ne l'empêchait pas de sourire. Comme elle ne s'était pas adressée à moi directement, je ne cherchai pas à savoir qui approchait ni quel moment était venu. Je me contentai d'écouter la réponse de Iosif.

— Ton père a fait venir un véhicule. Il est garé derrière, ordonna-t-il à William d'un ton urgent.

Il attrapa sur la table deux petits flacons remplis d'un liquide vert clair et les posa dans la main de William avant de lui replier les doigts par-dessus, comme si ce produit était d'une importance cruciale.

— Je t'ai préparé ça. Tu sais comment ça marche ? vérifia-t-il, le regard incertain.

— Oui, affirma William.

La tension était à son comble. William avait hâte de suivre le conseil de cette femme et de s'en aller, et je compris que je ne savais pas tout.

— Allons-y. Je t'expliquerai dans la voiture.

William glissa ses avant-bras musclés sous mes genoux et mon dos. Tandis qu'il passait la porte vers la cage d'escalier, je l'interrogeai :

— Où allons-nous ?

— Il faut qu'on file, assura-t-il, pressé et inquiet.

— Pourquoi ? Qu'est-ce qui se passe ?

Dehors, dans la ruelle qui longeait l'immeuble, il me remit sur pied et je vis le véhicule dont Iosef avait parlé : un corbillard noir, garé devant la porte.

— C'est ça, la voiture ? demandai-je, incrédule.

Non, ce n'était pas vrai ! Pas question que j'accepte ça. Rien que de le voir, j'en avais des frissons. William ouvrit le hayon.

— Allez, monte.

— Oh là, attends un peu… Tout de suite ?

J'étais sous le choc. Certes, je savais qu'un simulacre d'enterrement serait organisé. J'en avais admis l'idée, mais si vite ?

— Oui, tout de suite, ordonna William.

Prise de panique, je sentis un déluge de questions m'envahir. Qu'est-ce que cela impliquait ? Nous n'avions pas dit un mot de ce qu'il faudrait laisser derrière nous, de l'endroit où nous irions, de la tournure des événements.

— C'est quoi, ton plan ? demandai-je. Je veux dire, c'est décidé ? Où va-t-on ?

— Elyse, dit William avec insistance, tu ne comprends pas : ils arrivent.

— Oui, bien sûr, admis-je, frustrée. Mais si je ne comprends rien, c'est peut-être parce qu'on ne m'a rien expliqué.

— On n'a pas le temps ! Le Conseil est en train de croiser les infos. Je ne sais pas tout en détail. Par exemple, j'ignore où nous allons, et c'est pour ça que je ne peux rien te dire.

Il parlait d'un ton rapide et tendu, et son regard affolé me fit réagir. Je mis de côté mes interrogations et sautai dans la voiture.

Quand William ferma la porte arrière, je fus prise de claustrophobie. Les parois étaient tendues d'un tissu blanc et pelucheux, à la fois funeste et sinistre. La mort flottait au-dessus de moi comme un nuage sombre. Deux cercueils prenaient tant de place que nous nous installâmes au milieu, accroupis sur le sol. Le cercueil le plus féminin était noir et verni, orné d'émail brillant et de finitions au pinceau couleur nickel, à la fois esthétique et élégant. Malgré la beauté de l'objet, l'idée de faire semblant d'être morte me tordait l'estomac. Si William n'était pas arrivé à temps, j'aurais bel et bien été mise en terre.

— Allonge-toi, m'ordonna-t-il en tirant un rideau blanc devant la fenêtre arrière.

— Dans le cercueil?

Sous l'effet de la surprise, ma voix était montée d'un ton.

— Par terre, corrigea-t-il en s'allongeant près de moi. Pour qu'ils ne nous voient pas.

— Que va-t-il se passer?

Rien qu'à imaginer nos poursuivants, mon cœur s'emballa. Que faire si le hayon s'ouvrait d'un coup, si l'on me tirait par les pieds pour m'arracher à William? Si je sentais le besoin et la volonté de me défendre, je n'en avais pas les moyens. Je savais toutefois que j'étais capable de me montrer sans pitié, ce qui pourrait être nécessaire.

— Il ne va rien se passer, m'assura-t-il. Tout ira bien.

Je me tournai vers lui, mon nez frôlant le sien.

— Tu crois qu'ils viendront jusqu'ici?

— Je n'en sais rien.

Nous restâmes ainsi allongés sur le dos, bien cachés, notre souffle tenant lieu de conversation. Ce fut William qui brisa le silence.

— Il faut qu'on se couche dans les cercueils.

— Je sais.

— Et je veux que tu avales ça.

Il tenait l'un des récipients que Iosif lui avait confiés.

— Fais-moi confiance. Tu te souviens de l'élixir que Juliette avale pour faire croire qu'elle est morte?

— Oui, admis-je, sceptique.

Il me tendit le liquide vert.

— Ça fait le même effet.

Je haussai les sourcils, étonnée qu'un produit pareil existe réellement, et doutant qu'il soit efficace.

— Tu en as déjà bu, toi?

— Non, reconnut-il honnêtement.

L'un comme l'autre, nous hésitions, mais nous n'avions pas vraiment le choix. Quand je m'allongeai au fond du cercueil, doublé de satin capitonné, je m'efforçai de ne penser à rien. Je me répétais la phrase de William. Tout irait bien. Ou pas. Je portai le récipient à mes lèvres, les yeux fixés sur ceux de William, sans laisser la peur briser ma confiance en lui.

— Adieu, lui dis-je, citant les derniers mots de Juliette alors qu'elle s'apprête à plonger dans une mort factice. Dieu sait quand nous nous reverrons.

— Ne dis pas ça, protesta-t-il, les larmes aux yeux.

Je souris.

— C'est de circonstance, voyons.

— Non, déclara-t-il solennellement, ce n'est pas le moment.

— Je t'aime.

Quitte à choisir une dernière parole, celle-là convenait mieux.

— Moi aussi, je t'aime.

Il déposa sur mes lèvres un baiser qui en disait plus long que tous les mots.

J'avalai le liquide et, quand William rabattit le couvercle, je fus plongée dans le noir. À ce moment seulement, je me souvins que les choses avaient mal tourné pour Juliette. Un frisson me parcourut les épaules et je commençai à flotter. Ne rien voir rendait cette sensation bien plus intense et désagréable. Je fus tentée d'appeler William, qui ressentait certainement les mêmes effets secondaires dans son propre cercueil, juste à côté, mais je n'en pris pas le risque. Ils étaient peut-être tout près. Alors j'espérai et souhaitai que le sommeil vienne. Mon pouls ralentit, mon souffle devint plus bref, et soudain j'entendis qu'on ouvrait le hayon.

— Ça fait un moment que j'attends ce jour, annonça une voix rauque et sinistre. Si elle n'avait pas été étiquetée, je l'aurais flinguée moi-même.

— Je t'aurais aidé, ajouta un autre homme avec haine.

— Dommage qu'elle se soit tuée. Ça me prive d'un petit plaisir.

Je devinai qu'il parlait avec un sourire et qu'il imaginait la scène.

— N'empêche, je me demanderai toute ma vie si elle aurait fini par nous rejoindre, reprit son comparse. On ne le saura jamais.

— Mais si, on le sait. La prophétie ne dit nulle part qu'elle allait se rallier. Crois-moi, il fallait qu'elle meure. Le Conseil misait sur du vent. Elle nous aurait nui.

Ils se turent, le temps de réfléchir, mais le silence dura trop longtemps. Mon ouïe diminuait en même temps que ma conscience pour sombrer dans un doux sommeil. Quelques bribes de leur conversation résonnèrent plus ou moins fort, comme si quelqu'un jouait avec le bouton du son.

— Enlève le couvercle, commanda l'un des hommes.

— ... pas besoin...

La voix de Iosif fut suivie d'un hurlement atroce et, alors que je voulais intervenir, je ne fis que me noyer davantage. Immobilisée, sourde et incapable de réagir, il ne me restait qu'à m'endormir.

29

Le vent me réveilla. Un souffle doux me souleva une mèche et la rabattit sur mon visage, me chatouillant les joues et le nez. Au-dessus de moi, un parasol de branches projetait de l'ombre, ne laissant le passage qu'à de petites taches de soleil qui dansaient au sol, en dessous de moi. Pendant une seconde, je me crus de retour aux Lénéennes mais, entre les feuilles brillant d'or et de rouge, j'aperçus le ciel bleu. Je me redressai pour m'asseoir, les cheveux et le dos garnis de feuilles sèches et de poussière, et tenter de comprendre où j'étais. William était là, près de moi, profondément endormi et encore inconscient de ce nouveau décor. Inutile de le déranger. Pour tout bruit, on n'entendait que le frottement du vent faible contre les arbres, qui rappelait une chute d'eau.

Mon dernier souvenir, c'était le cercueil, la solitude dans le noir, et pourtant je savais qu'on avait décidé de m'emmener dans un lieu précis, pour une raison précise. Je parcourus du regard les environs, espérant y voir un indice qui me permettrait de deviner ce que nous devions faire, où nous devions nous rendre. Il n'y avait rien à voir, rien que des arbres.

Soudain, une masse de feuilles mortes me fouetta la tête et tomba en pluie devant moi.

— Qu'est-ce que...

Quand je levai les yeux pour comprendre d'où elles venaient, le rire de William m'apporta la réponse.

— La tête que tu faisais ! réussit-il à articuler, en se roulant par terre.

Face à sa gaieté contagieuse, je ris moi aussi de mon propre réflexe. Au bout d'un moment, il se reprit.

— Bon. Je me demande où on est...

Une fois de plus, je regardai alentour.

— Aucune idée.

— Tu veux qu'on fasse quelques pas, qu'on essaye de comprendre ? Perdus pour perdus...

Notre situation ne semblait pas l'alarmer le moins du monde. C'était même le contraire. Il était content que nous soyons égarés. Un peu troublée, je l'interrogeai :

— Tu n'es pas inquiet ? On n'a vraiment aucune idée de l'endroit où nous sommes ?

— Pas tout à fait. Je sais où nous devrions être. Après tout, c'est moi qui ai monté le plan d'urgence.

— Qu'est-ce que je dois comprendre ? Théoriquement, comme tu dis, nous sommes sur la planète Terre. Nous voilà bien avancés !

— D'accord. Nous sommes dans un refuge.

— Ça me renseigne, raillai-je en roulant des yeux.

— Mon oncle est de la lignée de Sotéria, déesse de la sécurité. Il sait faire des choses extraordinaires. C'est lui qui a créé ceci pour nous.

— Quoi, la forêt ?

— Non, le refuge, corrigea-t-il. Il faut le voir comme une série de frontières qui cernent cet endroit. Les seules personnes qui peuvent y entrer, c'est nous et les gens à qui nous faisons confiance. Pour les autres, l'au-delà de ces limites est invisible.

— C'est réel, oui ou non ?

— C'est bel et bien réel, mais pas infini. Le secteur est marqué par des limites au-delà desquelles se trouve… eh bien, le lieu où mon oncle a placé le refuge. Nous ne pouvons pas le voir.

Sans plus d'indices pour nous orienter, nous suivîmes le son de l'eau qui provenait d'un torrent tout proche. Je laissai mon esprit vagabonder, ne m'exprimant que lorsqu'une idée éveillait mon intérêt ou quand l'inquiétude se faisait trop lourde.

— Tu crois qu'ils vont bien ? demandai-je tandis que les brindilles craquaient sous nos pieds.

J'hésitais à mentionner le cri de Iosif. William l'avait peut-être entendu, lui aussi. Il me hantait et me revenait sans cesse, malgré mes efforts pour l'oublier.

— Qui donc ? répondit-il, ne sachant à qui je pensais.

— Tout le monde, ma foi.

— Je ne sais pas. J'espère.

D'un simple coup d'œil, je compris que j'avais ranimé en lui une idée désagréable. Il abandonna un moment son comportement de grand gamin qui jette des cailloux et se suspend aux branches basses pour se tourner vers moi en réfléchissant.

— Toi, au moins, tu es sauvée.

Tout à coup, ses yeux changèrent de cible et, d'abord solennelle, son expression devint plus concentrée.

— Qu'est-ce qu'il…

Il me coupa la parole.

— Chut !

Son regard attentif croisa le mien un instant avant de se retourner vers quelque chose, devant nous.

Je ne compris pas comment j'avais fait pour ne pas voir ça, moi aussi. Une biche splendide traversait le sentier, d'un pas gracieux et lent. Son pelage brun touffu se confondait avec l'arrière-plan brun, garni de troncs d'arbres et de feuilles mortes. Nous nous immobilisâmes pour éviter de l'effrayer.

Sortant de nulle part, un objet nous frôla et s'enfonça profondément dans le cou de l'animal : une fléchette. Je retins mon souffle en sursautant. D'où cela venait-il ? J'eus beau tourner la tête, je ne vis personne. La gracieuse biche émit un son contre nature et tenta de bondir pour se réfugier quelque part, mais la fléchette l'avait immobilisée : au lieu de sauter, elle trébucha et s'effondra.

Cela s'était passé très vite. J'essayais toujours de comprendre quand William me prit la main et me tira derrière un arbre.

— Lâche-la, William ! ordonna une voix rauque et troublante venant d'une direction surprenante.

— Oncle Mac ?

William, à la fois surpris et soulagé, me serra la taille un peu moins fort.

— J'ai dit : lâche-la, William !

L'homme, qui avait adopté un ton d'avertissement, surgit de derrière un large tronc d'arbre. Il était robuste, solide comme une mule, avec une barbe de trois jours aussi sombre qu'une couche de crasse, et pourtant ce ne fut pas son allure qui me fit le plus peur. Il tenait un fusil à double canon, dirigé vers moi.

— Attends, bafouilla nerveusement William en resserrant son étreinte. Oncle Mac, c'est nous. Qu'est-ce que tu fais ?

La biche se tordit, raide de douleur. Mon regard sautait de l'arme à l'animal ; j'étais terrorisée.

— Prouve-le, riposta l'homme en tournant son arme vers William lui-même.

— Bon sang, oncle Mac. Quelle preuve tu veux ?

Il commençait à paniquer. J'examinai la biche. Elle était mourante.

— Guéris-la, m'ordonna-t-il, les canons de son arme tournés vers moi. Tu es peut-être au service du Conseil. Il faut que je sache.

Même si William m'avait poussée, je n'aurais pas bougé. J'étais raide comme une statue. L'animal ne se débattait plus et ses yeux ne montraient quasiment aucun signe de vie.

— Quoi ?

La voix de William trahissait un soupçon de doute, et je crus même qu'il pensa un instant que j'étais au service du Conseil.

— Allez, avant qu'il ne soit trop tard ! mugit l'homme.

— Tu crois que tu en es capable ? me demanda William avec un mélange de doute et de perplexité.

— Je ne sais pas trop…

Saurais-je guérir un animal ? Et si je n'y parvenais pas ? Cet homme allait-il m'abattre ? Je l'observai un instant pour juger de sa sincérité : la façon dont il tenait son arme dissipait tous les doutes. Je n'avais pas le choix.

Tandis que je marchais vers elle, la bête réagit et fit un effort inutile pour échapper à ce qu'elle prenait pour une mort certaine. Je lui caressai le flanc et ses muscles tressaillirent et se tendirent ; d'un geste souple, je retirai la fléchette.

« Elle est empoisonnée », marmonnai-je en analysant la situation. Le poison s'était répandu dans ses veines, il fallait donc que la biche avale mon sang, comme Anna. Je touchai l'anneau qui encerclait mon poignet droit, soulagée d'avoir un outil pour me couper. Sinon, oncle Mac m'aurait peut-être tiré une balle dans le bras…

J'appuyai sur les deux boutons dorés et je sentis les deux lames me fendre la peau, puis je tournai l'outil vers la gauche et je le resserrai, espérant que cela suffirait. Je baissai la main vers la gueule de l'animal en visant pour que les gouttes, qui tombaient dru, lui roulent sur la langue. À mon grand soulagement, la biche eut le réflexe de me lécher. Il fallut patienter quelques minutes, mais elle finit par se remettre à respirer régulièrement et, quand elle eut recouvré ses forces, elle bondit sur ses pieds et sauta se cacher dans les broussailles.

— Alors, tu vois, ce n'était pas compliqué, triompha le bonhomme, ravi.

— Ma parole, Mac! pesta William en levant les bras.

— Quoi, ta parole? Je voulais des preuves, tu devrais le comprendre. Qu'est-ce que je me suis tué à te répéter, la dernière fois qu'on s'est vus?

— Ne jamais accorder à personne une confiance aveugle, serina William, toujours sous le choc de cette lourde épreuve. Si c'est ça, pourquoi ne pas me tester, moi aussi?

— Tu viens, à l'instant, de me prouver qui tu étais.

Sur ce, il posa son arme sur son épaule, d'un geste parfaitement détendu, et s'éloigna sans un mot de plus.

William et moi restâmes un moment immobiles et mon cœur reprit un rythme raisonnable. Il se tourna vers moi, remonta les épaules et secoua la tête. Il ne trouvait pas les mots pour exprimer son indignation.

— Alors, qu'est-ce que vous attendez? nous cria Mac, déjà loin.

— Je suis désolé, parvint à me dire William.

Il se tourna vers son oncle avant de soupirer :

— Viens…

— Attends, coupai-je en lui tirant le poignet.

Apparemment, il trouvait normal de suivre un homme armé dans les bois.

— Qu'est-ce qui te prouve que nous ne risquons rien?

— Nous ne risquons rien, affirma-t-il avant de me prendre par la main. Nous sommes en parfaite sécurité… pour l'instant.

Ne manquez pas la suite

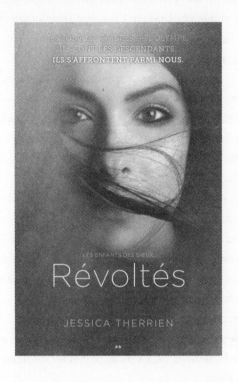

1

J'ignorais où j'étais. Le stationnement était désert, la nuit tombait, et j'avais peut-être intérêt à m'en aller. J'avais l'estomac noué. Une vieille Toyota blanche, la seule voiture à portée du regard, était garée tout au bout. Je me dis que ça devait être la mienne et, quand je fouillai mes poches, j'en trouvai la clé.

Un colis était posé sur le siège : une boîte en plastique glissée dans un sac en papier. Cela me rappela ce que j'étais censée faire. Je devais le livrer au 243 Park Lane. Curieusement, je connaissais le chemin. Ce n'était pas loin, à quelques pâtés de maisons tout au plus.

La maisonnette était calme : pas de lumière, pas de voiture dans l'allée. Il n'y avait personne. La rue tout entière paraissait déserte, comme si le quartier avait été abandonné. Je décidai quand même d'entrer. Je ne voulais pas attendre toute seule dehors.

La clôture blanche grinça quand je l'ouvris. Je marchais à petits pas légers pour ne pas être entendue et, alors que la maison était déserte, j'avais peur. La porte d'entrée était ouverte et le crissement du paillasson parsemé d'herbe me sembla assourdissant. Mes nerfs s'enflammèrent une fois de plus. L'endroit semblait vide mais, dès que j'y entrai, je compris qu'ils se cachaient. Dans la pièce du fond, ils attendaient mon retour.

Je remontai le couloir sur la pointe des pieds pour ne pas me trahir. Arrivée devant la porte, je sursautai en découvrant une silhouette à ma droite ; ce n'était que mon reflet. Pourtant quelque chose ne tournait pas rond. Même si j'avais reconnu ce visage, dans le miroir à cadre d'or pendu au mur, ce n'était pas le mien. Je voyais quelqu'un que je connaissais, à qui j'en voulais. Enfin, la révélation me frappa : Kara.

Je baissai la tête, troublée, et je m'aperçus que j'avais ouvert le paquet. Le contenu de la boîte en plastique était dans ma main, et je tremblai quand je vis un revolver, lourd et menaçant. J'eus envie de le jeter par terre et de partir en courant, mais je n'avais aucune maîtrise sur ce corps. C'était celui de Kara. Il avança sans mon consentement, apprêta l'arme malgré moi.

Quand j'ouvris la porte, leur visage apparut. Anna et Chloé, terrorisées et sous le choc. Ma main braquait l'arme sur elles.

— Kara ? m'implora Anna.

Je sentis mon index se serrer autour de la détente.

— Non ! hurlai-je tandis que les coups partaient.

* * *

— Ohé, tout va bien, déclara une voix douce et rassurante, quoique ensommeillée. Réveille-toi. Tu as rêvé.

Mon esprit lutta. Pour vaincre l'angoisse, je serrai les yeux pour me réfugier dans l'obscurité. Si je les ouvrais, je constaterais peut-être que ce que j'avais vu était vrai ?

— Réveille-toi, Ellie, répéta William.

Il me tira vers lui, ses mains plaquées sur ma taille. La chaleur de ses paumes monta d'une façon familière. C'était le signe que nous étions faits l'un pour l'autre, et cette sensation me tira de mon cauchemar. Il cacha son visage contre ma nuque pour embrasser mon épaule nue de ses lèvres douces. J'ouvris les yeux pour scruter la pièce, toujours plongée dans l'obscurité.

— Merci, dis-je en reprenant mes esprits.

Je ruisselais de sueur, les cils mouillés de larmes.

William s'accouda et se pencha pour m'embrasser sur la joue ; ses cheveux d'or vinrent me chatouiller le menton.

— C'était lequel ? demanda-t-il.

L'inquiétude me serrait encore la poitrine.

— Celui du revolver, où je finis par découvrir que je suis Kara.

Il se laissa tomber sur le matelas et m'attira vers lui.

— Le pire de tous.

J'observai la fenêtre noire comme de la suie, persuadée que c'était elle qui empêchait les rêves d'entrer. J'étais convaincue qu'elle pourrait voler en éclats d'une seconde à l'autre, et que mes craintes en profiteraient pour venir m'étouffer.

Depuis que j'avais appris l'enlèvement d'Anna et de Chloé, quelques semaines plus tôt, des cauchemars me hantaient. Je n'avais pas réussi à me pardonner, et je doutais d'y parvenir un jour. Rien ne garantissait que je les sauverais, et si elles mouraient, j'en serais moi-même anéantie. Si je n'avais pas soigné Anna, si j'avais laissé les choses se dérouler normalement, au moins Chloé aurait eu sa chance. En fin de compte, c'était leur sacrifice, et non le mien, qui avait confirmé la prophétie et déclenché la guerre. C'étaient elles qui souffraient, elles que Christoph détenait et torturait à sa guise, avant de s'en débarrasser, s'il le désirait. Cette idée me serrait le cœur.

J'entendis Mac marmonner, couché sur le futon.

— Vu qu'on est tous réveillés, on pourrait peut-être s'entraîner au tir.

— Mac, il est 4 h du matin, protesta William.

— C'est pas l'horloge qui commande, ici! Debout, tous les deux.

Je roulai des yeux et saisis ma sarbacane, posée sur la commode.

— D'accord, d'accord...

Je donnai un petit coup de coude à William, enfoui dans l'oreiller. Il me dit d'une voix étouffée :

— Si je fais le mort, il me laissera peut-être finir ma nuit.

— À moins qu'il ne vienne te tirer par les pieds, objectai-je avec un petit rire.

Dehors, il faisait noir.

— Même à 4 h du matin, c'est toujours l'heure de s'entraîner, affirma Mac tandis que nous nous faufilions entre les arbres. Le combat peut survenir n'importe quand, n'importe où, contre n'importe qui. Je veux vous préparer à tous les scénarios.

Cela ne me dérangeait pas. J'appréciais la fraîcheur des petites heures, celles où le soleil n'était pas encore levé. À chaque fois, j'avais l'impression de m'infiltrer dans les secrets du monde, au moment où la terre revenait à la vie sans comprendre qu'elle était observée.

Je m'étais initiée au maniement de la sarbacane, à la façon de tenir le roseau tressé pour viser, à la force nécessaire pour propulser la flèche, à la façon dont l'étui me serrait la cuisse.

J'avais d'abord rechigné, doutant que mes efforts seraient un jour récompensés, mais Mac, en bon professeur, m'expliquait plus que la façon de manier une arme.

— Tu comprends, Elyse, c'est la guerre. Ça veut dire que si tu ne leur tombes pas dessus, ils t'auront. Et à ce moment-là, si tu ne sais pas te protéger, on y passera tous.

Je ne me considérais pas comme une personne violente, mais ce qu'il disait avait un sens. J'avais reçu un don grâce auquel je pouvais sauver ma vie et celle des autres, à condition d'apprendre à m'en servir. D'un côté de mon corps, mon sang était un poison mortel, et de l'autre, un remède à tous les maux. Pourtant, comme moyen de défense, il ne vaudrait rien tant que je ne saurais pas le projeter vers l'ennemi. Pour cela, la fléchette était un bon moyen.

— Maintenant que tu es initiée…, commença Mac.

— C'est vite dit, coupai-je.

J'avais l'impression de ne maîtriser aucun geste et d'être assez maladroite pour aspirer ma fléchette au lieu de l'expédier.

Cet art exigeait un certain talent ; il fallait bien réfléchir avant de passer à l'acte. Je devais doser mon souffle, assurer l'équilibre de mes pieds, tenir compte du poids du projectile, de la puissance et de l'orientation du vent, vérifier que j'étais assez proche de ma cible… De nombreux critères entraient en ligne de compte. Les fléchettes les plus lourdes avaient moins de portée, mais elles seules filaient droit. Si les fléchettes légères allaient plus loin, leur trajectoire variait sous l'influence du vent.

— N'empêche, reprit Mac, on peut passer au niveau supérieur. Tu dois apprendre à manier des fléchettes chargées de sang, et pas seulement sur les animaux. Pour finir, tu devras apprendre à le doser pour obtenir des armes mortelles.

Des armes mortelles. À cette idée, mes mains tremblèrent. Allais-je en arriver là ? Je devais au moins admettre que c'était probable. La force que nous affrontions, le Conseil, était capable d'actes innommables. Anna et Chloé y goûtaient en ce moment-même.

Je tentai de tirer des forces de ma colère, de me rappeler que je me battais pour mes amies et que, à nous tous, nous défendions une grande cause, mais je ne pouvais pas nier ma peur. Si j'en venais à tuer quelqu'un, ce serait grâce aux ressources les plus obscures de mon âme. J'en serais peut-être capable.

— J'ai des doutes, Mac, dis-je en repoussant mes pensées. J'ai besoin de m'entraîner encore longtemps avant d'en arriver là.

— Pas du tout, riposta-t-il comme si c'était une évidence. Qu'est-ce que tu as sous la main ?

Je tirai la plus grosse fléchette de ma gibecière.

— À part la normale ? Quelques fléchettes creuses.